총의 울음

손상익

1955년생. 전 문화일보 기자, 언론학 박사.
1991년 '시사만화 고바우에 대하여'로 서울신문 신춘문예 당선.
저서로 '한국만화통사' 외 대중문화 평론, 이론서 10여 권이 있음.

손상익 역사소설

총의 울음 · 상

1판 1쇄 2014년 9월 20일
1판 2쇄 2015년 9월 15일

지은이 손상익
펴낸이 박찬익
책임편집 손성원
디자인 황인옥
펴낸곳 도서출판 박이정
주소 서울시 동대문구 천호대로 16가길 4
전화 02-922-1192~3
팩스 02-925-1334
홈페이지 www.pjbook.com
이메일 pijbook@naver.com
등록 1991년 3월 12일 제1-1182호

ISBN 978-89-6292-679-8 (03810)
ISBN 978-89-6292-678-1 (세트)

*책값은 뒤표지에 있습니다.

총의 울음

손상익 역사소설

상

도서출판 박이정

'총의 울음' – 우리나라 소설시장에
신선한 충격과 각성을 주는 작품

국가의 의미, 국민의 각오와 도리에 대해 깊이 생각해보게 만드는 대작장편 '총의 울음'은 사적인 고뇌와 방황이 주조를 이루는 오늘날의 소설시장에 신선한 충격과 각성을 주는 작품이다.

조선말 개화기, 외세의 침략이 몰려오는 상황에서 나라를 지키고자 혼신의 힘을 다했던 범포수(호랑이 사냥꾼)들과, 나라의 인적자산과 국력을 다듬고 훈련하고 배양해서 외적을 쫓아 보낼 수 있는 실력을 비축하려 밤낮없이 궁리하고 현장 지휘했던 어재연 장군의 피눈물 나는 노력을 철저한 고증을 통해 엮어나간 대작이다.

자료수집에 5년을 기울였다는 말이 조금도 과장으로 생각되지 않을만큼 철저한 문헌연구와 민간자료 연구, 그리고 1870년대 미국의 동방정책을 주도한 정치인들의 주장과 성격은 물론 1871년 조미전쟁(朝美戰爭: 신미양요)에 원정 나왔던 미국 군인들의 유품까지 발굴해서 생생한 드라마를 재구성했다.

흔히 병인양요, 신미양요는 서양선진국의 우수한 화력과 전력 앞에 조선이 짚단처럼 무너진 서글픈 역사의 촌극으로 인식되어 있으나 작가 손상익의 철저한 연구를 통해 조선 민중이 16세기 무기로 열강의 19세기 총포에 대항했으나 열강이 조선 민초들의 초인적 기개와 결의 앞에 기죽고 소득 없이 돌아 간, 그들에게는 이겼지만 진 전쟁이었음을 밝혀내었다.

두 배가 넘는 사정거리의 총포 앞에서 바위처럼 버티고 적을 조준해 쏘다가 포로가 되느니 절벽에서 집단 투신한 조선의 범 포수들의 민족자존심과 투혼은 개안(開眼)이며 신선한 감동이다.

이 소설은 아기자기한 재미를 제공하는 것이 목표는 아니지만 소설적인 재미도 부족하지 않다. 인물들의 기구한 운명과 개성이 흥미롭고, 개인의 운명과 나라의 명운의 불가분한 관계를 새삼 인식하며 숙연해 진다.

군데군데 '까칠하다'같은 시대에 맞지 않는 현대적 어휘가 등장하는 것은 작가의 실수라기보다는 현대 독자를 끌어들이기 위한 장치라고 생각된다. 오랜만에 공적인 영역을 무대로 펼쳐지는 인물들의 치열한 삶을 다룬 대작소설을 대하니 장렬하고 호쾌한 느낌에 소설문학의 새로운 활력을 본 기쁨이 인다.

지리멸렬하게 분열되고 있는 오늘날 우리 민족이 민족정기와 국민으로서의 각오, 절박한 시대적 과제에 대해 깊이 생각하는 촉진제가 되기를 바라마지 않는다.

서지문(고려대 영어영문학과 명예교수)

지난 5년을 '총의 울음'에 매달렸다.

장르 소설이나 판타지 소설의 달달한 글맛을 배제하고, 우선은 읽기가 깔깔하고 팁팁할지언정 책을 덮고 나면 가슴팍 아래서 무언가가 치오르는 그런 역사소설을 쓰고 싶었다.

화승총을 화두로 삼았다. 우리나라 개화기의 신새벽에 당대 세계 최강이던 프랑스와 미국 정예군을 막아낸 조선군 범 포수의 옹골진 이야기를 쓰고팠다. 더 정확하게는 지금으로부터 143년 전 강화도 광성보에서 울려 퍼졌던 '화승총의 울음'을 소설의 뼈대로 삼았다.

조선왕조실록을 비롯한 우리의 정사와 야사, 프랑스와 미국의 관련 자료를 수집했다. 그래서 그것들을 씨줄과 날줄로 엮어 스토리라인을 짜는 데만 꼬박 2년여가 소요됐다. 그 날것들의 이야기 뭉치를 풀어헤쳐 살과 뼈를 붙이고, 2011년 정초부터 소설의 모양을 만들어 나갔다. 집필 2년 만에 장편소설 한 권 분량의 원고를 탈고하여 'Tiger Hunter'라는 제목을 붙이고 2013년 1월에 자음과모음 출판사에서 전자책으로 발행했다.

처음 써보는 소설을 세상에 공개하자, 집필 과정에서는 미처 발견하지 못한 시행착오들이 서서히 드러났다. 전자책을 발행한지 불과 두 달 만에 필자는 다시 서재에 틀어박혔다. 내용을 더욱 소설답게 꾸미고 보완하는 재창작에 매달린 것이다.

그로부터 1년여의 시간이 흘러 증보판 소설 원고의 탈고를 마쳤다. 초판 전자책 원고 분량의 두 배가 넘었다. 박이정출판사에서 상, 하권 한 질의 종이책 소설로 선보이는 '총의 울음'은 그렇게 태어났다.

처음 써보는 소설이라는 장르가 까다롭기 그지없었으므로 첫 술에 배불릴 형편은 안되겠지만 요행히 이 책을 집어든 독자가 한 명이라도 있다면, 그의 가슴 속에 우리 민족이 왜 '투혼의 한국인'인가를 깨닫는 실톳이 되었으면 좋겠다.

팔미도가 굽어보이는
獻馘齋에서, 손상익
2014. 9

총의 울음 · 하

상권 줄거리

- 소설 상권과 하권 말미에는 소설의 역사적 내용을 충실하게 뒷받침하는 부록이 수록되어 있습니다.
- 상권의 부록 '강화 화승총'은 15세기 유럽에서 발명된 화승총이 과연 어떤 성능의 화기이며, 어떤 경로를 통해 우리나라에 정착하여 조선 범 포수들의 손에 쥐어졌는지 그 경로를 꼼꼼하게 살폈습니다.
- 또 하권의 부록 '신미년 조미(朝美)전쟁'은 신미양요 당시 미군 종군사진작가가 남긴 기록사진과 함께 어재연 장군과 범 포수 무명용사, 국내외의 신미년 전쟁과 관련한 기록화 등을 소개합니다.

1장
호랑이 사냥꾼

오룡산 빔비세

나뭇가지에 매달린 잎사귀가 더위 먹은 누렁개 혓바닥처럼 늘어졌다. 햇살은 복길이의 성긴 삼베 적삼 올 사이를 꼬챙이처럼 후벼팠고, 제 무게를 못 이긴 어깻죽지 땀방울이 스멀스멀 등짝 아래로 기어 내렸다.

산길을 타넘은 지 두어 시간 만에 만주의 삼합 벌판이 해넘이 채비를 서두르면서 8월의 노염도 꼬리를 내렸다. 해지개를 두어 뼘 남긴 노란 태양이 벌건 털구름을 타고 앉았다. 숲 비탈을 오르던 강계 어른이 갑자기 발걸음을 멈췄다.

오른 손바닥을 뒤로 뻗고 주먹을 꽉 쥐어서 멈추라는 수신호를 냈다. 대여섯 발 참으로 강계 포수를 뒤따르던 새끼포수 복길이와 부뜰이가 걸음을 멈추고 마른 침을 삼켰다. 회령 벌판이 한눈에 잡히는 오봉산 7부 능선 길, 앞 쪽으로는 범바위가 우뚝 솟아 있는 곳이었다.

범바위로 향하는 산모롱이 숲 가운데가 시들부들 누워서 쪽진 가르마처럼 길을 텄다. 강계 어른이 짚신 코 걸음으로 그 길을 두어 장 들어서더니 문득 허리를 숙이곤 무언가를 집어 입에 넣어 오물거렸다간 뱉어냈다. 호분(虎糞)이었다. 강계 포수가 터진 숲길을 되나와 나직하게 말했다.

"얼마 안 됐어, 발자국까지 또렷해."

그러고 보니 눈에 익은 장소다. 지난해 을축년(1865) 가을, 넙덕봉 아랫마을에 살던 심마니 하나가 여기서 끔찍한 호환을 당했다. 물려죽었다기보다 몸통 왼쪽을 절반이나 뜯어 먹힌 참사였다. 심마니가 사라진 이틀 뒤 새벽에 동료들에 의해 사체가 발견됐는데, 시퍼러죽죽하게 변한 몸뚱이 곳곳에는 피떡이 달라붙었고, 목덜미를 꿴 이빨 자국은 장정의 중지가 거침없이 들어갈 정도로 크고 깊었다.

회령 부사가 임금님께 보내는 장계에 심마니의 호환을 또박또박 적어서 보낸 탓에 구중궁궐의 15살 고종 임금과 운현궁의 흥선대원군도 그 끔찍한 참화를 알았다. 대궐은 심마니 가장의 유족을 딱하게 여겨 구휼품을 하사하곤 함경 감사에게 착호군(捉虎軍)을 출동시켜 살인 호랑이를 잡아들이라는 서릿발 어명을 내렸다.

그해 초겨울에는 20명이 넘는 강계도호부의 착호군이 회령으로 몰려왔다. 그들은 회령고을의 빠릿빠릿해 보이는 수캐를 열댓 마리나 공출하여 오봉산 능선은 물론 무산의 가라지봉 밑둥까지 풀어놓고 호랑이를 몰아댔다. 그러나 겨울이 지나고 새봄의 진달래꽃이 흐드러지기까지, 대여섯 달이나 밥내라 술내라 회령사람에게 민폐만 끼치곤, 호랑이 몸통은 고사하고 꼬리도 한번 잡아보지 못한 채 슬그머니 철수하고 말았다.

고려 범은 하룻밤에 산길 300리를 너끈히 넘나든다. 착호군 장정이 날래고 잽싼들 산중 밤길은 30리를 뛰기도 버겁거니와 호랑이가 다니는 길목을 제대로 짚지 못하면 허탕으로 날 밤새기 일쑤다. 바지런 떨어봐야 깃가랑을 위서이 개울문의 송사리 잡기다. 산중 고려 범은 영험해서 저보다 무딘 인간에게는 절대로 쏘리를 밟히는 일이 없다.

강계 어른은 노숙했다. 호랑이가 밟은 풀섶이며 희미하게 박힌 발자국, 나무 등걸에 붙은 털 몇 가닥만으로 놈의 덩치와 상태를 가늠했고 어슬렁거리는 위치를 짚어냈다. 호분을 찍어 맛을 본 이유는 거기에 남은 습기와 맛으로 언제 똥을 쌌는지, 최근에 뭘 먹었는지를 알아내기 위해서다. 그걸 알아야 범 꼬리가 잡힌다.

"똥 맛이 구리지 않고 퍽퍽해……. 배 속이 풀 방구리 같아서 머루 씨앗만 가득하고. 지금쯤 눈에 불을 켜고 육 고기 사냥감을 찾고 있을 게야."

호랑이의 주식은 멧돼지나 노루 따위의 짝수 발굽을 가진 우제류(偶蹄類)다. 다 자란 호랑이는 1년 동안 적어도 30마리의 우제류를 먹어야 배를 곯지 않는 축에 낀다. 먹잇감이 부족하면 산중호걸의 체통도 잠시 접고 토끼나 오소리 같은 자잘한 짐승은 물론이려니와 냇가의 물고기, 심지어는 나무열매와 풀까지 뜯어 먹는다.

호랑이의 족적을 확인한 뒤에는 바람의 꼬리를 잡아야 했다. 범 포수는 모름지기 호랑이의 흔적을 짚되 제 냄새는 바람결에 흘리지 말아야 한다. 그때 능선 숲길은 텁텁한 공기를 붙들고 있어서 돼지 꼬리만한 바람도 풀어놓지 않았다. 그러다 문득 귓불을 스치는 바람을 느낀 강계 어른이 보드라운 흙 한줌을 허공에 뿌려 풍향을 가늠했다. 가느다란 바람의 실오리는 범바위골 아래 보을천으로 향했다.

포수 셋이 바람을 안고 산 언덕바지로 살금살금 올랐다. 이마의 땀방울이 눈썹을 타 넘고 눈알에 스미어 따끔거린다. 봉우리 9부 능선에서 너럭바위 무더기를 만났고 거기서 희미하나마 이어졌던 호랑이 족적이 사라졌다.

강계 어른이 정상 쪽으로 시야가 트인 아름드리나무 뒤쪽에 주저앉았다. 어른은 복길이와 부뜰이에게도 메숲진 곳 참나무 하나씩을 가리키며 일렀다.

"하약(下藥)하고 화승에 불 댕겨라. 오늘 밤은 여기서 기다린다."

약실과 화약 접시에 검댕 화약을 쟁이는 것이 하약이다. 하약과 총탄 장전, 화승에 불을 붙이는 일련의 과정은 산포수가 사냥 전에 치르는 엄숙한 통과의례다.

화약 가루는 나무나 가죽으로 만든 용기에 담아 허리춤이나 어슷하게 걸친 어깨띠에 묶어서 휴대한다. 화약은 쇠붙이로 만든 통에 담지 않는다. 금속끼리 마찰하여 불똥이라도 튀기면 단번에 폭발하기 때문이다. 화승총 포수는 대개 거북모양으로 깎은 손바닥만 한 나무 귀약통(龜藥筒)에다 화약을 담는다.

귀약통 뚜껑에 화약 가루를 가득 담았다. 한 번 장전하기에 딱 맞는 화약이 담기는데 무게로 따지자면 3전에서 5전(11~18그램) 사이다. 화승총 성 께 아시에 닿는 화약가루는 신약(身藥)이라 부른다.

신약을 충전한 뒤에는 하지(下紙)한다. 유황가루 바른 네모난 닥종이 화약면지(火藥綿紙)를 꺼내 총구 위에 얹는다. 꽂을대 삭장(朔杖)으로 그 종이쪼가리를 약실의 화약 위에 밀어 넣고 빈틈이 없게 여민다. 포수에 따라서는 화약면지로 연환을 돌돌 말아 총구에 꽉 물리게 한 다음 꽂을대로 쑤셔 넣기도 한다. 어쨌거나 빈틈을 꽁꽁 틀어막아야 화약 폭발력이 강해지고 그에 따라 탄환이 곧고 멀리 뻗는다.

하지의 다음 순서는 송연자(送鉛子)다. 동그랗게 생겨서 총구 지름에 꼭 끼는 납 탄환을 연자라 부르는데, 그걸 삭장으로 밀어 넣어 약복지 위에 다진다. 연자가 헐렁하게 박히면 사격을 하기도 전에 쏙 빠져버릴 수도 있다.

약실의 화약과 총탄 장전이 끝나면 화약접시(火皿)에 선약(線藥)가루를 담는다. 신약가루를 접시에 담아도 되지만, 점화가 잘되려면 신약을 더욱 곱게 빻은 선약가루를 따로 준비해야 한다. 접시에서 약실로 통하는 가느다란 구멍(火口)에는 화약가루가 고울수록 잘 스며들기 때문이다. 선약을 접시에 담고 나면 접시 뚜껑을 닫고 화승총을 옆으로 두어 번 흔들어서 선약가루가 화구에 골고루 스미게 한다.

화승총 장전의 마지막 순서가 화승(火繩: 불심지)에 불 댕기기다. 부뜰이가 왼손으로 차돌멩이를 움켜잡았다. 그 위에 잿물로 두어 번 적셔서 말린 목화솜 부싯깃을 올리고, 부시로 긁어내리듯 차돌을 탁탁 쳤다. 불똥이 부싯깃에 닿아 불씨가 후르르 일면, 땅바닥에 불씨를 올리고 그 위에 잘 마르고 가녀린 나뭇가지 두어 개를 얹어 불무더기를 키운다.

복길이와 부뜰이가 허리춤에 찬 두 발 길이 화승 타래를 풀어서 오른손 팔뚝에 칭칭 동여 감았다. 화승 실마리 끝을 불씨에 갖다 대고 불을 붙였다. 심지 불은 뒤로 젖힌 물림쇠 용두 끝에 건다. 이제 방아쇠만 감으면 용두가 접시 화약에 닿아 불꽃을 일으키고, 약실에 쟁여놓은 화약을 폭발시켜 납 탄환이 날아간다.

산포수는 화승을 두어 발 준비하고, 심지에 불을 댕겨서 용두에 걸고 나면 나머지 줄은 팔뚝에다 칭칭 감는다. 두 발 길이 화승줄은 열 시간을 족히 태운다. 화승줄은 오래 타고 실한 불꽃을 간직할수록 상품이다. 황마(荒麻)로 꼰 줄은 면실보다 질긴 불꽃을 더 오래 간수했다. 오봉산 범 포수들의 화승줄 세 가닥이 파르스름한 연기를 끌며 타들어갔다.

반딧불이 엉덩이의 차가운 꽁지불도 5리를 뻗친다 했다. 뜨겁게 타는 빨간 화승 불꽃이야 두말해서 뭘 할까. 불빛은 10리를 넘게 뻗고, 연기 냄새는 골짜기 실바람을 타고 퍼져서 10리 밖의 호랑이 코를 너끈하게 간질인다. 때문에 산포수들은 화승 불꽃을 가리고 연기와 냄새는 바람의 뒤로 흘려야 한다.

해거름의 산골짝 계곡바람은 제멋대로다. 낮과 밤, 들과 산, 덥고 찬 공기가 뒤엉킨다. 산포수는 앉은 자리에서 수시로 방향을 바꾸어 앞바람을 맞아야 한다. 이제는 기다리는 일만 남았다. 호랑이가 덮칠 방향에다 시선을 꽂고, 오른 손아귀로 화승 총목을 움켜쥐어, 방아쇠울에 검지를 집어넣는다. 복길이의 삼베 적삼에는 낮에 흘린 땀방울이 꼬들꼬들 말라붙어 소금 서캐로 매달렸다.

세상을 잿더미로 만들려는 기세로 만주 벌판 먼 땅 끝이 시뻘건 해넘이 굿을 펼치기 시작했다. 발 아래 드러누운 두만강 줄기는 왕지네의 까만 등짝처럼 구불거리며 흐른다. 석양빛을 되받은 물비늘들이 지네의 무수한 절지(節肢)처럼 번들거렸다. 어느 사이엔가 노을이 꺼지면서 만주벌 지평선이 새까만 재만 남겼다.

복길이의 산포수 생활은 기껏해야 서너해째다. 열여덟에 화승총을 쥐었고 처음에는 강계 어른의 지도를 받아가며 노루나 산도 야지를 잡았다. 부뜰이와 함께 강계 어른이 인솔하는 범 사냥 조에 따라나선 것은 불과 이태다. 그동안 그가 잡았던 고려 범은 두세 마리다. 두셋이란 애매한 표현에는 까닭이 있다.

복길이가 쏜 납 탄환이 분명한 탄도로 호랑이 두개골에 박혔던 것은 딱 두 번에 불과했다. 나머지 한 마리의 미간에는 강계 어른의 총알만 박혔다. 헛방을 지른 복길이가 식겁하며 땀을 쏟았지만, 호랑이는 다행히도 어른의 연자 한 방에 곱게 나자빠졌다.

덤벙대는 산포수가 가끔 해대는 실수가 헛방이다. 화약 가루가 화구에 제대로 스미지 않아 불심지 불똥이 화약접시에 담긴 선약만 태운 채 흐지부지 꺼지는 경우다. 용머리 같이 당당하던 불꽃이 뱀 꼬리처럼 꺼졌다 해서 용두사미라 불렀다.

사실, 세상만사의 태반이 두루뭉수리 용두사미 아니던가. 저 잣거리 범부에게야 용두사미가 병가지상사로되 범 포수에게는 그게 곧 죽음이다. 헛방 지르는 포수의 멱살은 호랑이의 송곳니가 어김없이 구멍을 뚫어놓는다.

생사 간격은 일곱 장(丈)

깜냥이 안 되는 범 포수는 호랑이 쫓기에 늘 분주할뿐더러 걸핏하면 애먼 곳에다 총질하기 일쑤다. 제대로 된 범 포수는 놈의 길목을 지켰다가 한 순간에 방아쇠를 감아 고꾸라뜨린다. 기다리는 포수는 언제 어디서 덮칠지 모르는 호랑이의 밑그림을 끊임없이 머릿속에 그리고 쟁인다. 대개의 호랑이는 범 포수가 상상한 길을 따라 덮치게 마련이다. 호랑이 길목을 제대로 상정치 못하거나 깜빡 잠든 포수는 호랑이의 밥이 되고 만다.

기다림은 호랑이에게도 마찬가지다. 덮칠 목표가 정해지면 걸음을 멈추곤 머리와 몸통이 땅에 닿도록 자세를 낮춰 자신을 숨긴다. 한입꺼리 산토끼를 덮칠 때도 바윗덩어리인양 꿈쩍도 않고 기다린다. 그러다 눈 저울질이 끝나면 한 번의 도약으로 제압할 수 있는 거리까지 소리없이 다가선다.

엄격히 따져 호랑이는 야행성 동물이 아니다. 허기가 지면 낮에도 곧잘 숲속을 어슬렁거리며 사냥한다. 그러나 대개는 높은 산 마위틈이니 굴에 들이박혀 낮잠을 즐기다, 해거름에야 참선을 마친 심산유곡 선사처럼 사뿐 걸음으로 굴 밖을 나선다. 길쭉한 앞다리와 몽톡한 뒷다리는 더없이 날렵하다. 소리도 없이 칠흑 어둠 속에서 안광을 출출 흘리며 산과 골과 숲을 휙휙 타 넘는다.

부뜰이가 뒤편을 맡고 강계 어른과 복길이가 언덕바지 경사면을 노렸다. 기다림이 한 시간을 넘기면서 어른이 총을 나무 등걸에 기대놓더니 땅바닥에 털퍼덕 주저앉아 나직한 목소리로 허기나 지우자고 했다. 부뜰이가 걸낭을 풀어 귀리로 뭉친 주먹밥 두덩이씩과 소금물에 절여서 말린 노루육포 서너 꽁다리씩을 나눠 세 사람이 늦은 저녁밥 요기를 대신했다.

북관의 8월 날씨는 해만 졌다하면 앙토라진 처자마냥 쌀쌀맞다. 이경이 넘어가면 오슬오슬한 기운까지 뻗쳐서 한낮에 걸었던

소맷자락마저 내려야 한다. 그때쯤이면 온갖 밤벌레 소리가 아글
아글 뒤섞여 귓바퀴에 갇힌다. 수천수만의 별들이 호롱불처럼 박
힌 밤하늘은 불빛을 깜빡거릴 때마다 총총총 소리를 낸다.

범 포수들의 눈동자가 시간이 지날수록 또렷해졌다. 부릅뜬 복
길이의 눈에는 흔들리는 풀잎마저 뚜렷하다. 삼태성이 하늘 가운
데를 빙글 돌아 오봉산 산꼭대기에 걸렸을 즈음이다. 언덕바지
먼 숲에서 고려 범의 기다란 등짝이 어른거렸다.

순간 강계 어른의 어깨가 총자루를 뺨에 밀착시키느라 움찔거
렸다. 복길이도 놈을 보았다. 놈은 소리 없이 숲길을 타고 내려왔
지만 퍼런 불이 출출 흐르는 두 눈과 걸음을 뗄 때마다 출렁이는
어깨근육까지는 감추지 못했다.

호랑이 눈심지가 시퍼런 도깨비불처럼 번들거리더니 열댓 장
앞에서 멈췄다. 어깻죽지와 대가리, 몸통이 땅바닥에 납작 엎디
었다. 놈도 산포수 셋이 흘리는 눈빛을 봤다는 뜻이다. 눈싸움이
벌어졌다. 한 방을 감춘 맹수끼리 서로를 저울질하는 시간이다.
아직은 화승총의 유효사거리 밖이고 호랑이도 도약 거리가 모자
랐으므로 서로는 상대를 더 가까이 끌어당겨야 했다.

호랑이와 범 포수는 서로를 기다려서 잡아먹는다. 대개는 상
대를 깔보고 섣부른 공격을 하는 쪽이 먹힌다. 그날 밤, 저울질을
먼저 끝낸 것은 호랑이였다. 슬며시 발바닥의 볼록살(肉球)로 땅
바닥을 소리없이 지르밟기 시작했다. 다 자란 수컷 호랑이는 평

지에서 도약해도 어른 키를 훨씬 웃도는 높이로 두어 장 너비를 가뿐히 뛰어넘는다.

납 탄환은 일곱 장(21미터) 안쪽에서 쏘아붙여야 확실한 효험을 본다. 총알이 힘을 받아 곧추 날아가는 한계다. 그 안쪽에 호랑이가 있어야 두개골에 확실한 구멍을 뚫는다는 뜻이다. 화승총 총열은 내부 벽이 밋밋한 활강 총신이어서 탄두가 회전하지 않아 곧고 길게 뻗지 못한다.

색시걸음을 내딛던 호랑이가 일곱 장 안으로 사뿐히 들어왔다. 팽팽하던 긴장이 그때 끊겼다. 강계 어른의 찰칵, 방아쇠 당기는 소리에 끼께 우두에 물려 붙신지가 화약 접시에 닿았다. 복길이와 부뜰이의 오른손 검지도 그 순간에 방아쇠를 감았다.

"쾅쾅쾅!"

화승총 터지는 소리가 오봉산의 밤하늘을 가르자 호랑이가 몸통을 땅바닥에 처박았다. 자정을 알리는 기꺼운 축포 같았다. 덩덕새머리 부뜰이가 지척까지 다가온 호랑이의 거대한 모습에 질겁했다. 삼베 바지통이 물기로 흥건한 채 허벅지에 착 달라붙었다. 선 채로 두어 됫박도 넘는 오줌을 쌌다.

왕대(王大)

너부러진 수놈 호랑이는 대물이었다. 머리통에서 꼬리까지 11

척 3치(약 3.4미터)나 됐고 몸통만 7척 5치(약 2.25미터)가 넉넉했다. 이마에 임금 왕(王)자가 선명했고 어깻죽지에 큰 대(大)자 무늬가 확연한 왕대였다.

고려 범의 줄무늬는 털빛만 검은 것이 아니다. 털을 깎아도 거죽 피부까지 검은 무늬가 박힌 영물이다. 왕대는 황소만한 놈도 있어서 제 덩치만한 소를 아가리에 물고 담장을 훌쩍 뛰어넘는다 했다.

부뜰이가 놉 꾼을 데리러 삼경 한밤에 장터 마을로 내려갔다. 먼동이 희붐할 쯤에야 장골 여덟 명이 가쁜 숨을 몰아쉬며 허위허위 오봉산 자락으로 올라왔다. 놉 꾼들은 땅바닥에 늘어진 대호를 쳐다보며 저마다 탄성 한 마디씩을 질렀다. 비탈산길을 올라왔던 가쁜 숨이 잦아지자 이내 가져온 널빤지에다 그 놈을 굴려서 올렸다. 그리곤 대여섯 자는 될 성싶은 발목 굵기의 목도채 4자루로 널빤지 위의 대호를 묶었다.

2열종대로 줄지은 일꾼 여덟이 으쌰, 추임새를 넣더니 어깨 위로 목도채를 번쩍 들어올렸다. 호랑이가 얼마나 무거웠던지 목도채가 다 휘청거렸다. 삼베바지를 허벅지까지 걷어 부친 젊은이들의 장딴지 근육 옹심이가 바들거렸다.

앞뒤 일꾼이 어영, 어영, 어영차, 소리추임을 주고받으며 비탈산길 한 마장을 내려왔다. 산자락 아랫동네에 다다르자 농투성이 최 서방을 깨워 쇠 달구지를 빌렸다. 정주간에서 끌려 나온 누렁황소는 달구지 위에 덮인 거적 틈으로 혀를 빼 문 호랑이 얼굴이 드러나자 홍두깨로 뒤통수를 맞은 양 질겁했다. 눈알 흰자위가 희번덕이더니 머리통을 사방으로 도리질해댔다.

최 서방이 고삐 줄을 바싹 쥐어틀고 워 워, 수십 번 고함을 질러서야 겨우 황소를 진정시켰다. 코뚜레 속살에서 흐른 피가 주둥이 침과 뒤섞여 땅바닥으로 뚝뚝 떨어졌다. 누렁 소는 달구지를 끄는 도중에도 걸핏하면 꼬리 밑으로 오줌을 갈기고 똥을 쌌다.

소달구지는 시오리 논틀밭틀을 삐걱대며 닫다가 해가 중천에 걸렸을 즈음에야 회령 천변 허 초시의 염초 공방 곳간에 닿았다. 부뜰이가 일꾼을 데리러 가던 길에 허 초시에게도 알려 놓았다. 곳간 앞에는 소문을 듣고 몰려온 고을 사람들 수십 명이 진을 치고 있었다,

소달구지가 곳간에 당도하자 구경꾼이 한꺼번에 달려들어 털을 뽑아댔다. 고려 범은 털마저 영험해서 사나운 개에게 된통 물린 상처도 털을 태운 재만 바르면 말끔하게 나았다. 북새통이 가라앉을 즈음에 허 초시가 나서서 사람들을 물리자 그때서야 비로소 곳간 안으로 호랑이를 운반하고는 문을 걸었다.

놉 꾼과 범 포수가 땀에 전 웃통을 벗어 젖혔다. 두레우물 됫박 물을 좍좍 퍼부어 등목하며 땀자국을 씻었다. 지난밤의 고된 산일도 왕대 호랑이만 생각하면 즐겁다. 놉 꾼들은 범을 잡았던 포수보다 더 어깨를 으쓱이며 질펀하게 떠들었다. 껄껄거리며 그네들의 희멀건 장단에 박자를 맞춰주던 허 초시가 부엌 쪽을 살폈다.

"은연아, 강계 어른과 오라비가 이제야 왔구나. 점심상 내오
너라."

회령 장에서 제일 크다는 대저울에 매달린 호랑이는 75관(280
킬로그램)이 실했다. 허 초시가 감탄하며 강계나 혜산, 무산 쪽을
통틀어 열 자 넘는 몸통에 70관이 넘는 왕대는 몇 년 만에 처음
일 것이야라고 잘라 말했다. 못 돼도 흰쌀 150석 값은 넉넉하다
고 장담했다.

백두산 고려 범은 어디 하나 버릴 데 없이 비싼 값을 한다. 살
코기는 물론이고 뼈나 내장, 자투리 막고기까지 잔 저울에 한 냥
씩 매달려 귀하게 팔린다. 중국과 조선의 약재상은 호랑이 육골
을 서각(犀角: 코뿔소 뿔)이나 궁노루 사향(麝香) 이상 가는 영약
으로 쳤다.

호피는 더 비싸다. 두개골의 탄환 구멍만 제외하면 상처 하나
없이 깨끗한 가죽은 부르는 게 값이다. 게다가 왕대다. 임자만 제
대로 만나면 한 채 집값이 실하다. 한양이나 평양에서 방귀깨나
뀐다는 권문세가 사람들이 특히 호피를 좋아했고, 큰 고을 수령
과 고위 무관은 위엄부릴 양으로 집무실 의자 등받이나 바닥깔개
로 썼다.

호랑이는 이틀 만에 팔렸다. 고기와 뼈는 소식을 듣고 준마로
달려 두만강을 건너 온 만주 약재 상인이 사 갔다. 그는 곳간 평
상에 널브러진 호랑이를 손가락으로 꾹꾹 눌러보고는 대뜸 가죽

만 빼고 살과 뼈를 몽땅 사가겠다며 도거리흥정을 해댔다. 가지고 온 돈을 다 내놓는다며 흰쌀 120석 값이 족한 은금뭉치를 호기롭게 던졌다.

호피는 당백전 전궤를 걸머진 북관 거간꾼에게 낙찰됐다. 수하의 일꾼을 다섯이나 거느리고 온 그는 호랑이를 한눈에 쭉 훑더니 두말없이 메고 온 엽전 궤짝을 대청마루에 부리게 했다.

"그놈 참 허우대 헌칠하네, 얼굴도 잘 생겼고……. 이만한 돈이면 내일 당장 회령 장에 나가도 백미 100석은 넉넉한 값이오."

그가 가슴을 퉁퉁 치면서, 자신은 한양의 고관 대감 여럿과 줄을 대놓은 사람이라 했다.

호랑이가 허 초시네 마낭 구석에 세운 횃대에 걸렸다. 회령 장터에서 불려 온 도 백정이 날선 새끼칼로 가죽을 곱게 뜯어냈다. 허 초시가 은금과 엽전 궤짝을 강계 포수에게 넘기며 껄껄거렸다.

"올해 산자락 농사는 일찌감치 끝났네 그려."

범 포수들은 회령 농투성이가 평생 가도 만지기 힘든 큰돈을 쥐었다.

백두산 고려 범

고려 범의 고향은 시베리아 타이가(Taiga)와 인근 교목과 관목

지대 풀숲이다. 군림하는 영역은 조선과 중국 만주벌, 러시아 연해주를 잇는 알(r)자형 벨트다. 아무르(Amur)강 하류에서 출발한 호랑이는 만주 벌판을 주름잡고 두만강을 건너, 백두산을 꼭짓점 삼아 백두대간을 따라 남하하여 지리산 두메 골짝까지, 장장 3,000리에 이르는 자기 영토를 호령한다.

백두산 자락은 노른자위 영토다. 그곳에 서식하는 덩치 큰 마록(馬鹿: 말 사슴) 때문이다. 말 사슴의 부드러운 육질과 넉넉한 몸통은 최고의 성찬이다. 사냥한 말 사슴은 숲으로 끌고 가 한 번에 7~8관(30kg 내외)씩 찢어 먹는다. 먹다 남은 살코기는 대충 가려놓은 뒤 두고두고 찾아 와선 날름날름 뜯어먹는다. 바늘 같은 침 돌기가 박힌 혓바닥으로 뼈에 붙은 질긴 살점도 깔끔하게 발라 먹는다.

서남아시아의 뱅골(Bengal)이나 인도차이나에 서식하는 호랑이는 덩치나 용맹함, 살아가는 방식에서 감히 고려 범의 맞잡이가 되지 못한다. 고산준령의 산림과 설원을 타넘는 비호(飛虎) 고려 범에 비하면, 열대 들판과 강이나 정글에서 온갖 자잘한 짐승들과 함께 살아가는 뱅골 호랑이는 덩치 큰 고양이에 불과하다.

백두산 호랑이를 고려 범이라 부른 까닭도, 고구려 때부터 호랑이가 그 땅의 주인이었음을 인정한 탓이다. 백두산 일대는 고조선과 고구려, 고려를 잇대는 우리 역사의 태(胎)가 영글던 곳이고 그곳의 원래 주인은, 말하자면 고려 범이었다.

고려 범은 자신이 영역을 순례하는 동안 인간을 마주치면 대개 먼저 피한다. 그러나 허기졌거나 인간이 먼저 덤빌 때는 용서하지 않았다. 산중 폭군이자 영험한 신령이던 고려 범과 맞붙어서 인간이 확실하게 승리의 방점을 찍었던 것은 얼마 오래지 않은 17세기, 화승총이 등장하면서였다.

회령의 산줄기는 오봉산에서 시작돼 민수봉, 무산 가라지봉으로 이어지며 백두산까지 잇댄다. 연해주에서 출발한 호랑이가 백두산으로 향할 때 거치는 길목이다. 백두산 산그늘은 칠백 리나 드리워져서 회령 산자락들도 그 속에서 안온하다.

백두산 그늘의 먹이사슬 주군은 당연히 고려 범이다. 표범이나 급 낀신 매, 마 그럭이 끼에서 파서 자리를 꿰찬고 사납다는 늑대나 스라소니는 육방 아전에 불과하다. 그 아래 고만고만하고 무수한 날짐승과 들짐승, 산짐승들이 저들끼리 먹이사슬의 촘촘한 정치망을 쳐놓곤 질서 정연하게 살아간다.

지난밤 범 포수들이 왕대를 사냥했던 오봉산 범바위 아래서 암팡진 삵 하나가 도끼눈을 치켜뜨고 들쥐를 쫓고 있었다.

풀뿌리의 삶

정복길(鄭福吉). 동해안 호미곶 언저리 오천(烏川) 고을에 살았던 고조부가 회령으로 이주하여 회령 정씨의 입향조가 되었다. 고조부는 개간할 땅뙈기를 무상으로 나눠 준다는 방을 보고 유독

헐벗었던 친인척을 불러 모아 우리도 우리 땅에서 농사 한번 지어보자고 설득했다. 고조부 뜻에 따른 세 가구 열일곱 식솔이 남부여대하고 달구지에 세간을 실어서 산 고갯길 2,000여 리를 타넘어 북관 땅 회령에 터를 잡았다.

고조부는 회령 관아가 내준 산간오지의 남향 귀퉁이 땅을 다져서 오두막을 지었다. 그날부터 온 가족이 가래로 자갈투성이 산자락 땅을 일구었고 어르신 당대에만 논밭뙈기를 스무 두락이나 개간했다. 자손도 번창해서 불과 30년 만에 오천 정씨 열 가구가 옹기종기 어깨걸이로 모여 살았다. 작으나마 기와집까지 짓고, 사이사이 텃밭도 가꾸는 정씨 집성촌이 그때 만들어졌다.

복길이 할아버지는 아홉 남매를 보았다. 막내였던 복길이 아범은 스물두 살에 정혼했지만 부락에는 집 지을 땅이 마땅찮아 보을천이 내려다보이는 10리 밖 산자락에 새 터를 고르곤 분가했다. 할아버지는 알부자로 소문났지만 아홉 남매의 막내에게까지 물려줄 전답은 없었다. 분가한 복길이 아비는 애초에 농투성이 소작농의 삶을 시작했다.

복길이 아범은 심성이 곧고 성실했다. 일꾼 하나 쓰지 않고 복길이 어멈과 비탈 논 열 마지기와 산자락 밭뙈기 다섯 두락을 억척스레 일구었다. 못 먹고 못 살다보니 어린 복길이가 징징대며 떼쓰는 일이 잦았다. 그때마다 복길이 아범은 복길이를 꾸짖어 담금질했다.

"너는 포은 정몽주의 자손이란다. 헛된 재물을 탐하지 말고,

목에 칼이 들어와도 불의와 타협하지 않은 조상님을 본받아 이 세상을 참되게 살아가야 한다"

회령은 늘 건조해서 쌀농사가 팍팍했다. 서쪽에서 몰려오는 물 먹은 구름은 개마고원과 마천령이 옹벽처럼 가로막았다. 회령분지를 적시는 빗물은 일 년치를 모아봤자 평안도의 여름 한나절 장대 빗물에도 못 미쳤다. 게다가 추웠다. 5월까지 서리가 내렸고 10월 어느 날이면 느닷없이 물독에 살얼음을 띄웠다.

회령 사람은 들판 머리가 이고 있는 두만강에서 물을 끌어다 농사를 지었다. 회령 들판 좌우에서 두만강으로 흘러드는 샛강 회령천과 보을천 주변 전답은 그래도 나았다. 복길이네 소작논은 벌판이 끝나는 서쪽 구릉에 얹혀 있어서 두만강 물은 언감생심 그림의 떡이었다.

오뉴월 내내 손바닥만 한 인근 저수지와 실핏줄 물꼬를 트느라 온 식구가 밤잠까지 설쳤다. 지주 어른이 선심 쓰듯 내준 산비탈 개똥밭 다섯 마지기가 그나마 효자였다. 물 냄새만 맡아도 저 혼자 자라는 기장이나 밭보리, 귀리와 수수를 심어 세 식구 입에 풀칠을 할 수 있었기 때문이다.

농사 소출은 적으나 많으나 지주와 반타작했다. 그러고도 몇 줌 알곡이 남을라치면 관아 달구지가 득달같이 닥쳐 세곡을 따로 셈해서 뜯어 갔다. 복길이가 열 살 되던 해에는 심한 가뭄이 들었다. 가을걷이가 끝나 나락을 털었을 땐 까끄라기 죽정이가 마른

하늘 고추잠자리처럼 펄펄 날았다.

회령의 지주 대부분이 그해 소작료를 탕감해 주었다. 범 아가리보다 무서운 관아 공출도 면제됐다. 그러나 복길이네 전답 지주이던 꼭지어른만은 예년과 마찬가지로 반타작을 요구했다. 갈아먹으라고 무상으로 떼어준 밭뙈기가 얼만데 그러느냐며 역정을 내곤 알곡이 안 되면 콩이나 보리라도 실어내라고 닦달했다. 사정하고 매달려도 씨알이 먹히지 않자 복길이 아범이 만주 배갈을 반 대접이나 들이키곤 일을 저지르고 말았다.

지주 댁 마당에 뛰어들어 울부짖었다.

"아이고, 어르신! 내 식솔이 다 굶어 죽게 생겼소!"

대청마루에 앉아있던 모시적삼 차림의 꼭지어른이 벌떡 일어나서 단박에 안면을 몰수하곤 삿대질을 해댔는데, 복길이 아범의 몸통을 손가락으로 찔러서 들었다 놓았다 해대는 것 같았다.

"보리밥이나마 밥술 뜨게 해준 게 누군데, 저 놈이 여기가 어디라고⋯⋯. 헤실헤실 개수작 부리는 게냐!"

지주영감의 야멸친 고함에 더욱 흥분한 복길이 아범은 급기야 대청마루로 뛰어들며 소리를 내질렀다.

"에라 이⋯ 승냥이 같은 영감탱이!"

그러자 진즉에 복길이 아범을 에워쌌던 머슴 대여섯이 막아서곤 쇄골이 앙상한 복길이 아범을 달랑 들어서 사랑채 뒷마당으로 끌고 갔다. 농기구 광의 구석에 묶인 복길이 아범을 머슴들이 둘러싸곤 곡괭이자루로 복날 개 패듯, 엉덩이를 후려쳤다.

꼭지어른의 사형(私刑)은 고을 수령도 눈감아줬다. 고대광실의 대대손손 토호 집안인데다 데린 일꾼과 머슴만도 50명이 넘어서, 길어야 석삼년인 수령임기 동안에 꼭지어른을 건드려 좋을 건 하나도 없었기 때문이다. 복길이 아범은 엉덩이뼈 부근이 검붉게 부어올라 핏물이 배 나왔다. 지주 댁 대문 밖으로 내던져져 엉금엉금 기다시피 집으로 돌아온 복길이 아범은 통나무집의 설설 끓는 구들목에 달포나 엉덩이를 지져서야 장독을 뺐다.

소작농을 때려 치웠다. 밭에서 거둔 조와 수수를 지주 댁 머슴이 실어갔다. 그날 이후로 복길이네 형편은 애옥살이가 따로 없었다. 세 식구가 고개이 풀죽으로 연명했다가 복길이의 뱃구레가 올챙이처럼 빵빵하게 붓고 온몸에 풀독이 올랐다. 복길이 아범은 이를 악물고 소매를 걷어붙였다. 그해 회령 개시가 막 열리던 때였다.

개시 때마다 50필이 넘는 말에 수레 짐바리를 끌고 오는 만주 거상 푸차(富察) 대인을 찾아갔다. 아무 일이나 시켜 달라고 애원하여 머리를 조아렸다. 푸차 대인이 아는 척도 않자 복길이 아범은 일꾼 틈에 끼어 하루 종일 궂은일을 도왔다. 푸차 대인은 일주일이나 빠짐없이 무보수로 일하는 복길이 아범을 불러 세우고는 새삼스럽게 요모조모를 뜯어보더니 마침내 수하 일꾼으로 채용했다.

복길이 아범은 그해 초겨울부터 두만강을 오르내렸다. 만상이 거래하는 물목 짐바리가 두만강 저쪽에 당도하면 회령 장터의 창고까지 끌고 와 일목요연하게 정리하여 풀고, 개시가 끝물이면 만주로 가져 갈 물목을 장부와 대조한 뒤 짐을 꾸려 두만강 위쪽에 실어 올리는 일이었다.

회령 개시는 두만강에 살얼음이 뜨면서 석 달 간 장이 서는 겨울 한철 장사다. 만주 북풍을 고스란히 떠안는 물목 운반이 녹록치 않았다. 일꾼들의 손등이 터졌고 언 발가락에선 진물이 흘렀다. 복길이 아범은 어금니를 물고 꽁꽁 얼어붙은 두만강을 수도 없이 오르내렸다.

푸차 대인은 그해 개시가 깔끔하게 마무리되자 복길이 아범을 매우 흡족한 눈으로 바라보았다. 일을 맡은 지 반년도 안 돼 거래에 필요한 여진족 말을 웬만큼 알아듣고, 오고가는 물목은 굳이 보따리를 풀지 않고도 정확히 분류하는데다, 회령을 들고나는 물품 개수를 꼼꼼하게 대차대조하는 일 맵시가 도드라졌기 때문이다.

복길이 아범은 다음해 개시부터 종복 열 명을 거느린 소 두령이 됐다. 푸차 대인은 수백 가지 창고 물목의 입출 기장을 그에게 맡겼고 세경으로 흰쌀을 60석이나 주었다. 푸성귀 보리죽으로 연명하던 복길이네 살림이 한순간에 펴졌다.

물목 짐바리를 싣고 만주를 다녀올 때마다 육포를 한 보따리씩 짊어지고 왔다. 복길이는 다른 농군의 자식들이 풀죽으로 연명하던 춘궁기에도 그 귀한 육포를 질겅거렸다. 복길이 어멈도 끼니마다 입쌀 일어 밥을 짓고 고기반찬을 지지는 일에 나날이 신났다. 그러나 이런 호사는 그리 길지 않았다.

만주 화적떼

복길이가 열두 살 되던 해, 부모는 푸차 대인의 요구로 두 해를 약정하고 만주살이를 떠났다. 대인의 만주 저택의 창고 출납을 관장했던 집사가 지병으로 눕자 새로운 만주족 집사를 구할 때까지 복길이 아범에게 그 일을 맡긴 것이다.

복길이 어멈은 태어난 지 100일을 갓 넘긴 둘째아들 복태를 포대기에 감싸 업고, 괴나리봇짐을 진 아범의 손을 잡고 두만강을 신었다. 어미 젖은 물어야 갈 듯는 갓난쟁이 복태는 데려간다지만, 열두 살 박이 사내아이 복길이마저 군식구로 업어 만주에 데려갈 수는 없었다.

복길이 아범은 만주살이를 떠나기 전 복길이를 데리고 회령 천변의 허 초시 염초공방을 찾아갔다. 이태 동안만 자식을 맡아 줄 것을 부탁하기 위해서였다. 회령의 오천 정씨 집성부락의 친인척에게 맡겨도 됐지만, 아비가 없는 동안 세상물정을 제대로 익히고 글공부 귀동냥이라도 시키려면 허 초시 댁만 한 곳이 없었기 때문이다.

허 초시는 만주 거상의 신임이 두터운 복길이 아범의 성실함과 인간됨을 익히 알고 있었다. 두 말 없이 선뜻 복길이를 맡아주겠노라며 수락했다. 고개를 몇 번이나 조아려 고마움을 표한 복길이 아버지는 자식이 축낼 양식과 옷가지 대금을 알곡으로 넉넉히 쳐서 미리 드리겠다고 했으나, 허 초시가 껄껄 웃으며 손을 내저었다.

"친자식처럼 거두겠으니 아무 염려마시고, 푸차 대인의 일이나 잘 거들어 드리십시오. 복길이는 공방 허드렛일을 시켜서라도 공밥은 먹이지 않을 것이니 절대로 부담가지지 마십시오."

말을 끊은 허 초시가 커다란 눈망울에 불안한 심정을 잔뜩 묻혀서 멀뚱거리는 복길이의 머리를 쓰다듬었다.

"고 녀석 참, 눈초리가 어찌 이렇게 똘망똘망하나, 그래……. 허허."

이태에 불과하지만 슬하에 딸 하나가 전부인 그에게 점지된 사내아이의 가외아비 노릇은, 어쩌면 하늘이 맺어 준 인연이 아니랴 그렇게 생각하기로 했다.

짐작했던 대로 복길이는 영민했다. 외딸 은연이를 글공부시키는 김에 허 초시는 회령 천변의 또래 아이들 대여섯을 모았고 복길이도 거기에 끼웠다. 난생 처음 한문 서책을 공부하는 녀석이 불과 두어 달 만에 천자문을 뗐다. 허 초시가 넌지시 이 책도 읽어 보련하고 던져 준 사서의 문장까지 가르치는 족족 따라 외웠다.

염초 굽는 일에도 관심이 많았다. 누가 시키지 않았음에도 참나무 장작단을 굵기 별로 나누어 쌓고 가마솥에 물 긷는 일까지

도와 노역꾼들의 귀여움을 샀다. 맡아 기르는 남의 자식이지만 될성부른 떡잎 같아서 허 초시는 여간 흐뭇하지 않았다.

마침내 이태가 지났다. 그러나 만주에서 돌아온다던 복길이 부모는 소식이 없었다. 그해 초가을에 흉측한 이야기가 회령고을 사람들의 귓속으로 은밀히 돌았다. 만주 갔다 온 사람이면 하나같이 복길이 부모와 세 살 바기 복태가 귀국하다가 삼합촌 향마적(響馬賊) 비적떼에게 살해되고, 돈과 짐바리를 몽땅 뺏겼다고 했다.

그해도 매운 만주 북풍이 회령 벌판에 닿을 무렵에 어김없이 회령 개시가 열렸다. 푸차 대인이 꼬리에 꼬리를 문 소와 말 수레에 가비피를 싣고 허령을 찾았다. 대인은 짐을 풀지도 않고 곧장 허 초시네 공방을 방문했다. 그간에 나돌았던 흉흉한 뜬소문이 현실로 확인되는 순간이었다.

대인은 복길이 부모와 복태가 화적떼에게 당한 끔찍한 참상을 가감 없이 설명했다. 그리고 자신으로 말미암아 자식 하나만 남기고 온 가족이 몰살당했음에 무릎을 꿇고 눈물을 흘리며 사죄했다. 대인은 화적떼에게서 되찾은 복길이 부모의 유품과 함께 꽤 묵직한 은금을 허 초시에게 건네며 복길이가 장성하면 전해 달라고 부탁했다. 복길이의 나이 겨우 열네 살이던 초겨울의 일이었다.

푸차 대인이 다녀간 뒤 복길이가 달라졌다. 며칠이나 밥을 굶어 퀭한 눈은 독기로 번들거렸고, 공방 일꾼들이 따로 차려주는 밥상마저 마당으로 내동댕이쳤다. 꺽꺽 울어대면서 영글지도 않은 주먹을 휘두르며 원수를 갚겠다고 길길이 뛰었다. 허 초시에게 막무가내로 매달리며 도적을 베어 죽일 날 선 칼을 구해 달라며 보챘다. 허 초시는 복길이를 껴안았다.

"도적은 칼을 쓰지만 총도 잘 쏜다는 걸 명심해야 돼. 복수를 하려면 비적을 상대할 힘부터 먼저 기르고 그 뒤에 총이나 칼을 다루는 훈련을 제대로 받아야 한단다. 네가 그토록 원한다면 ……. 내가 그 방법을 찾아보마. 그러니, 이제 그만 밥을 먹고 정신을 차리자꾸나……."

서너 뼘이나 될까 싶은 애숭이의 가슴 밑바닥에 저리도 오진 복수심이 담길 수 있을까, 놀란 허 초시였지만 그것이 갸륵한 효심에서 비롯됨을 알았기에 기꺼운 마음으로 복길이 편에 서기로 했다.

그날 이후로 복길이는 난동을 그쳤다. 어느 구석에 박혔는지조차 모르게 염초 공방 한 귀퉁이에서 흙을 나르고 물을 길었다. 허 초시가 가르치는 글공부 시간에도 예전의 차분함을 되찾았다. 칼날처럼 곤두서있던 까칠함도 어디론가 숨긴 듯 보이지 않았다.

복길이는 걸핏하면 혼자서 뒷산을 올랐다. 어떤 날은 저녁밥 시간을 한참이나 넘긴 오밤중에야 터덜거리며 산길을 내려왔다. 그럴 때면 허 초시와 은연이가 동구 밖에서 기다렸다가 함께 집으로 돌아왔다. 허 초시는 핏발이 서고 물기가 그렁한 복길이의 눈을 애써 외면했다.

넙덕봉 귀틀집

푸차 대인이 다녀간 지 석 달 만이었다. 허 초시가 6척 거구 범 포수를 집으로 데려왔다. 소매를 걷어붙인 산포수의 팔뚝이 웬만한 장정 발목보다 굵었고 용눈썹은 달싹도 않아서 복길이의 기를 단번에 눌러놓고 말았다. 주눅이 들어 고개를 숙인 복길이의 머리를 쓰다듬던 허 초시가 껄껄 웃었다.

"겁내기 말거라, 강계 어른이시란다. 방안으로 들어가 큰절 올려라. 이 어른은 나하고 죽마고우이고, 백두산에서는 조선 제일 가는 범 포수로 이름을 떨치신 분이란다. 너는 이제부터 어른을 따라 화승총 쏘는 법을 제대로 배우게 될 거야. 마음 단단히 먹어야 한다."

그날 밤늦도록 강계 어른과 허 초시가 막걸리 사발을 기울이며 이야기를 나눴다. 가끔은 두 어른의 호탕한 웃음이 문지방 틈새로 흘러나왔다.

다음날 이른 아침에 은연이가 꺼내 놓은 새 옷으로 갈아입은 복길이가 허 초시에게 큰 절로 하직인사를 했다. 괜시리 헛기침만 뱉던 허 초시가 커다란 봇짐 하나를 복길이에게 건넸다. 푸차 대인에게서 넘겨받은 복길이 부모의 유품이었다.

복길이가 댓돌을 내려서자 마당 한편에서 팔짱을 끼고 기다리던 강계 어른이 앞장을 섰다. 이별을 애써 외면하려 부엌에 들어가 있던 은연이가 그제야 부엌문을 살며시 밀치고 나와서 멀어지는 복길이의 뒷모습을 새초롬히 지켜보았다.

회령 장터거리를 지나자 보을천 둑길이 이어졌다. 강계 어른은 오로지 앞만 보고 걸었다. 커다란 짐 보따리를 든 열네 살 복길이가 어른 뒤쪽을 따라붙으며 가쁜 숨을 몰아쉬었다.

넙덕봉 비탈로 향하는 오르막길이 시작되자 강계 어른은 가끔 걸음을 멈춰서 복길이가 따라오도록 기다려 주었다. 봇짐을 짊어진 복길이가 된 숨을 헐떡이며 다가오면, 어른은 이내 성큼 걸음으로 저만큼 올라섰다.

5리는 너끈히 걸었을 즈음에 넙덕봉 계곡에서 뻗어 내린 시냇물을 만났다. 어른 걸음으로 두어 폭이나 될 성 싶은 개울물은 자갈 콩돌에 쓸려 잠시도 쉬지 않고 재재거리며 아랫 계곡으로 흘러들어 무뚝뚝하게 흐르는 보을천과 만났다.

강계 어른과 복길이가 개울가에 나란히 앉았다. 어른은 이마에 맺힌 땀을 닦는 복길이와는 눈도 마주치지 않고, 마치 산 속의 고라니나 부엉이에게 말하듯 물었다.

"네 이름이, 정복길이라 하였느냐."

"……예."

복길이의 대답쯤은 염두에 두지 않았음이 분명했다. 어른은 저고리 안주머니를 뒤지더니 자그만 칼을 꺼내 들고 수풀로 다가갔다. 얽히고 설킨 잡풀 사이에서 칡넝쿨을 발견한 어른은 줄거리를 힘껏 잡아당겨 뿌리 부분을 확인하자 곧바로 땅바닥을 주머니칼로 후벼 팠다.

장정 팔뚝만큼 굵고 길쭉한 칡뿌리가 뽑혀 나왔다. 어른은 칡뿌리를 맑은 개울물로 씻어낸 뒤 칼집을 내어 세로로 쭉쭉 찢었다. 뿌얀 칡물이 배어나는 칡뿌리 몇 가닥을 복길이에게 건넸다.

"산에서 살아가려면 갈근(葛根) 정도는 언제라도 파낼 수 있어야 숨줄을 부지할 수 있다. 꼭꼭 씹어서 단물을 모두 짜내어 삼키고 질긴 껍질은 뱉어라. 산포수들에겐 인삼보다 나은 보약이 바로 칡뿌리야……."

어금니로 꾹꾹 씹어 달짝지근한 칡 물을 우려내는 맛에 산길 오르는 고단함도 잊었다. 20여 분 산비탈을 오르다가 마침내 비탈 저 멀리의 통나무집 한 채를 발견했다. 앞장 선 어른이야 아무런 말도 않았지만, 복길이의 어린 눈에도 그 집은 틀림없이 강계 어른의 귀틀집이었다. 가정을 이룬 저자 사람들이라면 저런 산비탈에 집을 짓고 살 수는 없는 노릇이기 때문이었다.

어디서 나타났는지 귀가 쫑긋한 풍산개 한 마리가 짖어대며 다가왔다. 덩치 큰 사냥개의 갑작스런 출현에 복길이가 놀라서 뒷걸음을 치자 어른이 주저앉아 풍산개의 머리통을 붙잡곤 타이르듯이 일렀다.

"오늘부터 우린 한 식구야"

그 말을 알아차리기라도 한 듯, 복길이를 쳐다보던 풍산개는 뾰족한 귀를 누그러뜨리고 나지막하게 낑낑 소리를 내며 꼬리를 흔들었다.

귀틀집은 복길이의 몸통 굵기 만한 통나무로 가로 세로 벽면을 짰고 나무 사이의 이음새는 찰흙이 메우고 있었다. 서까래를 얼기설기 짜 맞춘 지붕 위로는 너와나무 판때기가 겹겹이 올려져 있었고, 바람에 날아가지 않게끔 서까래 굵기의 통나무로 가로 세로를 촘촘히 얽어 놓았다. 그 귀틀집은 인간이 사는 인공 구조물이라기보다는 마치 산비탈의 한 부분인 것처럼 그렇게 얹혀 있었다.

집안으로 통하는 쪽문을 따고 방 안으로 들어선 강계 포수가 복길이에게 가져온 짐은 정주간 뒤쪽의 작은 방에 갖다 놓으라고 이르곤 오늘부터 자기와 함께 큰 방에서 기거한다고 했다. 대낮임에도 방안이 어두침침했다. 방안을 밝히는 빛이라곤 벽면 위쪽의 손바닥 만한 봉창으로 쏟아지는 햇살 두어 가닥이 전부였다.

동공이 열려서 방안의 세간들이 하나씩 또렷하게 보이자 복길이는 흠칫 놀라고 말았다. 윗목에 난생 처음 보는 실물 화승총이 거치대에 가로 누워 있었기 때문이다. 복길이가 산 속의 외딴 집에 살면서 배워 나갈 일이 무엇인지, 그 대상을 처음 마주하는 순간이었다. 여린 가슴이 콩닥콩닥 뛰었다.

복길이는 어른이 일러 준 귀틀집 마당 아래의 옹달샘을 찾아가 샘물을 한 항아리 길어왔다. 그 물로 저녁밥을 지었다. 호롱불을 켜놓고, 간장에 절인 육 고기와 백김치를 꺼내 소반에 올렸다.

저녁 밥상을 물린 뒤에는 곧장 이부자리를 깔았다. 그러나 그 밤을 복길이는 거의 뜬 눈으로 지샜다. 온갖 산짐승 날짐승이 질러대는 기괴한 울음소리가 하나도 여과되지 않고 생생하게 귀틀집에 들이닥쳤기 때문이다.

간간이 자지러지는 비명 같은 소리가 가까운 곳에서 들렸는데, 그때마다 풍산개 호태가 살벌하게 컹컹 짖어대는 맞대응을 했다. 귀를 틀어막은 복길이가 억지로 잠이 들려 할 때였다. 저 먼 곳에서 마치 땅바닥을 긁는 듯 "어윽, 어윽, 윽!" 낮게 깔리는 울음이 잇대었다.

덩치 큰 남정네가 지르는 쉰 목소리 같은 그 소리는 신기하게도 그때까지 사방을 들쑤셨던 짐승들의 울음을 한 순간에 잠재웠다. 갑자기 찾아 온 정적으로 오히려 겁에 질린 복길이가 강계 어른 옆으로 바싹 다가가 이불을 머리까지 뒤집어썼다. 강계 어른이 나지막히 중얼거렸다.

"고려 범이 모처럼 오봉산까지 행차하셨군……. 호랑이 임금님이 납시었으니 아랫것들은 썩 물렀거라, 그렇게 내지르는 고함 소리야."

호랑이라는 말에 복길이의 팔뚝에 소름이 돋아났다. 지금껏 회령에 살았으면서도 그처럼 생생한 호랑이 울음소리는 처음 들어

봤다. 잠이란 놈은 이미 까맣게 저 먼 곳으로 달아났다. 두 눈을 질끈 감은 채, 다만 이 얄궂은 밤이 빨리 지나가기만을 산신령께 빌었다.

여문 나날들

넙덕봉 귀틀집으로 정처를 옮긴 복길이는 강계 포수와 함께 회령 벌판을 두른 높고 낮은 산자락을 탔다. 산에서 먹을 점심밥이며 소소한 사냥 장구가 담긴 걸낭을 등짝에 조여 매고, 말 한마디 없이 저만큼 앞서서 산을 오르는 강계 포수의 꽁무니를 쫓느라 진땀을 흘렸다.

열네 살 사내아이에게는 벅찬 산행일지도 몰랐다. 강계 포수는 정 힘이 부치면 귀틀집에 혼자 남아있으라고 일렀지만 복길이는 그때마다 고개를 잘래잘래 흔들었다. 산길에서 미끄러져 발목을 삐어 퉁퉁 부은 그 다음날에도, 어디서 그런 걸 보았는지 짚신 발목에 자그만 부목을 대어 무명천으로 칭칭 동여매곤 기어코 어른을 따라나섰다.

복길이의 행사가 처음부터 강계 포수의 입맛에 맞아 떨어진 것은 아니었다. 귀틀집에 데려 온 뒤 얼마 지나지 않아 막무가내로 어른 옷을 붙잡고 늘어지며 화승총 사격을 가르쳐달라고 떼를 썼다. 그때마다 어른이 신체를 단련하여 덩치를 키우고, 기본기를 탄탄하게 연마한 어른이 되어야 비로소 네 총을 가지게 될 것이라고 일렀으나 도무지 수긍하는 낌새가 아니었다.

사냥을 따라나선지 불과 두어 달 만에, 어른의 어깨너머로 화승총 장전과 시방 모습을 지켜본 복길이가 제 딴에는 사격 요령을 터득한 모양이었다. 그러다가 된통 탈이 났다. 산행이 없던 어느 날 오전, 강계 포수가 허 초시의 염초 공방에 화약을 구입하러 외출한 날이었다. 복길이가 거치대의 화승총을 내려서 귀약통의 화약을 약실 가득 담고 연환까지 장전한 다음, 화승에 불을 붙여 귀틀집을 나섰다가 때마침 귀가하던 강계 어른과 맞닥뜨리고 말았다.

얼굴이 시뻘개진 어른은 솜털이 보송한 복길이의 손에 들린 화승총을 황급히 낚아챘다. 그날 어른은 단단한 나무 가지를 한 줌이나 꺾어 왔다. 안방 윗목에 목침을 놓고 그 위에 바짓단을 둥둥 걷어 올린 복길이를 세웠다. 그리곤 녀석의 여린 종아리 살이 뜯겨져 붉은 피가 배어나올 때까지 아무 소리 않고 매질만 했다. 복길이는 눈물을 철철 흘렸지만 아프단 소리는 끝내 입 밖에 내지 않고 이를 앙다물며 버텼다. 강계 포수는 그날 이후로 사냥을 나서지 않을 때면 원목으로 짠 커다란 궤짝 안에 화승총을 보관했다. 궤짝 뚜껑은 튼튼한 열쇠로 채워졌다.

복길이 녀석의 속내가 어린애답지 않게 뒤틀려 있었다. 부모와 어린 동생까지 무참히 살해한 화적떼를 더욱 처참한 몰골로 죽여서 복수할 것임을 날마다 맹세하고 다짐하는 듯 했다. 그것은 때때로 잔인한 몰골을 드러냈는데, 사냥 도중에도 예외가 아니었다. 강계 포수의 연환 한 방에 쓰러진 산짐승은 단번에 숨이 끊어지지 않고 숨이 넘어가는 날카로운 소리를 지를 때도 있었다. 그때마다 복길이는 어른이 시키지 않았음에도, 손칼을 빼내들고 달려가선 죽어가는 짐승의 비명이 멎을 때까지, 목덜미를 마구 찔러댔다. 칼자루를 쥔 복길이의 자그만 손에서 핏방울이 뚝뚝 떨어질 때면 치켜 뜬 눈매마저 섬뜩했다.

가을 밤이 무르익던 어느 날 강계 포수가 호롱불 곁에 복길이를 불러 앉히곤 그 앞에 화승총을 뉘여 놓았다. 한 손으로 화승총을 가리키는 어른의 눈이 호롱 불빛을 되받아 번들거렸다. 철딱서니 없는 사내아이 하나를 앉혀놓고, 뜬금없는 선문답이 시작됐다.

"복길아, 이게 무엇이냐?"

"총입니다."

"총은 어떤 물건이냐?"

어른의 새삼스런 물음에, 복길이가 자그만 머리통을 이리저리 굴려 어렵사리 답을 찾는 눈치였다.

"…… 무기입니다."

"무기가 무엇인지 알고 있느냐?"

"적을 무찌르는 데 쓰는 물건입니다."

어른이 갑자기 단호한 목소리를 냈다.

"아니다."

"…… 그럼 무엇입니까?"

"무기는 살아있는 목숨을 빼앗는 물건이다."

"……."

어른은 마치 준비해 놓은 훈계처럼 차분한 어조로 복길이를 설득해 나갔다.

"화승총은 말이야, 그 누가 방아쇠를 당기든 총구에 불을 뿜어서 총탄을 뻗친다. 그래서 누가 쏘아도 상대방의 목숨을 단숨에 빼앗을 수 있다. 누가 어떤 사람이 화승총의 방아쇠를 당기느냐가 그래서 중요하다. 착호군의 화승총이 불을 뿜으면 사람을 집아먹는 못된 범을 잡고, 무지막지한 화적떼가 방아쇠를 당기면 착하고 선량한 사람들이 영문도 모른 채 죽어나간다. 돌아가신 너희 부모님처럼 말이다."

"……."

복길이를 쳐다보던 강계 어른의 시선이 얼음장처럼 차가웠다. 복길이가 움찔거리며 시선을 피하자 어른이 천근무게는 될 것 같은 말로 복길이를 다그쳤다.

"자신을 다스릴 수 있는 사람만이 화승총 모가지를 움켜 쥘 자격이 있단다. 복길이 네가……. 자세를 먼저 다져야 한다."

"…… 그러면 언제 화승총을 쏘도록 허락하실 건지요?"

"아직은 멀었다. 네가 착실히 산을 타고 호연지기를 길러서 신체와 정신이 문득 올곧다고 느껴지면……. 그때는 내가 지체 없이 총을 쏘게 해주마."

복길이가 화승총 개머리를 살짝 감아쥐었다간 이내 손을 떼었다. 복길이의 고개가 차츰 아래로 숙여졌다. 몰아치는 산바람이 귀틀집 문고리를 흔들었다.

2장
백두산자락 사람들

복길이의 화승총

오봉산을 넘나드는 날짜가 포개지고 바뀌는 계절의 횟수가 쌓일수록 복길이의 산 타는 걸음새가 날래져 갔다. 어느 사이엔가 턱 밑에 거무스레한 수염자국이 돋아나면서 조막만 한 가슴에 딱지로 박힌, 하늘이 무너진 슬픔의 흔적들이 하나 둘 떨어져나가는 듯 했다.

강계 어른의 화승총 터지는 소리가 산골짝을 울릴 때마다 사슴과 멧돼지가 고꾸라졌다. 그때마다 총자루도 쥐지 못한 새끼포수 복길이의 가슴에도 희열이 솟았다. 복길이의 타고난 신체가 큼직하고 딴딴했다. 게다가 악바리 근성도 드셌다. 이산 저산 뛰어오르는 엄한 신체단련이 일상으로 이어지고 거기에 육 고기가 끊임없이 밥상에 올라간 덕분이었다. 강계 포수는 사냥꺼리가 시원찮아 시장에 꼭 내다 팔아야 할 사냥감마저 솥단지에 고아서 복길이에게 먹였다.

열여덟 복길이가 강계어른의 육척 체수를 따라잡게 쑥쑥 자랐다. 떡 벌어진 어깨 쇄골과 뭉쳐지고 다듬어진 근육들이 엔간한 장정보다 우람했다.

마냥 내려다보던 복길이를 마주서서 쳐다보게 되자 강계 어른은 비로소 빙그레 미소를 머금고 말했다.

"네가 쏠 화승총을 장만할 때가 됐구나."

그해 겨울에는 관서에서 제일가는 대장장이가 사흘 밤낮으로 총열 구멍을 뚫었다는 화승총 한 자루가 무명 보자기에 둘둘 말려 넙덕봉 귀틀집에 닿았다. 만주 대처의 대장장이가 만든 화승총보다 두 배나 비싼, 흰쌀 넉 섬 값인 스무 냥을 치렀다.

새 화승총은 보기에도 야무졌다. 총목을 움켜쥐면 실한 기운이 곧바로 손아귀까지 전해져 복길이의 가슴을 콩닥거리게 했다. 어른이 새 화승총을 들고 보을 천변으로 나가 여남은 발이나 신약을 담아 꽝꽝 터뜨려 보곤 화약뒷심을 잘 받는 총이다, 날마다 총신을 닦고 약실의 화약찌꺼기를 청소해야 탄환이 제대로 뻗는다면서 비로소 총자루를 복길이에게 넘겼다.

산행 장구나 챙겨 들던 복길이 손에 반짝이는 새 화승총이 들렸다. 그날부터 잠을 깨면 으레 거치대의 화승총부터 끌어다가 무릎에 올리곤 총기 안팎 구석구석을 반질거리게 닦았다. 사격이 허락되지 않았음에도 자신의 화약통에는 늘 새 신약과 선약을 정성스레 담아 두었다.

강계 어른의 꼼꼼한 사격지도가 뒤따랐다. 어른은 흐트러짐 없는 버팀 사격자세를 특히 강조했고, 앉고 서고 누워서 사격하는 기본자세를 수도 없이 반복시켰다. 비오는 날이면 방안에서 쪼그려 앉아 총구 가늠쇠와 가늠자를 합치시키고 호흡을 멈춘 채 방아쇠를 당겨서 격발하는 훈련을 수도 없이 반복했다. 어른의 살뜰한 집총조련을 두어 달 받고나자 화승총은 마치 복길이의 수족마냥 그의 손아귀에 착착 감겼다.

그 뒤로 일곱 장(丈) 거리에 설치한 솔대 과녁에 실탄을 시방하는 훈련이 있었다. 사냥 나가는 날이면 호젓한 산길에서 임의의 표석을 실방하고 사격을 했는데 복길이는 시방훈련 서너 달 만에 손바닥만 한 과녁을 쏘아 3발 가운데 얼추 2발 이상을 명중시켰다. 강계 포수가 흡족한 미소를 띠었다.

"이젠 웬만큼 됐다, 됐어! 함께 총을 쏘아 산짐승을 잡아도 될 것 같으이……."

열아홉 되던 해 봄부터 가끔씩 복길이의 화승총 터지는 소리가 회령의 산골짜기에서 메아리쳤다. 그때마다 오봉산의 깊은 옹달샘물이 바르르 파문을 일으켰다. 복길이의 연환이 사슴이나 고라니, 때로는 스라소니를 거꾸러뜨렸다. 서른 관이 넘는 멧돼지를 단방에 뒤집어서 회령 장에 내놓자 장터 사람들이 몰려들어 회령에 새 산포수 장정이 났다고 감탄해가며 복길이의 어깨를 두들겼다.

강계 포수가 한때 이름을 날린 백두산 범 포수였다 해서 사냥을 나설 때마다 떡대같은 짐승을 잡아 온 것은 아니었다. 왼종일 허탕만 치고 빈손으로 하산하는 날도 부지기수였다. 그런 날이면 산자락 곳곳에서 만나는 산토끼마저 아쉽다. 복길이가 분풀이라도 하듯 깡총거리는 토끼에게 총구를 겨누면, 어른은 으레 손바닥으로 복길이 화승 총구를 멀찍이 밀어내며 이르곤 했다.

"놔둬라, 토끼란 녀석은 배고픈 호랑이가 먹어야 돼"

강계 포수 이강억

강계 포수는 아버지가 회령 토박이 산포수였고 그도 회령 장터 마을에서 나고 자랐다. 본향이 전주인데다 예전엔 세도깨나 부렸던 양반 가문이어서 그에겐 강억(剛億)이란 반듯한 이름까지 있었다. 허나 북관까지 흘러든 남도치 씨앗의 대부분이 밝히기 거북한 껄끄러운 사연을 간직했듯, 그 또한 어른들로부터 가문의 세세한 내력을 들어본 적이 없다. 아버지나 그나 회령 고을에 얹혀사는 수많은 출향 상민 가운데 하나일 따름이었다.

염초장 허 초시와는 회령천에서 고추를 꺼내놓고 함께 멱 감던 사이로 소싯적부터 죽이 척척 맞았다. 강계 포수는 얼굴에 쇠버짐 꽃이 피던 열 살 무렵에야 허 초시를 따라 서당을 다니기 시작했다. 글공부로는 도저히 친구를 따라잡을 수 없음을 깨달으면서, 훈장 어른의 꿀밤은 늘상 그의 마빡에만 머물렀다. 그럼에도 둘의 사이는 더없이 가까워서 틈만 나면 산과 들을 함께 헤집고 다녔다.

허 초시가 열일곱에 함경도 향시의 문과를 급제했을 즈음 강억의 가족은 살림살이를 소달구지에 싣고 평안도 강계부로 넘어갔다. 산짐승이 넉넉한 관서 산자락에 집을 짓고 아버지와 본격적인 산행 포수 생활을 시작하기 위해서였다.

강계는 조선 산포수의 고향 같은 곳이었다. 삼남지방은 물론 각처에서 내로라하는 사냥꾼이 몰려와 왁시글거렸다. 꿩이나 토끼 잡는 잔챙이 포수까지 합하면 강계와 백두산 자락에 기대고 사는 포수만 기천 명이 충실했다. 그도 아버지를 따라 와갈봉이 니 대용산 민힉 시지락을 누볐다.

산포수 생활 불과 이삼 년에, 어비아들 산포수는 단단히 마음먹고 범 사냥에 나섰다. 강억은 기골이 장대한 아버지를 닮아 스무 살 무렵에 이미 6척 덩치로 성장했고, 게다가 천성이 담대해서 저마다 한가락 한다는 산포수가 꼬인 강계에서도 단연 두각을 나타냈다. 달구지에 싣기 버거운 대물 곰도 잡았고 열 척 넘는 줄범도 잡았다. 범 포수 부자의 용감무쌍한 사냥담은 회령 사람들의 귀에까지 흘러갔다.

스물다섯 젊은 나이에 엽전도 제법 모았고 그 참에 장가도 갔다. 자태 곱기로야 강계 처자만 한 미색이 북도에는 없다. 박꽃처럼 함초롬한 마늘각시 희선이를 얻어 강계도호부 경계인 독로강 북편 산비탈에 집터를 잡고 솜씨 좋은 대목이 번듯한 귀틀집 두

채를 지었다. 윗 터에 들어앉은 네 칸 집에는 부모님을 모셨고 아랫집에서는 아들 내외가 들어가서 토닥토닥 구순하게 살았다.

스물여섯에 아들 호태가 태어났다. 시쳇말로, 호사가 겹치면 마귀가 낀다 했는데 그 말이 하나 틀리지 않아서 그해부터 아버지가 시름시름 앓기 시작했다. 사냥 도중 비탈산길에서 미끄러져 왼쪽다리를 접질린 뒤 오랫동안 방안에서 누워 지내던 끝이었다. 용하다는 중국 침구사를 집으로 초치해 두어 달이나 침과 뜸을 놓고 비방의 첩약도 달여 드렸지만 쇠한 기력은 되돌아오지 않았다.

목구멍이 포도청이라 사냥을 멈출 수 없었다. 아버지 대신으로 범 포수 둘과 조를 짜서 범 사냥에 나섰다. 중강 산자락을 타고 백두산 줄기까지 타넘었다. 전화위복이었다. 아버지에게서 조련 받은 그의 화승총 사격 솜씨가 또래 범 포수를 이끌면서 유감없이 발휘되었기 때문이다.

그의 전성기가 활짝 펼쳐졌다. 범 사냥 소식은 산줄기를 타넘으면서 한 뼘씩 부풀려져 회령에 전해지곤 했다. 호랑이를 맞닥뜨렸으나 화승총에 연환을 쟁일 짬이 없자 총자루로 두들겨 패서 열 자짜리 범을 잡았다는 말간 거짓부렁이 가라지봉만 타고 넘으면 진짜로 둔갑해 회령 벌판에 닿았다.

그때부터 고향 사람들이 강억이란 이름대신 강계 포수라 불렀다. 회령을 떠났으되 근본이 오봉산 산포수였으므로 그가 어디에 살던 오로지 회령 사람일 따름이었다. 회령의 떠꺼머리들은 조선 제일의 회령출신 범 포수 이야기가 전해질 때마다 마치 제 손으로 호랑이를 때려잡은 양 길길이 날뛰고 흥분해 마지않았다.

나이 서른이 되던 그해 정월의 산바람은 유난히 냉랭했다. 강계 포수가 끄는 범 포수 조가 눈밭에 찍힌 호랑이 발자국을 따라 보름간이나 개마고원을 뒤졌고 삼수갑산까지 넘었다. 그들은 백두산자락에서 기어이 그 놈을 맞닥뜨려 미간에다 화승총알을 박았다. 눈발 속에서 지새운 숱한 밤들의 고생을 보상받고도 남을 우람한 왕대였다. 갑산 장까지 어렵사리 호랑이를 실어가 후한 값에 받았나.

범 포수들은 칼날 추위가 한풀 꺾인 이월 초에야 강계로 돌아왔다. 강계 포수는 아직도 어여쁜 각시티가 물씬한 아내 희선이와 꼬맹이 호태를 보고지고 허겁지겁 눈밭을 타넘었다. 그러나 산비탈 귀틀집에 다다랐다가 그길로 혼절하고 말았다.

사방이 편편한 눈밭으로 변해 있었다. 응당 귀틀집이 들어서 있어야 할 곳에는 타다만 잿빛 숯 기둥 몇 개가 듬성듬성 꽂혀 있었다. 재 기둥은 마치 비목처럼 강계 포수의 귀틀집 터에도 뾰족뾰족 돋아나 있었다.

보름 전쯤 외지에서 온 유랑 농군 하나가 산자락의 화전 둔덕에 놓은 쥐불이 화인(火因)이었다고 했다. 바싹 마른 풀만 태우던 자잘한 들불이 때마침 불어 온 겨울 골바람을 타고 순식간에 커다란 불기둥으로 변하고 말았다.

강계를 두른 산지는 울창한 교목군락지여서 불길이 단숨에 모아졌고, 거대한 불덩이는 스스로 바람을 끌어 모으는 불쏘시개 노릇을 하면서 불무더기를 더욱 키웠다. 산자락에 통나무집을 짓고 살던 강계 사람 삼십여 명은 겨울밤에 덮친 악머구리 불기둥에 포위돼 오도 가도 못하고 타 죽었다.

강계 포수는 아랫마을 사람들이 수습해 두었던 숯덩이로 변한 부모와 아내, 네 살배기 호태를 건네받았다. 집터 곁의 눈밭을 파헤치고 언 땅을 곡괭이로 찍어 새까매진 피붙이와 아내를 묻었다.

그해 늦은 봄에는 무덤 근처 빈터에다 거적때기를 두른 오두막 한 칸을 얼기설기 지었다. 집이라기 보단 몸 하나 겨우 들락거릴 토굴에 가까웠다. 움막에 칩거한 강계 포수는 산귀신처럼 머리카락을 풀어헤치고 세상에 등을 져 살았다. 떡대같던 몸집이 나날이 야위어갔고 꺼칠해졌다.

사냥개 호태

강계 포수를 등 떼밀어 다시 화승총을 거머쥐게 만든 사람은 동료 범 포수들이었다. 그들은 강계 포수가 기거하던 토굴 움막을 헐고 제법 반듯한 통나무집 한 채를 짓고 혼자 살기에 적당한 세간 도구 일습을 장만해 주었다. 그해 초여름부터 다시 사냥에 나선 강계 포수였지만, 동료 포수 여럿과 함께 나서야 하는 범 사냥은 그만두었다.

강계 장에 들러서 딴딴한 체수의 풍산개 암컷 한 마리를 샀다. 그 개를 앞세운 강계 포수는 사냥꾼이 잘 다니지 않는 외딴 산자락을 뒤져서 혼자 입에 풀칠하기 적당한 산짐승만 잡았다. 풍산개는 영리하고 당찼다. 덩치 작은 스라소니 정도는 단번에 목덜미를 물어 제압했고 저보다 서너 배는 큰 멧돼지를 마주쳐도 꼬리를 내리는 법 없이 우렁차게 짖고 달려들어 강계 포수가 화승총으로 사격할 수 있는 거리까지 몰아오곤 했다.

강계 사람들은 고려 범을 잡았다는 소문이 뜸해진 강억을 잊어갔다. 그의 나이 서른여섯 어름에는 소리 소문 없이 강계에서 사ᄡᅵ ᅵᅵᅵᅵ ᄉ사ᅵ 께 펼혈댜싱료 고향 히렸ᄋᆞ료 되돌아갔기 때문이다. 낙향하는 강계 포수의 한 손에는 귀가 쫑긋 선, 태어난 지 달포를 갓 넘긴 새하얀 털의 수놈 강아지 호태가 안겨 있었다.

낙향을 굳힌 배경에는 어미 풍산개의 안타까운 죽음이 끼어 있었다. 어미 개는 오륙년이나 강계 포수의 사냥에 따라나섰고, 지난봄에는 사냥 길에서 만난 수놈 배필을 만나 새끼도 가졌다. 수놈 풍산개는 강계 고을 사냥견 가운데서 용맹하기로 소문난 놈이었다.

어미 개의 배가 불룩해지자, 강계 포수는 고기와 밥을 수북하게 담은 개밥그릇과 함께 어미 개를 정주간에 넣어 문을 걸곤 혼자서 사냥에 나섰다. 얼마 안가서 수놈 새끼 한 마리가 태어났다.

이번에는 젖을 물리는 어미 개가 애처로워서 두어 달을 더 혼자
서 사냥에 나섰다.

새끼가 젖을 뗄 즈음이던 한여름 어느 날에, 어미 개는 사냥을
떠나는 강계 포수의 앞길을 막고 끙끙거렸다. 강계 포수가 그제
야 어미 풍산개의 머리를 쓰다듬으며 말했다.

"그래, 이젠 함께 사냥을 나서자꾸나"

깽깽거리는 새끼만 정주간에 넣어두고 그날부터 어미 풍산개
를 앞세워 오봉산 자락으로 향했다.

서너 달을 쉬었던 어미 개가 물 만난 고기처럼 펄펄 뛰었다. 와
갈봉 뒷골 산허리를 돌 때였다. 멀찍이 떨어진 비탈 숲 언저리에
서 후다닥 달아나는 승냥이를 발견했다. 어미 개가 우렁차게 짖
으며 자욱한 숲속으로 뛰어들었다. 재빨리 화승총을 장전한 강계
포수가 어미 개의 뒤를 따라 숲길로 접어들었다. 헌데 멀리서 승
냥이 떼거리의 앙칼진 소리와 함께 그에 맞선 어미 개의 다급한
비명소리가 들려왔다.

다가서던 강계 포수가 질겁했다. 20여 장 떨어진 곳에서 대여
섯 마리의 누런 승냥이 떼가 어미 풍산개를 빙 둘러싼 채 물어뜯
고 있었기 때문이다. 워낙이 다급한 상황이어서 강계 포수는 총
구를 허공에 대고는 공포탄을 쏘아 붙였다. 그제야 승냥이 떼가
꼬리를 감추고 달아났다.

강계 포수가 달려갔을 때 어미 개는 이미 흙바닥에 쓰러져 뱃
가죽이 들썩이도록 가쁜 숨을 몰아쉬었다. 물어뜯긴 목덜미에

서 흐른 피가 새하얀 털을 붉게 물들였다. 일어설 기력마저 잃은 어미 개가 길게 빼문 혓바닥은 땅바닥에 닿은 채 흙을 바르고 있었다.

강계 포수가 걸낭의 무명천을 찢어 목덜미를 동여맸지만 배어 나오는 핏물은 멈추지 않았다. 임시 지혈시킨 어미 개를 안고 10 여 리나 되는 산모퉁이 길을 되돌아 귀틀집에 다다랐을 땐 어미 개의 사지는 이미 늘어져 있었고 가늘게나마 이어졌던 숨소리마 저 그쳤다.

마당 한편에 어미 개를 묻고 난 뒤에, 강계 포수는 곡괭이 자루 를 짚고 황망하게 하늘을 올려다보았다. 그가 세상에 태어나 입 때까지 이승과 빈빈을 이었던 끈 하미이 끈들이 그날로부터 모조 리 잘리고 떨어진 느낌이 들었다. 아내와 자식, 부모를 사별한지 얼마나 지났다고 이번에는 그토록 의지했던 사냥개마저 자신의 곁을 떠났다. 처절한 외로움만 안겨주는 강계의 산하가 꼴도 보 기 싫어 눈을 질끈 감았다. 눈가의 주름으로 축축한 물기가 밀려 나왔다.

퍼뜩 제정신을 차린 것은 정주간에 가둬둔 새끼 풍산개의 깨 갱거리는 소리 때문이었다. 한나절이나 굶은 강아지는 제 어미가 죽은 줄도 모르고, 강계 포수가 정주간 문을 열어 주기가 무섭게 꼬리를 흔들며 달려들었다. 수놈 강아지에게 호태란 이름을 붙여 주었다. 까맣게 타 죽은 자식, 함박꽃 아내 희선이가 낳은 피붙이 의 이름을, 감히 짐승인 사냥개에게 물려주었다.

범 포수 정복길

회령 고을에 돌아온 강계 포수는 허 초시네 사랑방에 우선 거처를 정하고 넙덕봉 산자락 아래에 집 지을 땅을 골랐다. 사냥을 해야 하므로 외딴 산자락에 집을 지어야 한다는 핑계를 댔지만, 본심은 그게 아니었다. 혼자 낙향한 처지인데다 다시금 가정을 꾸릴 욕심도 없었으므로 저자와 뚝 떨어진 곳에서 외따로 사는 것이 오히려 맘 편했기 때문이었다. 허 초시가 회령 대목을 불러다가 그곳에 세 칸짜리 통나무 귀틀집을 지었다. 가족 모두를 화마에 잃고 빈털터리로 귀향한 죽마고우에게 전하는 우정의 표식이었다. 강계 포수는 그곳에 정착하면서 혹 회령 장터거리라도 나설 때면 용케도 그의 얼굴을 알아보고 인사를 건네는 사람도 있었지만, 강계 포수는 그때마다 고개를 숙이는 답례만 하고 지나쳤다.

말이 없는 강계 포수를 두고 회령 사람들 사이에서는 억측이 난무했다. 백두산에서 사냥하다 범에게 몸통을 물어뜯기는 참변을 당한 뒤, 어쩔 수 없이 고향으로 돌아왔다는 소문이 가장 그럴싸한 이야기로 포장돼 저자거리에 퍼졌다.

강계 포수는 소싯적의 아버지가 그랬듯, 회령의 너른 산자락을 사냥터로 삼는 산포수 생활을 시작했다. 강계의 사냥 길에서 어미 풍산개를 앞장세웠던 것처럼, 회령에서는 새끼 호태를 데리고 나서서 오봉산의 높고 낮은 계곡을 타넘었다.

예닐곱 달 만에 성견이 된 호태는 제 아비 풍산개의 어깨가 딱 벌어진 늠름함을 그대로 물려받았다. 북관 산동네의 거친 야성이 고스란히 박힌 풍산개여서 추운 겨울날에도 귀틀집 마당 한구석에서 한뎃잠을 잤다.

호태는 강계 포수가 이삼일에 한 번 꼴로 먹다 남은 찬밥 덩어리를 던져 주었음에도 저 혼자 부근 산자락과 둔덕을 내달리고 뒤져서 자그만 산짐승, 들짐승을 잡아먹었다. 강계 포수가 사냥 채비를 차려 집을 나설 때면 산비탈을 쏘다니던 호태가 언제 내려왔는지 모르게 강계 포수의 앞을 가로막곤 꼬리를 흔들어댔다. 사냥한 짐승을 회령 장터에 내다 파는 길에 가끔 박 첨지 술도 가에 들러 술통에 막걸리를 채우곤 죽마고우 허 초시의 염초공방 내 씼씼ㅣ. 이 ㄱㅅㅣㅇㅣ ㅇㅕㄹㅕ을 저에두 줄이 맞았지만 제각각 다른 삶을 살다 낫살을 포갠 뒤에 만났어도 여전히 그만한 친구자리가 서로에겐 없었다. 한잔 술로 허허로운 세상살이 푸념을 나누기엔 더 없이 좋았다.

적적하던 회령 생활 이태 만에 열네 살 복길이를 귀틀집으로 데려왔다. 홀로 사는 것에 엔간히 익숙한 강계 포수여서 허 초시의 생뚱맞은 입양 제의가 선뜻 내키지 않으나, 초롱초롱한 복길이의 눈매를 마주하고 나서야 내 새끼가 이승에 다시 돌아왔다는 셈 쳐서 떠맡으마고 했다.

풍산개 호태만 따라나섰던 사냥 길에 복길이도 끼었다. 처음 한동안 복길이의 행동거지는 까칠하기 그지없었다. 앙가슴에 분

노와 증오만 박아놓고 있었다. 그러나 그 속을 한 꺼풀만 벗겨보면, 부모를 그리는 효심과 동생을 향한 애틋함으로 가득했다. 열네 살의 벌 망아지 치고는 심지가 곧고 제대로 박힌 철딱서니였다.

복길이란 놈은 상대가 누구든 자신에게 해코지만 하면 허리춤에 감춘 자그만 칼을 꺼내들었다. 강계 어른 몰래 화승총에 연환을 장전하다가 들켰을 때는 바락바락 고함을 지르고 대들며 화승총까지 휘두르는 째마리 짓을 해댔다. 조막만 한 머리통이 강계 어른 바짓가랑이를 붙잡고 악다구니 써댈 때마다, 그냥 그렇게 하라고 놔두었다. 깡마른 세상과 잔인한 어른들을 향한 증오의 골이 얼마나 깊었으면 그러랴 싶어서였다. 새까맣게 타 죽은 아들 호태의 모습이 복길이와 겹친 탓도 있었다. 2년 세월이 두만강 물살처럼 흘렀다.

시간이 지나면서 고마워해야 할 쪽은 강계 포수였다. 가족 모두를 산불에 잃은 뒤 잎사귀 떨어진 나뭇가지처럼 건조하게 살던 그에게, 복길이는 새로 돋아난 초록 새순처럼 다가왔다. 풍산개 호태와 저 멀리 산비탈에서 뛰고 뒹구는 복길이만 바라봐도 미소가 지어졌다. 하루가 다르게 커가는 복길이로 말미암아 세상 사는 맛을 되찾은 강계 포수였다.

복길이의 비틀려 있던 심지가 광활한 북관의 자연을 만나면서 곧게 펴졌다. 깡마르고 뒤틀렸던 철부지 심사가 깊은 골과 높은 산, 너른 들판의 모습으로 변해갔다. 증오의 고치에 갇혀 있던 번

데기가 어느 사이엔가 호랑나비의 화려한 날개를 펼치려 했다.

강계 포수는 복길이가 열여덟 되던 해에 비로소 제 몫의 새 화승총을 손아귀에 쥐어주었다. 엄하게 규율하고 조련시켜 제대로 총 쏘는 법을 익힌 뒤에야 사격을 허락했다. 새 화승총을 손에 쥔지 서너 달 만에 첫 사냥의 기회가 왔다. 아침부터 산길을 헤매던 끝에 호태가 숲길을 헤쳐 커다란 멧돼지를 몰아왔던 날이다.

두 사람의 화승총이 멧돼지를 겨누자 눈치를 챈 그 놈은 푸르릉, 콧김을 쏟아내며 앞발로 땅바닥을 긁어대더니 갑자기 쇄도해왔다. 강계 포수가 눈 한번 깜빡여도 안 된다며 다그치고는 자신의 총구를 슬며시 땅바닥으로 내렸다. 복길이가 헛방을 지른다면 멧돼지의 송곳엄니에 두 사람 모두 임힌 꼴을 낼일 수도 있었다.

눈앞에서 송아지만한 수놈 멧돼지가 돌진해옴에도 복길이는 바위덩어리처럼 꼼짝 않고 서서 마주 째렸다. 일곱 장 안에 뛰어든 그놈은 폭풍같은 총성과 함께 미간을 파고든 연환에 구멍이 뚫려 고꾸라졌다. 수퇘지는 계곡이 떠나가라 꾸엑꾸엑 돼지 멱따는 소리를 질러댔다.

강계 포수가 복길이를 이리저리 가늠하고 뜯어보는 시간이 늘었다. 스무 살 복길이 눈매에서 그가 오래전에 접었던 꿈 하나를 아슴아슴 되살렸다. 강계를 떠날 때 백두산 자락에 묻어 놓고 왔던 고려 범 사냥의 꿈이 바로 그것이었다. 스무 살 복길이는 백두산자락을 헤집던 강계 포수의 젊은 시절과 흡사했다. 강계 포수는 기어이 속내를 드러냈다.

"네가 좋다면, 이제부터 호랑이 사냥을 하고 싶구나……."

복길이가 스물 한 살 되던 해의 봄, 강계 어른은 마침내 복길이와 함께 호랑이 사냥에 나섰다. 강계 포수가 선친을 따라 처음으로 호랑이 사냥에 나섰던 것도 지금의 복길이처럼 스무 살이 막 넘은 나이였다. 회령 장터에서 동료 포수를 하나 더 구해 범 포수 조에 끼워 넣었다. 노루를 잡던 회령 장터 술도가의 박 첨지 아들 부뜰이였다.

호랑이 포수는 적어도 세 명이 한 조로 움직여야 사냥이 수월하다. 한번 나서면 기약 없는 산지 노숙 채비도 만만찮았지만, 막상 호랑이를 맞닥뜨려 화승총이 불발되는 경우를 대비해야 했기 때문이다.

세 사람의 호랑이 사냥꾼이 바야흐로 북관의 너른 산자락을 훨훨 타고 넘었다. 스물한 살 복길이는 말하자면, 조선땅 북관의 가람과 뫼를 안마당처럼 넘나드는 용맹한 범 포수였다. 오봉산의 고려 범들이 그즈음 정신을 바짝 차렸다.

부뜰이

복길이와 동갑내기인 부뜰이는 회령 장터 박 첨지네 막걸리 도가의 육남매 가운데 막내이자 외아들이다. 박 첨지네 마누라는 딸만 내리 다섯을 낳았다.

회령고을의 술 빚는 도가 가운데 지에밥 삭히는 옹기가 크고 많기로는 박 첨지네가 단연 으뜸이었다. 음식 손이 맵기로 소문 난 박 첨지 마누라가 직접 띄우는 누룩이며 가마솥에서 쪄내는 고슬고슬한 고두밥이 차져서 그런지, 누룩 술밥으로 삭힌 막걸리 맛은 언제나 일품이었다. 회령의 술꾼들은 박첨지 술도가를 지나 칠 때마다 콧구멍을 밤톨만큼이나 크게 벌리고 벌름거려 술 익는 냄새를 빨아들이곤 목젖이 덜렁거리도록 꿀꺽, 마른침을 삼켰다.

10년이 넘도록 착실하게 술도가를 굴린 탓에 박 첨지가 거머진 쩌이야 남들보다 훨씬 많다지만, 부뜰이가 고추 달고 세상에 태어나기 전까지만 해도 늘 마음 빈 구석이 허전했다. 이승에서 떵떵거리고 살면 뭐하랴, 가문의 후대를 끊어놓은 죄인은 저승에 가서도 조상님을 뵐 면목이 없을 것 같아서였다. 막역한 친구라는 놈들조차 딸만 수복이 낳은 박 첨지를 대놓고 구시렁거렸다.

"흠……. 자네가 부자란 건 세상이 다 아네만, 자네 집 곳간에 야 어디 쌀 곡식만 쌓였겠나. 가랑이에 보리쌀을 매단 여식까지 주렁주렁 쌓아놓지 않았냐는 그런 말씀이지. 흐흐흐……."

그딴 식의 농지거리에 부아가 치민 적이 한두 번 아니다. 그러나 곰곰이 생각해 보면 그 역시 내심으론 객쩍을 때가 많았다.

'딸만 줄줄이 낳은 나야말로 오줄없는 인간인거지…….'

마누라가 눈엣가시였다. 아랫배에 청 보리 씨알만 박힌 마누라는 아홉 달을 배불러봐야 매번 보리쌀만 타작했다. 마침내 물 좋은 쌀 논을 구해 아들 볍씨를 따로 뿌리기로 마음먹었다. 박 첨지가 새끼마누라를 얻는다 해서 눈총을 줄 동네 사람이야 없다. 넉넉한 살림살이로 치자면 씨받이 고마 서넛을 한꺼번에 들인들 누가 뭐랄까.

"고추 하나 꼭 봐야겠으니, 이녁이 눈 한번 질끈 감아줌세, 응?"

마누라에게 날마다 찌근덕거리는 박 첨지였다. 마누라는 그때마다 입이 댓 발이나 나왔지만, 딸만 수북하게 싸지른 처지에 뭔 할 말이 있을까. 마누라가 마지못해 눈 한번 질끈 감아주마고 고개를 끄덕이자 박 첨지는 다음날로 미리 점찍어 뒀던 산 고을 까막과부를 놉 일꾼 시켜 보쌈해 왔다.

작은 마누라는 아홉 달 만에 여봐란듯이 고대하던 고추 하나를 쑥 뽑았다. 부뜰이가 엄마 배 속에서 세상에 나왔던 날, 산파는 달뜬 목소리로 박 첨지를 불러 소리쳤다.

"이것 보시게!"

벙글거리는 산파가 핏덩이의 샅 사이에 매달린 고추를 손바닥에 받쳐 박 첨지 코앞에 들이밀었다.

감격한 박 첨지가 콧등을 실룩거렸다. 맏이 상주다. 고추 달고 세상에 나온 요놈은 박 첨지가 죽을 때까지 건강하게 살아주어야 했다. 자신의 제삿밥을 건사할 고추를 언제까지나 '꽉 붙들고 싶어서' 박 첨지는 아들 이름을 부뜰이라 지었다.

부뜰이가 태어난 지 백일을 넘기자 글방 훈장에게 넉넉한 포대 쌀로 사례하고 호적에 올릴 박부달(朴富達)이란 이름도 지었다. 훈장은 활짝 웃으며 이름 석 자를 적은 종이를 펼쳐놓고는 곰방대로 한 글자씩 짚어가며 풀이를 해 주었다.

"여기에 담긴 뜻이 참으로 기가 막히게 좋으이……. 타고난 부자로 당대에 일가를 이룬다, 뭐 그런 깊은 뜻이 담겨있다네. 틀림없는 사실이지 암!"

부달이란 번듯한 호적이름이 있음에도 회령 장터 사람은 죄다 부뜰이라 불렀다.

"내 아들놈 이름은 부달이라네, 부달!"

내 씨씨기 꼬그를 주었지만 사람들은 아랑곳 않고 껄껄거리기만 했다.

"부달이나 부뜰이나 그게 그거 아닌가"

아비의 선견지명 덕분이었던지 부뜰이는 잔병치레 한번 않고 세상을 꼭 붙들고 잘 자랐다. 부뜰이가 네발로 아장아장 기어 다니자 누이 다섯이 한꺼번에 달라붙어 서로 어부바하겠다며 싸우는 날이면, 그걸 쳐다보는 박 첨지는 눈물이 찔끔 나도록 대견스러워 했다.

부뜰이는 붙임성이 좋아 큰엄마와 친어미의 사랑은 물론 술도가를 드나들던 시장통 사람들 모두에게 사랑을 받았다. 막걸리를 한 잔 걸친 술꾼은 어김없이 어이구, 요 귀여운 박 첨지 맏이상주! 라며 어르곤 꿀밤을 한 대 먹이거나 머리를 쓰다듬었다.

여덟 살이 되자 박 첨지의 크고 작은 마누라가 만주 비단장수에게 특별히 청을 넣어 최상품 중국 비단을 떠서 부뜰이의 몸치수에 딱 맞는 부잣집 글방도령 바지저고리 일습을 만들어 입혔다. 마을 훈장에게 부뜰이를 데려간 날은 한바탕 소란이 일었다.

훈장이 고함을 지르다 못해 회초리로 방바닥을 연신 내리치며 겁을 주는데도 부뜰이는 책을 펼칠 생각은 않고 딴전을 피웠다. 큰어미 작은어미가 돌아가며 녀석의 머리통을 쥐어박으며 목메어 애원했다.

"에고……. 엉덩이에 뿔 난 녀석아, 지금부턴 바짓가랑이에 쇠추 매달고 진득히 앉아 글공부만 해야 하네."

하지만 궁둥이가 가벼운 부뜰이는 애초에 책상다리가 글렀다.

부뜰이는 총 놀이를 좋아했다. 하루 왼종일 나무총을 들고 동네방네를 쏘다녔다. 박 첨지는 부뜰이를 지켜볼 때마다 저러다 상주 노릇 못하면 어떡하나 하고 걱정이 이만저만 아니었으나 예나 지금이나 자식 이기는 부모가 없다했다. 부뜰이는 열댓 살이 되자 술도가 문지방을 뻔질나게 타넘던 산포수 꽁무니를 따라다니기 시작했다.

어떤 날은 산포수가 사냥한 장끼 한 마리를 얻어와 어깨가 뻣뻣하도록 거들먹거렸다. 그럴 때마다 박 첨지는 혀를 찼다. 자식 놈만은 기품 있는 선비로 키우고 싶던 꿈을 그쯤에서 접어야 했기 때문이다.

"이 허접한 녀석아, 기왕에 산포수 짓을 하려면 후줄근한 막

포수들 꽁무니만 쫓지 말고 넙덕봉 아래 강계 포수를 찾아가서 무릎을 꿇고 제대로 배우려무나.”

사실 박 첨지도 몇 번 산비탈 귀틀집의 강계 포수를 찾아가 혀 굳은 소리로 부탁을 한 적이 있었다. 잘 삭은 가자미식해(食醢)를 한 그릇 담고 막걸리 됫박도 퍼 가서 간청했다.

“뒤뿔치기라도 좋으니 우리 부뜰이도 복길이처럼 새끼포수로 받아줌세…….”

강계 포수는 그때마다 가져간 막걸리만 벌컥거려 바닥을 쳤을 뿐 나머지 부탁은 손사래를 쳤다.

부뜰이는 열아홉에 처음 화승총을 잡았다. 반년이 넘게 아비를 산에서 내려 채 초을 구완한 부뜰이는 산포수를 따라다니며 어깨너머로 사격을 배웠고 운이 좋은 날이면 노루를 잡기도 했다.

부뜰이가 스무 살이 되던 해에 강계 포수가 불렀다. 어른은 복길이와 함께 셋이서 범 사냥에 나서자고 제안했다.

“불러주셔서 황송하고 감사합니다.”

부뜰이는 몇 번이나 외치곤 어른께 넙적 엎드려 큰절 올렸다. 다음날로 셋은 곧바로 오봉산 사냥 길에 올랐다.

막상 강계 포수의 뒤를 따라나섰지만, 부뜰이는 한동안 쩔쩔맬 수밖에 없었다. 호랑이가 다니는 길목에 매복하여 사나흘을 기다린 끝에 마침내 대물 호랑이를 맞닥뜨렸고, 강계 포수와 복길이의 화승총이 불을 뿜을 때면 양팔로 고개를 파묻은 채 와들와들 떨며 생 똥을 지렸다.

범 포수와 노루 잡는 포수의 차이는 크다. 노루 포수는 갓쟁이 이방처럼 정해진 아침시간에 산자락을 타서 해거름이면 귀가했다. 대낮에 화승총을 들고 어슬렁거리는 포수 앞에는 덩치 큰 맹수가 모습을 드러내지 않는다.

노루 포수는 대낮의 산자락 덤불 곳곳을 기웃거려서 인기척에 놀라서 내빼는 자잘한 짐승 나부랭이를 쫓는다. 토끼나 까투리 한 마리도 죽을힘을 다해 쫓아가고 기어이 연환을 날린다. 사냥꺼리가 시원찮을 땐 여기저기 산짐승이 다닐만한 길목에 노루며 멧돼지 발목을 옭죄는 올무를 놓는다. 거기에 때로는 돈범(표범)이 걸렸고 운 좋으면 새끼 곰도 걸렸다.

북관 사람들은 화승총을 메고 산에 오르는 사냥꾼을 산포수나 산행 포수라 불렀다. 그러나 범 포수란 이름은 아무에게나 허락하지 않았다. 범을 잡아 본 포수에게만 그 이름이 허용됐다. 회령 장터 사람들은 강계 포수가 끄는 세 명의 범 포수 조 가운데 유독 부뜰이에게만은 범 포수라 부르지 않고 산포수라 불렀다. 박 첨지는 그게 영 못마땅했다.

"부뜰이 놈이 강계 포수를 따라 고려 범 사냥을 나선 게 벌써 반년이 후딱 지났는데, 아직까지 개가 자잘한 산짐승이나 잡는 포순줄 알고 있남? 부뜰이는 이제 노루 따윈 안중에도 없다네. 뭘 제대로 알지도 못하면서. 쯔쯔쯔……."

마흔 넷 허민석

6년 전, 경신년(1860) 봄에 상처하고 홀아비로 살아온 허 초시다. 아내는 아기집을 잘못 들어선 둘째 아이의 산통으로 이틀이나 혼수상태였다가 하혈이 지속되면서 탯줄도 끊지 못하고 뱃속의 아이와 함께 저 세상으로 떠났다.

학식이나 경륜을 따져도 그렇지만 심성 곧고 온화한 어른자리로 쳐도 회령 고을에서만큼은 으뜸으로 꼽히는 사람이 허 초시다. 그 때문인지 마누라가 죽어서 3년 탈상도 하기 전에 회령 고을은 물론 산 너머의 외지 뚜쟁이까지 몰려와 재취 중매 자리를 풀어놓았다. 중매쟁이들은 허 초시를 부추겼다.

"지내끼 이별한 처지니…… 처녀장가 간다 해도 손가락질할 사람이 없을게요!"

허 초시는 그때마다 고개를 가로저었다. 해가 갈수록 죽은 아내를 판 박아가는 딸따니 은연이 때문이다. 혹여 딸년 또래의 새 마누라를 들여서 금슬이 돋아나고 그래서 남은 이승 내내 벙글거리며 산다 한들, 자신의 자식을 낳다가 죽은 마누라에게는 차마 못할 짓 아니겠는가. 저승에 먼저 가서 기다리는 마누라를 만나면 무슨 낯짝을 들이밀까.

은연이는 지금 스물한 살, 말만 한 처자다. 집안일은 물론이고 공방의 일꾼까지 알뜰하게 챙기는 야무진 딸내미다. 허 초시는 생전의 아내 모습을 빼닮은 은연이의 얼굴을 볼 때마다 너털거렸다.

"너 때문에라도 이 아비는 새 장가 안 들련다. 허허허……."

새 마누라를 얻는 따위의 잡다한 세상일에 곁눈을 돌릴 여유가 없는 염초 공방의 바쁜 일상이 오히려 고마운 허 초시였다.

허 초시의 이름자는 민석(敏奭)이다. 한양 땅 양천(陽川)이 본관으로 남산골에 살았던 몰락한 양반 가문의 후예다. 고조부는 성균관 유생을 거쳐 알성시 문과에 급제하고 스물대여섯의 이른 나이에 통정대부 품계를 받은 뒤 육조의 알짜배기 자리만 옮겨 다니며 승승장구했다. 그러나 관직생활 10여 년 만에 고조부가 그의 뒤를 봐주던 당대 실권자 대감 나리의 눈 밖에 나면서, 온가족이 졸지에 회령으로 유배를 떠나는 쪽박을 찼다.

한양에서도 몇 안 되는 1품의 고관대작 나리들은 대개 자기 밑에 줄 세운 벼슬아치들을 집무실 병풍처럼 둘러쳐 세를 과시했고, 한편으로는 그들의 등 뒤에 길쭉한 창을 들이대곤 혹시 배신이라도 할까 몰래 살폈다. 그러다가 일단 눈 밖에 나면 겨눈 장창으로 가차 없이 등짝을 쑤셨다. 허 초시 고조부는 뒤를 봐주던 대감의 이권이 걸린 송사에 잘못 휘말린 끝에 곧바로 그 장창에 찔렸다.

형조의 군교가 남산골 고조부의 기와집에 들이닥쳐 하루아침에 폐가로 만들어 버렸다. 압송 포졸이 식솔들을 포승으로 굴비처럼 엮어서 끌고 가는 바람에 누구 하나가 돌부리에 걸려 넘어지면 서너 명이 한꺼번에 와르르 무너져 내렸다. 달포 만에 유배지 회령에 도착하고 보니 남녀노소 식솔 모두의 발톱이 빠져버렸다.

칠 년간의 회령 유배생활을 마친 고조부는 한양 남산골 복귀를 거부하고 회령에 눌러살기로 했다. 한양으로 돌아간다 한들 예전에 살던 남산골 기와집은 흔적도 없이 사라졌을 뿐더러, 운이 좋아 중앙 관직에 복직된다 한들 이미 유배의 낙인을 박은 터라 관운도 예전 같지 않을 것이 뻔했다.

구차한 모습으로 한양의 양반찌꺼기 노릇을 할 바에야 차라리 회령 벌에 기둥뿌리를 박고 가난하나마 마음 편한 삶을 살고자 했다. 수려한 북관 산자락을 안마당 삼고 호연지기를 탐하는 것이, 버선발로 작두 타듯 살아가는 한양살이보다 몇 배는 더 인간답게 여겨졌기 때문이다.

선비집안의 핏줄이 이어져서일까, 민석의 를 께김이 삘었다, 여섯 살에 천자문을 뗐고 고사리 손으로 붓을 잡아 써내려간 당시(唐詩)의 서체가 하도 미려해서 회령 문사들 사이에 화제가 되기도 했다. 나이 열일곱에 이르자 회령 유림과 집안 어른들이 모두 나서서 과거시험 볼 것을 채근했다. 초립동 허민석이 산길 수백 리를 걸어 영흥 향시에 응시해 과연 북관의 준재답게 문과 장원급제를 했다.

지방 과거시험이라지만 명색이 장원인지라 괜찮은 초임보직도 따 놓은 당상이었다. 그럼에도 몸이 성치 못하다는 핑계를 대고 초직 발령을 극구 사양한 채 집안에 틀어박혀 논물을 대고 밭을 갈았으며 남는 시간에 책을 읽었다. 문재 출중한 젊은이가 청운의 유혹을 물리치고 풀뿌리 농군의 삶에 만족하며 주경야독하는 모습에 회령고을 사람들은 감복했다. 고을 촌로들도 새파란 그를 만나면 깍듯이 고개 숙여 인사했고 초시라 불러 예우했다.

허 초시가 관직에 관심을 두지 않는 이유는 명확했다. 귀가 따 갑도록 들어왔던 고조부 어른이 남긴 교훈도 그렇거니와 운 좋게 출세가도를 달린다 해도 끼리끼리 무리지어 권모와 술수가 횡행하는 양반사회 그 자체가 싫었다.

허식과 허례보다는 생활에 필요한 학문, 그것이 허 초시가 추구하는 바였다. 실사구시는 양천 허씨 가문에 흐르는 도도한 기질이랄 수도 있었다. 허 초시의 직계조상인 광해군 시절의 허준(許浚)선생은, 서출이었으나 엄연한 양반신분이었음에도 중인계급이나 종사하던 의업(醫業)에 심취하여 당대 의술을 집대성한 『동의보감』을 편찬하였고, 그로 말미암아 죽을 날만 기다리던 수많은 조선의 돌림병 환자를 살려내어 동양의학의 본고장인 중국마저 감탄해마지 않았다.

허 초시는 검댕화약(黑色火藥)의 핵심원료인 염초(焰硝)에 남다른 관심을 가졌다. 국경마을인 회령에서 자란 탓에 진보의 화포군 훈련이나 화승총을 든 산포수를 일상적으로 맞닥뜨렸고 그들이 쓰는 흑색화약에서 염초가 차지하는 역할이 얼마나 중요한지를 일찌감치 깨닫고 있었다.

조선에서 생산된 화약은 청나라나 왜국 제품에 비해 저급했다.

불을 댕길 때 화르르 타들어가는 불심이 부실했고 불발인 경우도
허다했다. 일 년 가야 두어 번 있을까 말까한 화포군 방포훈련에
도 조선에서 생산된 검댕화약을 조선군마저 외면했다.

사정이 그러하다보니 조선 팔도의 총포부대는 훈련 때마다 발
포 시늉만 내는 경우가 허다했다. 이래저래 조선의 염초 수급 사
정은 안팎 곱사등이었고 그로 말미암아 조선의 국방력은 다람쥐
쳇바퀴 돌듯 빈곤의 악순환을 반복했다.

민간 산포수도 조선에서 만든 화약을 기피하는 속사정은 마찬
가지였다. 맹수와 맞닥뜨려 헛방을 지르지 않으려면, 울며 겨자
먹기로 왜국이나 청국에서 만든 비싼 화약을 사다 써야 했다.

입언한 양반 신분이 버 소새끼 줄인이나 상민이 담당했던 염초
제조에 뛰어든 이유는 자명했다. 아무나 할 수 없는 일, 그러나
나라와 백성을 위해서 꼭 필요한 일, 고(高)순도의 염초를 그의
손으로 직접 구워내고 싶었다.

염초장의 길

어렵게 구한 염초 관련 책자를 주경야독하여 지식을 쌓았다.
그러나 염초 제조과정 자체가 국방기밀이었던 탓에 허 초시의 연
구는 늘 한계에 부닥쳤다.

두만강을 건너오는 만주 포수를 집으로 불러서 잠재우고 더운
밥을 먹였다. 그들이 사냥해 온 산짐승, 들짐승을 후한 값 받고

팔 수 있게 조선 상인과 다리를 놓아주었고, 다친 포수는 사랑방에서 쉬어 완쾌하도록 배려했다. 그들로부터 청나라의 염초 제조 비법을 알아내기 위한 노력의 일환이었다.

만주 산포수에게서 다양한 화약 표본을 구하여 염초와 화약 성능의 차이를 이해하고 규명하는 연구가 진행됐다. 수년 째 만주 포수와 끈끈한 교분을 이어나가던 어느 날, 허 초시는 그들 앞에 무릎을 꿇고 청나라 염초만큼 좋은 물건을 조선 땅 회령에서도 굽고자 하니 제발 도와 달라며 매달렸다.

허 초시의 간곡한 부탁에 그들은 서로 도와주마고 나섰다. 사냥 도중 절벽에서 추락하는 중상을 입고 반 년 동안이나 허 초시 집에서 요양하여 완치했던 만주 포수는 사냥 생업도 팽개치고 베이징까지 달려갔다.

그는 당대 최고의 중국 염초 장인을 찾아가 끈덕지게 설득한 끝에, 염초 정제 비방의 모든 과정을 오롯하게 기록한 필사본 서책을 받아내는데 성공했다. 베이징의 염초장은 새 염초자취술(新焰硝煮取術)을 건네는 대가로 쌀 20석에 상당하는 은괴를 요구했다.

베이징으로 떠난 만주 포수가 석 달 만에 회령으로 돌아와 비단보자기에 고이 싼 필사본 서책을 허 초시 앞에 내놓았다. 감동한 허 초시가 서책대금과 베이징의 체재비까지 넉넉하게 변제하려 했지만 그가 정색하며 생명의 은인에게 보답하는 아주 작은 정성일 뿐이라며 끝내 사양했다.

본격적인 염초 제조 실험이 시작됐다. 비방에 적힌 글자는 수십 번을 되읽고 실행에 옮겼다. 질 좋은 초토를 구하는 일이 무엇보다 중요했다. 염초토가 생성되는 그늘지고 축축한 지형을 찾아내고 그곳의 흙을 맛보아서 매운맛 나는 신토(辛土)나 짠맛의 함토(鹹土)를 따로 골라내는 방법을 다시금 터득했다.

오래된 집의 방구들목이나 부엌, 측간과 처마 아래 고운 흙을 긁어 비율에 맞춰 잿물에 녹이고 그 용액을 가마솥에 안쳐 장작불로 달달 끓이고 물기를 증발시키는 실험을 석삼년이나 반복했다.

굽는 과정이 조금이라도 잘못되면 달이던 초토를 미련 없이 퍼내고 새로운 흙을 밖에서 다시 꾸꿨다. 수시 수백 번의 실험에도 순도 높은 정초는 올라붙지 않았다. 기이하게도 실패를 맛볼 때마다 정제과정의 비밀이 속속 드러나서 청나라 염초장도 발견하지 못한 오류를 허 초시가 집어내기도 했다.

3년의 천신만고에다 각고의 2년 세월이 더해지면서 고(高)순도 염초 정제의 모진 산통이 끝났다. 얼기설기 지은 움막 실험실의 부뚜막으로 세찬 북풍이 마구 들이치던 한 겨울의 새벽이었다. 허 초시는 가마솥 아가리의 쇠벽에 순백색으로 올라붙은 정초 한 조각을 떼어내 손바닥에 올려놓곤 주체할 수 없는 흥분에 온몸을 덜덜 떨었다.

세치 혀로 세상을 주무르는 문무백관 혓바닥을 수만 개 잘라다가, 수백 번 가마솥에 굽고 지진들 그가 마침내 구운 초석엔 비할 바가 못 됐다. 5년을 굳게 다물었던 그의 입이 쩍 벌어지며 마침내 화산 분화구의 불기둥 같은 웃음을 터뜨렸다. 허 초시 생애에서 가장 유쾌한 새벽이었다.

당 염초와 조선의 자초도회소(煮硝都會所)에서 굽는 염초는 초토를 가마솥에 넣고 물을 부어 끓인 다음 결정체를 얻는 과정은 같다. 그러나 어떤 방식으로 몇 번을 굽느냐 하는 것과 정제 과정에 쓰는 촉매제에 따라 염초의 성능이 달라졌다. 허 초시는 네 번을 달이고 세 차례 음지에서 말리는 방법을 스스로 터득했다.

조선의 염초는 1년에 서너 달만 제조가 가능했다. 약기(藥氣) 머금은 초토의 채취가 입동 무렵에서 우수까지로 한정됐기 때문이다. 입하가 지나면 일손을 놓았고 공방의 가마솥 아가리에는 거미줄이 슬었다.

허 초시는 궁리에 궁리를 거듭한 끝에 1년 내내 염초를 생산하는 방법을 찾아냈다. 여름철에 긁은 초토는 반(半) 지하 토굴에 쌓았다. 거기에 사람이나 말의 오줌을 뿌리고 가마니로 덮어 두어 달 숙성시킨 뒤, 그 위에다 짚을 올리고 불을 놓아서 하얀 초석가루가 달라붙는 또 한 번의 약기 배양과정을 거쳤다. 숙성과정을 거친 초토는 거적을 덮고 햇빛을 차단하여 약기를 오롯하게 보존시켰다.

입추가 지나 찬바람이 불면 지하 깊숙하게 파놓은 토굴로 배양된 초토를 모두 옮기고 차가운 외부 공기를 차단시켰다. 그렇게 보관한 초토는 사방이 얼음 지천인 동짓달에도 토굴에서 꺼내 곧바로 가마솥에 안치고 달여 염초를 정제해낼 수 있었다.

검댕화약의 폭발력은 정초의 순도에 따라 좌우된다. 염초가 순간적으로 대량의 산소를 뿜어내 화염을 급팽창시키거나 폭발한다. 사람들이 검댕화약을 염초라 불렀던 까닭도 1,000냥 어치 화약의 900냥 값을 염초가 감당했기 때문이다.

검댕화약의 7할은 초석이다. 나머지 3할은 버드나무 가지를 태운 숯가루 하나에 유황가루 둘의 비율로 섞인다. 이 세 가지 재료를 배합하여 아주 고운 가루가 되도록 빻아야 하는데, 이 과정에서노 허 초시는 새로운 방법을 고안해냈다.

밀기울로 만든 조청(造淸)을 녹인 물에 화약 가루를 부어 수제비 반죽처럼 뭉친 다음, 황소가 돌리는 연자방아에 만 하루를 꼬박 빻아서 습기를 날리고 고운 가루만 남겼다. 조청을 배합하는 이유는 그 속에 함유된 당(糖)이 화약 재료 간의 접착력을 향상시켜 폭발력을 더욱 증대시키기 때문이다. 조선의 기존 화약 제조 방식은 쌀뜨물로 반죽해 디딜방아로 빻아 가루를 냈다.

허 초시는 애초에 중국의 염초 정제를 흉내 냈으나, 종국에는 그만의 새로운 비방을 개발한 셈이다. 그가 만든 화약 가루는 당 염초보다 밝은 유자 색 불꽃을 한 순간에 뿜었고 폭발 뒷심이 강력했다.

허 초시가 고(高)순도 염초 생산에 성공했다는 소식이 회령 도호부에 전해지자 부사가 크게 감동했다. 응당 나라가 나서서 해야 할 일을 일개 시골 선비가 5년간의 절치부심 끝에 이뤄냈기 때문이다. 부사는 허 초시의 염초 정제와 관련한 저간의 사정을 자세히 적고 그가 생산한 염초 표본을 첨부하여 조정에 장계를 올렸고 훈련도감에도 상신했다.

조정과 한양 군부 역시 감탄해 마지않았다. 허 초시를 관북 최고의 민간 염초장으로 보임하고 그가 화약 생산에만 전념할 수 있게 충분한 경비를 지원하라는 주상의 하교가 뒤따랐다. 한양의 무부와 함경 감사가 즉각 팔소매를 걷고 허 초시를 지원했다.

염초 생산에 필요한 경비로 쓸 너른 관둔전이 하사됐고 회령 천변에는 스무 칸짜리 공방 건물이 착공됐다. 허 초시가 신축을 진두지휘하고 초토를 보관하는 토굴 공사는 물론 정초를 달일 가마솥 위치까지 꼼꼼하게 챙겼다. 불과 반 년 만에, 번듯한 공방 건물이 들어섰고 노역을 전담할 관노 10여 명의 숙사도 인근에 지어졌다.

양질의 초토를 대량으로 확보하는 길도 터졌다. 회령 부사가 취토령(取土令)을 발표하여 제아무리 목에 힘주는 사대부의 저택일지라도 염초꾼이 날을 잡아 닥치면 선선히 대문을 따주어야 했다. 허 초시 염초 공방에는 초토를 긁어오는 취토군오(取土軍伍) 20여 명이 배치됐다. 그들은 회령 관내에 기둥뿌리를 박은 도호부 동헌은 물론 토호의 기와집 구들목, 심지어 천민의 토굴 움막까지 자유롭게 드나들며 초토를 채취했다.

그해 초여름부터 염초공방이 가동되면서 한 달에 500근, 많게는 700근의 정초를 구웠다. 염초 700근이면 검댕화약 1,000근을 만든다. 회령 도호부는 허 초시가 생산하는 염초를 모두 사들였다. 한양 훈련도감이 관북지방에 월과(月課)하는 화약의 일부분도 허 초시가 구웠다.

그해부터 회령진관의 화포군은 물론 함경도 남북병영 관내의 정기 방포 훈련에는 허 초시의 화약이 쓰였다. 불발 없이 펑펑 잘 터지고 뒷심 좋은 허 초시의 검댕화약은 조선 국경을 수비하는 화포군의 사기를 한껏 돋웠다.

그간 청국과 왜국 화약을 썼던 회령의 산포수들도 허 초시 공방으로 발길을 돌렸다. 평안도 포수는 물론 일삼일삼드로 만주의 봉천 포수들까지 회령을 기웃거렸다. 포수들은 허 초시의 화약으로 시험발사를 해보곤 한결같이 놀라워했고 즉석에서 화약을 구입해 갔다.

가시버시

근자의 허 초시는 세상 살아가는 또 다른 맛을 만끽하고 있다. 좋은 염초 만들기에 전념하여 매년 더 순도 높은 초석을 정제하는 재미도 수월찮았지만, 사람을 길러서 보람을 느끼는 맛 또한 그에 못지않음을 실감하기 때문이다.

열두 살에 데려와 석삼년도 안 되게 길러 죽마고우인 강계 포수에게 넘긴 복길이란 놈. 복길이는 지금 스무 살이 넘었지만 여전히 허 초시를 아비처럼 따르고 제집 일처럼 염초 공방을 도와서 여간 미덥지 않았다.

사냥을 나가지 않는 날이면 으레 염초 공방으로 왔다. 공방 구석구석을 살펴서 모자라는 부분을 챙겨 넣고 일꾼조차 꺼리는 궂은 일을 솔선해서 맡았다. 진즉에 복길이의 영민함과 성실성에 애착이 갔던 처지여서, 허 초시는 지난 이태동안 짬짬이 시간을 내 자신의 초석 정제 비방 전체를 속속들이 전수해 주었다.

허 초시는 지난 봄 급작스런 신열로 인해 거진 한 달이나 끙끙 앓아눕는 고역을 치렀다. 그 공백을 복길이가 메웠다. 취토군오와 스무 명이 넘는 공방 일꾼을 진두지휘하곤 그달 치 목표 생산량 이상의 염초를 깔끔하게 구워냈다. 제조 과정의 원리를 훤히 꿰뚫고 있어서 가능했던 일이다.

엄히 말하자면 염초공방은 허씨 집안의 가업이고 복길이란 놈은 타성바지 고아에 불과하다. 그럼에도 불구하고 공방의 다음 주인은 복길이 말고 대안이 없었다. 허 초시는 한때 외딸 은연이에게 공방을 대물림하려고 생각했다. 그러나 염초장이란 결코 만만치 않은 일이었다.

무시로 온 고을과 야산을 뒤져 초토를 긁고 수레나 지게로 퍼나르고, 대찰 승방의 솥단지보다 더 큰 가마솥에 지게 물을 채워 달이기 작업에 들면 사나흘은 족히 아궁이에 달라붙어 불기운을 조절해야 하는 고된 일이다. 멀쩡한 장정도 대엿새 만에 코피를 쏟고 나자빠지기 일쑤다. 천금을 한꺼번에 벌어들이는 일이라 한들 아녀자가 꾸릴 일은 아니었다.

지난해 초여름에는 사냥을 나섰던 복길이가 부상을 입었다. 계곡 응달에서 미처 녹지 못한 얼음판 위를 걷다가 미끄러져 청석돌에 정강이를 찧었다. 손가락 두어 마디나 될까싶은 길이로 제법 깊은 상처가 났다. 은연이가 그날부터 귀틀집을 찾아와 절구에 찧은 약초를 상처에 처매고 수시로 갈았다. 부기가 가라앉자 치성으로 쑥뜸을 떠서 열흘 만에 마치 거짓말처럼 속살이 아물고 새은 넉시기 있있다.

풍산개 호태가 가관이었다. 귀틀집 부근에 낯선 사람의 그림자만 비쳐도 죽일 듯이 달려들었고 심지어는 집주인의 죽마고우인 허 초시가 술병을 들고 찾아올 때도 매번 그르렁거리며 흰 이빨을 드러내던 놈이다. 그러나 문턱이 닳도록 들락이는 은연이에게는 꼬리를 흔들며 반기는 것도 모자라 치맛자락을 친친 감는 애교도 마다않았다.

강계 포수가 허 초시에게 넌지시 혼수를 해대는 날이 늘어났다.

"은연이년 시집보내야 될 것 같네……. 그것도 지금 당장에 말이야."

"그것 참, 녀석들이 오누이처럼 지내겠거니 그렇게 생각했는데, 그게 아니었네 그려……."

말은 그렇게 했지만 싫지 않은 표정으로 허옇게 웃는 허 초시였다. 복길이 녀석이 자신의 집 문턱을 뻔질나게 타넘는 것이 사실은 은연이 때문이란 것도 어느 정도 눈치를 챘지만, 그런 혐의를 추궁하자면 은연이 쪽도 만만찮은 게 문제다. 요사이는 복길이가 염초 공방을 들르는 날이면 안 그래도 고운 얼굴에 분칠까지 하는 딸년 아닌가.

부슬비가 내렸던 여름날 해거름이었다. 목찬합에 갖은 나물반찬을 담아 귀틀집을 찾은 은연이가 내친 김에 가마솥에 입쌀밥을 안쳐서 강계 어른과 복길이의 저녁 밥상까지 차려냈다. 그날 밤 강계 포수가 둘을 호롱불 아래에 불러 앉혔다.

새삼스럽게 뜸들이려니 도시 군말 같아서, 강계 어른은 단도직입으로 물었다.

"너희 두 사람, 이참에 혼사를 치러줄까?"

고개를 숙인 은연이 얼굴이 붉어졌고 천정을 멀뚱히 올려다보던 복길이가 어물어물 대답했다.

"어르신 처분에 따르겠습니다."

강계 어른은 턱수염을 쓸어 올리고 껄껄대며 둘 다 나가보라고 했다.

그날 이후 두 어른자리가 몇 번인가 두런두런 이야기를 나누고 무릎을 쳤다.

"그렇게 함세!"

사주와 택일단자를 보내는 번거로움이 없었기에 단김에 쇠뿔 뽑듯 그해 늦가을의 혼인날짜까지 잡았다.

복길이와 은연이가 결혼한다는 소문이 퍼지자 고을사람들은 마치 제 일처럼 박수치고 환호했다. 부모와 남동생을 한날한시에 잃은 슬픔을 딛고 올곧게 장성한 복길이가 대견스럽기도 했거니와, 회령 총각이라면 누구나 한번쯤은 색시감으로 꿈꾸던 은연이를, 사대부집 글방 도령도 아닌 천애고아 복길이가 낚아챈 모습 이 기이었을 로 통쾌했기 때문이다.

막상 혼례 날짜가 다가오자 허 초시가 기뻐야 걱정이었다. 소문이 짜한 잔치여서 사람들이 구름처럼 몰려올 것이 뻔한데 그 많은 손님을 어떻게 감당하나 해서였다. 잔치음식이란 건 원래가 안사람이 팔을 걷어야 제대로 건사되는 것 아닌가.

그러나 그 염려는 기우에 그쳤다. 이가 없으면 잇몸으로 씹는다는 옛말이 하나 틀리지 않아서, 허 초시나 강계 포수가 모두 홀아비임을 잘 아는 고을 아낙네들이 소매자락을 둥둥 걷고 나서서 도왔기 때문이다. 후덕했던 허 초시의 평소 인품이 빛을 발한 셈이다.

손 크기로 소문난 부뜰이 큰 어미의 배포가 남달랐다. 혼례 보름 전부터 술도가 일꾼들을 채근해 가마솥 술밥을 쪄내곤 맑은 술을 몇 동이나 걸러냈고 잔치에 쓸 막걸리까지 수십 통을 따로

삭했다. 거기에다 엿기름으로 익힌 남도의 감주까지 통통한 항아
리 여럿에 담아 이고 져서 날랐다.

강계 포수를 따르는 산포수들의 품앗이도 화끈했다. 부뜰이가
끌고 온 장정 대여섯이 잔치 사흘 전부터 궂은일을 도맡았다. 강
계 어른이 내놓은 암소 한 마리와 허 초시가 몰고 온 투실투실하
게 살찐 돼지 두 마리를 강변 모래사장에 끌어다 멱을 땄다. 아
낙네들이 음식 조리하기 좋게 핏물을 뺀 고기토막은 육질에 따라
싸리 소쿠리에 나눠 담고, 넓적다리나 뭉텅이 고기들은 칼질하기
좋게시리 쇠고리를 꿰어 곳간 들보에 죽 걸었다.

산포수 안사람들 여남은 명도 거들었다. 잔치 이틀 전부터 허
초시네 안마당과 뒷마당에 차양을 치고 솥뚜껑에 쇠기름을 둘러
쉼 없이 부침개를 지져대는 통에 온 동네에 기름진 잔치냄새가
진동했다.

새파란 가을 하늘 아래의 신랑각시 꼬꼬재배가 꽤나 흥겨웠다.
병풍이 혼례 멍석 뒤쪽에 쳐지고 높다란 지지대가 고은 차일이
그 위를 널찍하게 덮었다. 고을 저자거리가 텅 비도록 수백 명 하
객이 한꺼번에 허 초시네 집으로 몰려들어, 그 너른 마당이 짚신
발로 모종한 것처럼 빼곡했다. 앞자리 명당을 나이 지긋한 어른
들이 차지하자 뒤편 조무래기들은 까치발로 키를 돋워서야 가까
스로 빨갛고 파란 신랑각시를 눈동냥 했다.

반듯하게 유건을 쓴 생김새 멀쩡한 집사가 혼례를 주재하는 내

내 우스개를 섞는 바람에, 허 초시네 마당은 남녀노소의 파안대소가 동짓날 저녁의 군불 연기처럼 끊이지 않고 피어올랐다. 고을 노인들이 한입으로 회령에서 이런 큰 잔치는 난생 처음본다며 즐거워했다.

시댁이 따로 없는 은연이가 꽃가마 타고 신행할 일이 없었다. 복길이가 강계 포수 귀틀집을 시가 삼아 시아비 대신 강계 어른께 큰절을 올리겠다고 우겼으나 강계 포수가 당치않은 소리 말라며 완강하게 거절해 그만둘 수밖에 없었다. 다만 허 초시가 우격다짐으로 강계 포수를 자신 곁에 앉히고, 여식에게는 시아비의 예를 갖추라며 큰절을 올리게 했다. 새색시가 남몰래 훔친 눈물에 연지곤지도 속속이 씻겼다.

허 초시는 지난봄에 혼사를 결정하면서 복길이 내외가 살 신접살림 집채를 회령 대목에게 맡겨 새로 지었다. 염초 공방에서 300보 거리에 불과한 회령 천변이었다. 굴피나무 판때기를 어슷어슷하게 끼워 맞춰 가지런히 겹친 지붕기와가 얹어진 다섯 칸짜리 겹집이다.

복길이 부부가 꽃잠 들었던 굴피 집 온돌방이 무척 포근했다. 북관의 구들돌은 워낙이 두터워서 참으로 오랫동안 온기를 품었다. 복길이와 은연이가 긴긴 겨울밤을 보내기에 딱 좋았다.

해거름이면 나무 굴뚝으로 뽀얀 연기가 봉홧불처럼 폴폴 피어올랐다. 복길이가 짬짬이 나무 지게로 야산에서 해놓은 다발나무

부룻들이 겹집 바깥을 빙 둘러서 처마에 닿을 기세로 쌓여 있었다.

그해 겨울따라 회령 천변 강바람은 왜 그리 모질까.

상처한 뒤 대여섯 해를 어비딸의 잔정에 기대 살았던 허 초시였는데, 하나 딸을 시집보낸 그의 가슴엔 구멍 하나가 커다랗게 뚫렸고 모진 만주 바람이 그곳으로 숭숭 빨려들었다. 시집간 딸네 집이래야 문밖 지척이지만 그게 천 리 밖 외지인양 아득하다. 허 초시는 꺼칠한 산골처사 몰골로 괜히 회령천 둑길을 어슬렁거렸다.

허허롭기로는 강계 포수도 허 초시에 못잖았다. 귀틀집의 복길이가 난 자리는 공연히 썰렁하다. 애꿎은 곰방대만 재떨이에 땅땅 두들겨 담뱃재를 털어내곤, 다시금 담배가루를 엄지손가락으로 꾹꾹 쟁여서 목울대가 올라붙도록 뻑뻑 빨아댔다.

아침마다 산비탈을 함께 뛰고 뒹굴던 복길이가 갑자기 사라지자, 귀틀집 처마 아래 양지바른 곳에서 하품만 터뜨리는 풍산개 호태도 따분하기는 마찬가지였다.

3장
양란(洋亂)

부시니 비쌈

있으나마나한 것이 북관의 가을이다. 산자락 윗 둥치의 초록
빛이 빠진다 싶으면 겨울은 이내 저승사자의 도포자락처럼 회령
벌판을 덮었다. 겨울의 대부분은 만주에서 불어오는 바람이었고
그것들은 으레 쇳소리를 지르며 달려왔다.

병인년 겨울에는 북풍만 불어대지 않았다. 남쪽 무서리 바람도
잉잉 비명을 지르며 올라왔다. 불랑국(佛浪國: 프랑스)이 산더미
같은 군선 떼를 몰고 강화도를 침공했다는 흉흉한 소문이 거기에
묻어 왔다.

강화도의 병인년 양요는 이천 리 밖의 회령 고을이라 해서 남
의 일이 아니었다. 지난여름 회령 관아는 한양 군부의 급작스런

군사 동원 명령을 받고 산포수를 차출해 강화도로 보냈다. 그때 회령 저자거리에는 산포수 장정을 선발한다는 방이 크게 붙었다. 서너 달 한양 외곽을 지키면 장정포수의 남은 식솔들이 1년은 너끈히 먹을 양식을 흰쌀로 지급한다는 솔깃한 내용이었다.

건사할 식구가 많은 회령 산포수 70여 명이 서로 가겠다고 나섰다. 서양의 이양선이 쳐들어온들 조선과 딱히 전쟁을 벌일 이유도 없었거니와 항차 서로를 죽이는 흉측한 일은 상상도 않았다. 근자에 조선 연안 곳곳에 서양 오랑캐가 출몰하여 고관대작의 묘를 파헤치고 술병과 놋그릇까지 도굴했다는 소식은 들었지만, 그들은 예전부터 있었던 해적무리일 뿐이었다. 다 같은 오랑캐라지만 서양 오랑캐는 왜놈이나 되놈처럼 조선 땅을 날로 먹으려 설쳐대는 철천지원수지간도 아니잖은가.

회령 관아가 선발한 산포수 50명이 지난 복더위에 괴나리봇짐과 화승총을 메고 도호부청에 집결하여 한양 길에 올랐다. 하지만 추석만 지나면 돌아오마고 떠났던 그들은 가을이 지나도록 함흥차사였고 불길한 소문만 꼬리를 물고 올라왔다.

요상한 미국 배 한 척이 대동강 밀물을 따라 올라와 평양고을 지근에 닿았고, 총과 대포로 무장한 선원들이 마구잡이로 조선 사람을 쏘아 여럿을 죽였다는 소문이 먼저 닥쳤다. 제너럴셔먼호(號) 사건이었다. 대원군이 죽인 프랑스 신부의 원수를 갚으려고 프랑스의 전함 떼가 강화도로 몰려온다는 소문도 들렸다.

산포수 가족들은 남쪽의 이양선 소식이 전해질 때마다 질겁했다. 얼마 안 있어 평안 감사가 조선군과 평양 백성을 동원해 제너 럴셔먼호를 불 지르고 거기에 탔던 오랑캐를 죄다 참수했다는 소식이 전해졌다. 앙심을 품은 미국 오랑캐가 함선을 끌고 한양으로 쳐들어갈지도 모른다는 뜬소문까지 덩달아 올라왔다. 산포수를 강화도에 보낸 회령의 가족들은 그해 여름 내내 초조하고 불안했다.

늦가을쯤에 프랑스군의 강화도 상륙 소식이 전해졌다. 푸른 군복을 입은 육 척 체수의 도둑괭이들이 뭍에 올라 조선 사람은 눈만 마주쳐도 총을 쏘고 창으로 찔러 씨를 말린다는 끔찍한 소문이었다. 뻘써 어디께 상아 며끼 과아가 그 풍문을 확인해주는, 불에 기름 끼얹는 소식을 전했다. 불랑국 오랑캐가 대포와 총을 미구 쏘아 강화도가 쑥대밭으로 변했으나 우리 군사가 용감하게 싸우고 있으니 환란이 수습되는대로 회령 산포수는 귀향하게 될 것이라는 한양 군부가 보낸 소식이었다.

풍문으로 떠돌던 강화도 전쟁이 엄연한 사실로 굳어지면서 산포수 가족들은 맥을 놓고 말았다. 며칠 후에 전해진 관아 소식은 더욱 억장을 무너지게 했다. 평안도와 함경도 포수가 강화도 성채에 투입돼 오랑캐와 죽기 살기로 교전 중이나 전쟁이 언제 끝날지는 한양 군부도 모른다는 내용이었다.

야차 같은 프랑스군은 한번 쏘면 온 천지가 불덩이로 변한다는 서양 함포를 수도 없이 끌고 와 날마다 함포 질을 한다했고, 한 발만 맞아도 사람 몸통에 구멍이 나서 즉사한다는 소총을 시도 때도 없이 쏘아서 강화도에는 멀쩡하게 숨 쉬는 조선 병사가 하나도 없다는 소문이 떠돌았다. 산포수 가족들의 두려움은 나날이 커져갔다.

산포수 가족들이 도호부 작청(作廳: 육방아전의 집무처)으로 몰려가 언제 돌아오느냐고 채근할 때마다 향리들은 이리저리 답변을 미루다가 어느 날부턴가 자리를 피해버렸다. 서로의 집안사정까지 알고 지내는 고을사람인지라, 절대로 불리한 전쟁을 치르는 조선군의 교전 소식은 차라리 아니 전함만 못했기 때문이다.

남편과 아들, 아버지를 한양에 보낸 사람들이 남쪽의 강화도 소식에 목을 빼고 귀를 곤두세웠다. 섣달 중순에야 비로소 회령 산포수가 돌아온다는 소식을 도호부가 전했다. 죽고 다친 산포수가 예닐곱이라는 풍문이 회령 들판에 자욱하게 깔렸다.

불랑귀(佛狼鬼)

1866년 9월 18일, 중국 산둥반도의 즈푸(芝罘)에 주둔했던 프랑스 해군 극동함대사령부가 소형 구축함 프리모게(Primauguet)를 앞세워 포함과 수송함 3척을 조선으로 보냈다. 함대는 충청도 연안에 접근하여 북상하고 9월 22일에는 인천 앞바다 물치도(勿淄島: 현재의 작약도) 인근에 닻을 내렸다.

조선의 영해를 제멋대로 침범한 프랑스 함선은 24일부터 6일

동안 강화해협 수로와 한강 하구를 거쳐 양화진과 서강까지 진입했다. 수도 한양의 깊숙한 곳까지 치고 올라온 서양의 전투함은 한강변 주민의 진기한 구경거리가 아닐 수 없었다. 그러나 프랑스군은 한양 백성의 공짜 구경을 허락하지 않았다. 강변에 조선 사람이 대여섯 명만 모여도 총질하고 대포를 쏘아 흩어지게 했다.

그들은 한강에 측심기(測深機)를 드리우고 수심을 꼼꼼하게 측량했다. 조정이 발칵 뒤집어졌다. 대원군을 위시한 중신들이 이 양선을 몰아내라고 군부를 다그치자 오위영이 나서서 장졸을 긴급 차출하여 서강 쪽 강변을 차단하고 경계태세에 돌입했다. 프랑스 함선이 강변에서 대오를 짓던 조선군에게 즉각 총과 함포를 퍼부었다. 순식에 서너 명이 새까지 뜨거지고 피를 쏟자 기겁한 나머지 걸음아 나살려라, 줄행랑을 쳤다.

활과 창으로 무장하고 심지에 불을 붙인 화승총을 거머쥔 한양의 군사가 난생 처음 서양 총포의 화력을 경험했다. 오랑캐의 눈에 띄지 않아야 목숨이 부지됨을 깨달은 조선군 장졸들이 한강경계와 수도방위를 진즉에 포기하고 말았다.

프랑스 함선이 10월 2일에 철수하면서 중국인 필경사가 작성한 통고문을 조선 조정에 보내, 10월 5일부터 한강을 봉쇄한다는 겁박을 했다. 한양 대궐이야 그게 뭔 수작인지 짐작조차 못했지만, 프랑스 함대는 그때 이미 10월 5일 이후 조선을 침공 한다는 전쟁 시나리오를 짜놓은 상태였다.

침략군 함선의 크기와 화포 무장 규모는 한강의 수심과 수로측

량이 관건일 수밖에 없었다. 선발 함대는 바야흐로 한양을 불바다 지을 수 있는 준비를 마치고 즈푸로 돌아갔다. 병인년 양요의 서곡이었다.

10월 11일, 프랑스 황제의 침략전쟁 승인이 떨어지자 즈푸의 극동함대소속 전함 7척이 드디어 조선침공에 나섰다. 로즈(Pierre-Gustave Roze) 제독이 기함 게리에르(La Guerriere)에서 진두지휘하고 뒤따르는 전함과 포함마다 육중한 함포를 거치했다. 함대에는 상륙군을 포함하여 1,000여 명의 정예 프랑스군이 승선했다.

함대가 13일 인천의 작약도(芍藥島) 해상에 닿자 부평도호부(지금의 인천)에는 비상이 걸렸다. 관리 하나가 돛배를 타고 프랑스 함선에 다가갔다. 그대들은 멀고 먼 조선까지 왜왔나, 도대체 무슨 일 때문에 이러는가를 문정(問情)하기 위해서였다.

프랑스 함선에 동승해 뱃길을 안내하던 조선인 천주교 신자가 나서서 조선이 불랑국 선교사를 9명이나 죽였으니 프랑스군이 조선 사람 9,000명을 죽여서 복수하러 왔다며 고함질렀다. 거기에 한 술 더 떠 살인범 대원군을 잡아 가겠다는 협박도 했다.

기어이 사달을 냈다. 전함 4척이 작약도 정박 다음날 곧바로 전투 준비에 돌입하더니 조선군의 저항도 없는 강화 해협을 거슬러 올라가 강화도 갑곶이 앞바다에 닻을 내렸다. 포함 뒤쪽에는 라이플로 무장한 푸른 군복의 해병상륙군이 탄 보트가 로프에 주르르 매달려 있었고, 집채만 한 함포 10여 문이 갑곶이의 조선군 해안진지를 겨눴다.

서양 전함을 지근거리에서 처음 구경하는 조선군이 경이로운 눈으로 감탄사를 연발한 것도 잠시였다. 일제히 포문을 연 함포가 무차별 포격을 개시했다. 갑곶이 해안 포대와 진해문 일대 성곽진지가 불바다가 됐고 구경하던 조선군이 사방으로 피를 흩뿌리며 죽어갔다.

프랑스 총포는 염라대왕 같았다. 조선군의 화승총이나 총통은 상상도 하지 못한 살인 기계였다. 강화도 조선군이 치를 떨었다. 어디서 날아왔는지도 모르는 총탄에 조선군 팔다리가 끊어졌고 ㅣㅣ️딸ㅅ ㅣㅣ️ ㅣ️딸ㅣ️, ㅣ️뜨아ㅇ 땅에 닿자마자 고막을 찢는 폭발음과 함께 초가집 한 채를 형체도 없이 날렸다. 화승총을 ㅣ는 ㅗ ㅓㄴㄸㅓㄴ 맨몸뚱이나 다름없었다.

갑곶이 마을사람들은 기둥뿌리를 흔드는 폭발음에 놀라 점심 밥숟가락을 내동댕이치고 뒷산으로 줄행랑쳤다. 오랑캐군 200여 명이 초토화된 갑곶이 해변 나루에 보트를 타고 몰려와 귀신딱지 같은 함성을 질렀다.

"나폴레옹 3세 황제 폐하 만세!"

일사불란하게 석축나루에 상륙하여 대오를 갖춘 프랑스군이 조선 수군 진지인 진해문 망루를 파괴하고 주변 관아 건물에 불을 질렀다. 진해문 일대의 땅을 고르고 나무 울타리를 박아 주둔지 요새를 만들어 나갔다.

집주인이 도망가서 비어있는 인근 민가를 점거하고 장교용 임시 숙소로 뜯어고쳤다. 산으로 도망간 갑곶이 마을 사람들은 벌건 대낮에 자기 집을 헤집는 오랑캐들의 모습에 에고 에고, 눈물콧물을 흘리며 발을 동동 굴렸다.

로즈 제독이 강화도를 장기 점령하려는 의지를 드러냈다. 상륙 다음 날 곧바로 주둔지에서 서쪽으로 10여 리 떨어진 강화 읍성에 정찰대를 보냈다. 돌아온 정찰대는 조선군 몇이 창이나 총을 들고 성곽근처에서 얼쩡거렸지만, 허술한 방어체계와 무장이어서 야포 한 방이면 쥐새끼처럼 모두 도망갈 것이라 했다.

더 이상 지켜보고 자시고 할 건덕지가 없었다. 16일 이른 아침에 백여 명 프랑스 분견대가 강화 읍성으로 진격했다. 야포 3문을 성 밖에 대놓고 포탄 다발을 먼저 퍼부었다. 조선군이 지켰던 동문과 서문, 남문 누각은 물론 읍성의 간선도로가 졸지에 아수라장으로 변했다.

강화부성(江華府城) 성곽이 감싼 읍내를 무혈 입성한 분견대는 강화 유수가 도망간 유수부 청사를 샅샅이 뒤져 조선군 무기고와 부속 건물을 닥치는 대로 파괴하고 화약고를 불질렀다. 강화 읍내에는 한양의 대궐이 난리를 대비해 지어놓은 행궁과 규장각 서고가 있었다. 규장각이 보관하던 6,000여 권 조선 왕실도서를 발견한 프랑스군은 희희낙락했다.

아름다운 장정의 비단서책은 프랑스군이 침을 흘릴 만한 동양

문화의 진수였다. 그러나 워낙이 책자가 많아 분견대장은 일부만 노획하고 나머지는 소각하라고 지시했다. 저들 눈에 괜찮아 보이는 책자 345권만 챙기고 나머지는 규장각 건물과 함께 불태워 버렸다.

읍내에는 미처 도망가지 못한 노인이 남아 빈 집을 지켰다. 길거리에 어른거리는 사람 그림자라곤 소총에 기다란 대검을 꽂은 오랑캐 병사뿐이었다. 아귀들은 삼삼오오 짝을 지어 밤낮없이 민가 노략질에 나섰다. 숨겨놓은 보물을 찾는다며 군홧발로 안방까지 들어가 개놓은 이부자리에다 대검을 쑤셨고, 초상집에 들이닥쳐 상주까지 내몰고는 관 뚜껑을 뜯어냈다가 기겁하고 도망쳤다.

서양의 약탈자 눈에는 조선의 요강 단지마저 도자기 예술작품이었고 놋쇠 간장 종지도 엘도라도의 황금 술잔이었다. 병사들은 각자가 가져갈 조선의 보물을 챙기느라 민가의 밥그릇은 물론 수저 몽당이까지 긁어 갔다. 군인이 아니라 화적떼였다. 털어간 민가는 불을 질러 흔적을 없앴다.

강화 읍성을 점령하고 노략질을 끝낸 로즈 제독이 본국 황제에게 보낼 기나긴 전리품 목록을 작성했다. 타국의 문화를 숭상하고 예술을 사랑하는 프랑스 황제는 침략하여 빼앗은 남의 나라 보물에 특히 애정이 지대했으므로, 로즈는 품위가 돋보이는 프랑스 언어로 조선의 문화재 약탈 보고서를 적어 나갔다.

그로부터 강화도 백성을 지배하는 상전은 프랑스군이었다. 아프리카를 침략하고 원주민을 가축 취급하던 퍼렁귀신의 근성이 강화도에서도 재현됐다. 귀찮거나 힘든 토목일은 강화읍성 남정네를 강제 동원시켜 해결했고, 프랑스군을 마주치는 조선 사람은 공손하게 눈을 깔고 고개를 숙이거나 무릎을 꿇어 복종의사를 밝혀야 살아서 숨 쉴 수 있었다. 고개를 뻣뻣하게 쳐들고 그들과 맞먹으려 들었다간 머리통이 으깨지도록 소총 개머리판으로 두들겨 맞았다.

오랑캐는 겁탈에도 능했다. 다락에 숨어있던 처자 하나가 붙잡혀 나가 밤새도록 도깨비들의 윤간에 시달렸고 다음날 새벽에야 풀려났다. 강화 처자는 온몸을 난자당한 채 혀를 빼문 주검으로 발견됐다.

병인년 양요

강화도가 프랑스 총포 앞에 죽음의 섬으로 돌변했음에도 조선 조정은 매양 뒷북만 울렸다. 강화 읍성이 함락된 16일에야 성상의 하교가 떨어져 군부가 부랴부랴 토벌군 임시 사령부인 순무영을 설치하고 훈련대장 이경하(李景夏)를 순무사로 제수했다.

그러나 토벌군 진용은 허울만 그럴싸했지 뼈 없는 수수깡에 다름없었다. 오랑캐의 살벌한 눈동자가 사방에서 희번덕거리는 강화 섬에, 여보란 듯 병력을 투입시킬 배짱이 조선 군부에는 없었다. 급조된 순무영의 휘하 장졸은 일단 저들의 총포 사정거리를 훨씬 벗어난, 강화도와 멀찍이 떨어진 육지에 병력을 배치했다.

순무사는 한양 군영에 머물고 선봉중군 이용희도 강화도가 아닌 김포 통진부에 부임했다. 좌선봉장 정지현은 제물진(인천)에, 우선봉장 김선필 역시 부평부(인천)에 투입하고 유격장 한성근을 통진의 문수산성 수성장에 보임했다.

강화도에는 양헌수 천총(千總: 연대장 급 장수)을 정족산성 수성장에, 순무영 별군관 이기조(李基祖)를 광성보 유격장에 보임했으나 우선은 그들을 김포 통진에 머무르게 했다. 강화도에 진주한 유일한 조선군은 광성보에 투입된 화승총수 200여 명이었다. 순무사의 지시에 따라 김포의 통진에서 새벽에 강화해협을 잠도(潛渡)한 공충도(公忠道: 지금의 충청도) 병마진도사 이세어 휘하의 우선봉 지원부대였다.

충청도의 화승총 부대원은 광성보에 투입되던 그날부터 스스로를 마치 죽은 목숨처럼 위장해야 했다. 불과 20여 리 북쪽 갑곶이에 주둔한 프랑스군의 총포는 조선군의 낌새만 차리면 언제든지 죽일 수 있었으되 충청도 병사가 쥔 화승총은 조선군조차 지키지 못했다.

프랑스군의 강화점령 사흘 뒤인 10월 19일에야 겨우 정신을 수습한 한양 조정이 로즈 제독을 성토하는 격문을 보냈다.

불랑국 선교사는 조선 국법을 어겼으니 우리의 처단은 합법적이었노라고 선언하고 강화도 침략은 불법이니 당장 떠나라고 으름장 놓았다. 먹힐 턱이 없는 흰소리였다. 오랑캐들은 말로만 부아를 돋우는 조선 조정이 한없이 우스웠다. 양쪽은 서로에게 씨알이 먹히지 않는 주장만 되풀이했다.

로즈 제독은 선교사를 학살한 대원군을 체포하여 넘기라고 요구했고 전권대신을 파견해 통상조약 초안 작성을 서두르라는 둥 구중궁궐이 절대로 용납 못할 요구만 해댔다.

난리 통 속에서도 궁궐의 논공행상만은 재빨랐다. 프랑스군이 들이닥쳤음에도 싸워볼 생각은 않고 도망친 대역죄를 물어 강화 유수 이인기와 진무영(鎭撫營) 중군 이용회의 관직을 박탈하고 외딴 섬으로 유배 보냈다.

조정과 군부가 온갖 꾀를 다 짜내도 강화도 탈환의 비책이 없음을 곱씹고 있을 때, 로즈 제독은 식민지 강화도를 통치하는 프랑스 총통으로 등극하고 강화읍 점령 이후 저자거리 곳곳에 통치 포고문을 내걸었다.

"우리에게 조선 정벌의 대임을 맡기신 은혜로운 프랑스 황제 폐하께서는 조선의 강화도 땅에서도 프랑스의 영광을 구현할 수 있는 기회를 본인에게 맡기셨다. 우리 프랑스군은 조선왕실 독재자의 전횡에 수탈 당하고 인간 대접을 받지 못했던 강화도민을 해방시킬 것이며, 프랑스 동포인 천주교 신부를 학살한 조선 조정의 책임자도 끝까지 찾아내 처벌할 것이다."

프랑스군은 주둔지 갑곶이 요새에 일부를 배치하고 나머지는 강화 읍성에 투입했다. 로즈는 수시로 읍내 백성의 민심을 살피는 순시에 나섰으며, 집총한 병사가 로즈를 호위하여 냄새나는 조선인이 제독에게 감히 가까이 다가서지 못하도록 막았다.

똥 싼 놈이 매화타령을 했다. 프랑스군은 강화도 치안을 확보한답시고 조선인 범법자를 체포하고 야전 군법회의에 회부하여 총살까지 집행했다. 어느 날 홀연히 나타난 파란 눈의 총독이 강화도 백성의 민생을 굽어 살피고 생사까지 관장하매 한양 대궐은 억장이 무너졌다. 100리 밖 강화에서 대궐로 전해지는 소식은 날마다 절망이고 한숨이었다.

강화도 점령 보름이 넘도록 조선 군부가 아무런 반응을 보이지 않게 로즈 제독은 장기주둔 계획을 획책했다. 강화도를 딴딴한 교두보 삼아 조선 땅 모두를 집어삼키려는, 오지랖 넓은 꿈이었다.

오랑캐 장졸은 티끌 한 점 없는 조선의 파란 가을 하늘과 그 가을이 빚어낸 수려한 강화도의 산과 들에 감탄을 연발했다. 쇼뱅(Nicolas Chauvin)의 후예들은 앞 다퉈 로즈 제독에게 충성의 제안을 했다.

"각하, 이참에 모기떼만 득시글거리는 베트남 정글에서 프랑스군을 철수시키고, 아름다운 사계절이 펼쳐지는 이곳 조선에 황제군사를 주둔시켜 영구 식민지를 만들어야 마땅하지 않겠습니까."

프랑스가 기획한 조불전쟁(朝佛戰爭), 병인양요는 그들이 중국과 베트남에서 이미 써먹었던 '선교사 학살 응징'을 내세워 더욱 잔인하게 조선군을 학살한 전쟁이었다. 더욱 잔인한 학살을 택한 이유는 자명했다. 탁월한 프랑스군의 살육 능력 앞에 조선 조정은 하루라도 빨리 무릎을 꿇어야 목숨을 부지한다는 메시지였다.

이후의 시나리오는 뻔하다. 상전나라 프랑스는 식민지 조선 땅에 단물을 쪽쪽 빼는 대롱만 꽂으면 됐다. 프랑스는 사람의 피를 빨아야 목숨을 부지하는 불랑귀가 사는 나라였다.

어융방략(禦戎方略)

프랑스 함대에 맞선 조선은 능구렁이 앞의 개구리였다. 능구렁이 프랑스는 중국과 베트남이 그러했듯 조선 조정도 서양의 최신식 총포 위력 앞에서 오줌을 지리고 항복할 줄 알았다. 적어도 조선 화승총 부대에 뒤통수를 맞아 별똥이 번쩍이는 뜨악함을 경험하기 전까지는 그랬다.

반전이 처음 일어난 곳은 김포 통진 해변의 문수산성이었다. 프랑스 점령군은 사실 주둔 사령부가 강화 섬 갑곶이에 들어섰던 날부터 께름칙했다. 해협 너머에서 그들을 빤히 쳐다보듯 대척하는 통진의 문수산성이 모가지에 걸린 생선가시 같았다. 로즈 제독이 찜찜함을 참다못해 10월 26일, 소총병 120명을 단정에 태워 보내면서 강 건너 문수산성을 박살내고 오라고 명령했다.

상륙병이 보트로 통진 해변에 다가설 때였다. 때마침 해안에 잠복해 있던 조선 화승총 부대가 프랑스군이 상륙하기를 기다렸다가 일제히 사격, 3명을 사살했다. 유격장 한성근 휘하의 부대였다. 조선군 화승총에 된서리를 맞은 도깨비들은 이성을 잃었다.

화풀이로 문수산성을 오지게 박살냈다. 그래도 분이 안 풀리자 끌고 온 포함을 모두 동원해 황해도 연안 한강과 예성강 하구를 오르내리며 조선군 시설과 민가를 향해 무차별 포격을 가했다. 연안군 민가까지 포탄 빗발이 쏟아져 많은 조선 사람이 죽거나 다쳤다.

10여 일 뒤에 더욱 놀라운 반전이 일어났다. 성쪽산싱 수성강인 양헌수 천총의 분투였다. 양헌수는 제주 목사로 재임하던 중 졸지에 군부의 부름으로 순무영 천총에 임명되자 김포 통진부에 머물며 강화도 탈환 계략을 짰다. 그는 화력에서 극단의 차이가 나는 프랑스군을 진압하려면 정공법이 아닌 비대칭 기병(奇兵: 기습)전술이 필요하다는 결론을 내리고 소위 어융방략[1] 작전계획을 마련했다.

양헌수 천총은 11월 7일 야음에 500여 병력을 김포 덕포진에 이동시켜 손돌목 해협을 도강한 뒤 정족산성에 잠입하는데 성공

---

1 매복 · 기습 · 육박전 · 경계강화 등의 전술이 어우러진 일종의 게릴라 전법

했다. 별군관 이현규와 초관(哨官) 17명이 진두지휘한 병력은 한양에서 차출한 159명의 삼수병(三手兵)[2]과 함경도와 평안도, 강원도에서 긴급 차출한 산포수군 3초[3], 367명이었다.

기습작전의 핵심인 매복부대는 화승총으로 무장한 산포수들로 회령 산포수들이 그에 포함됐다. 양헌수 부대는 정족산성 잠입 다음날부터 요란하게 북을 치고 고함을 지르며 농성했다. 우리가 여기 왔노라 프랑스군은 얼굴을 디밀어라, 조선군의 존재를 갑곶이 프랑스 주둔사령부에 알리려는 심리전이었다. 갑곶이 점령사령부에 박혀 있는 프랑스 각다귀를 직접 공격하기에는 위험부담이 컸으므로 호젓한 산성으로 끌어내 한판 붙으려는 속셈이었다.

로즈 제독이 낚싯밥을 제대로 물었다. 11월 9일 아침 해군 대령 올리비에(Ollibier)에게 명령하여 라이플로 무장한 분견대 160명을 야포와 함께 동원시켜 자신들이 점령한 강화도를 시끄럽게 하는 조선 반군을 몰살시키라고 지시했다.

분견대 병사는 문수산성에서 한승근 부대의 화승총 된맛을 봤으면서도, 조선군 화승총을 여전히 코흘리개의 막대기 취급을 했다. 기껏 화승총을 상대하러 야포까지 동원하는 일은 사치 같아서 끌고 가기 귀찮은 야포는 주둔지에 그냥 두기로 했다. 개인화

---

2 임진왜란 이후 조선 육군의 기본 병과로 채택된 포수(화승총)와 살수(칼, 창) 사수(활)의 조합

3 1초(哨): 100~120명

기 띠바티에 라이플(Tabatière rifle)의 뛰어난 살상능력을 그들은 철석같이 믿었다.

분견대는 가을 소풍을 떠나는 삐리처럼 느긋하게 아침 식사를 마쳤다. 정족산에서 즐길 야외 점심거리와 잘 숙성된 와인까지 몇 마리의 나귀 등과 수레에 실었다. 사정거리 1,000미터가 넘는 소총을 가진 프랑스군에게 감히 덤벼들 조선군이 있을까, 놀멘놀멘 행군을 시작했다.

늦가을 단풍이 강화도 산과 골을 다홍치마로 덮었다. 팔자걸음 행군으로 아름다운 프랑스 민요를 돌림노래로 합창하며 이산 저골 늦가을의 강화도 절경을 만끽했다. 정족산성 입구에 도착한 것은 정오 무렵이었다,

시끄럽게 떠들던 조선군은 그림자도 보이지 않고 푸르른 신록과 조잘대는 새소리만 가득했다. 금강산 비경도 밥 먹고 감상해야 제격이랬다. 조선군 사냥은 물론 식후경이었다. 분견대장의 명으로 행군을 멈췄다. 경치 좋은 곳에 자리를 깔아 배식을 시작했다. 선발대가 둘둘 만 자리를 들고 정족산성 성문 앞 30미터까지 올라갔다.

그때였다. 매복했던 산포수의 총구가 일제히 불길을 질렀다. 조선군은 대담하게도 프랑스군이 지척인 길가 숲진 곳에 매복해 있었다. 산포수들은 일곱 장 안에 들어온 프랑스 병사를 일제사격 망에 가두고, 얕은 물가에 들어선 쏘가리를 쇠꼬챙이로 찍듯

연환을 박았다. 대열 선두병사의 몸통이 벌집으로 변했다. 당황한 병사들이 라이플을 허공에 대고 마구잡이로 쏘아댔다.

프랑스군의 미니에(Minie) 납 탄환은 조선군을 맞춘 것이 아니라 그들의 점심밥을 등에 지고 따라온 애먼 조선 나귀를 맞췄다. 나귀가 놀라서 피를 흘리며 날뛰다가 정족산성 성문 쪽 조선군이 포진한 곳으로 달아났다. 등에 졌던 점심밥과 식기를 고스란히 조선군에게 진상하고 말았다. 또 한 마리의 나귀도 총알세례를 받고 펄쩍펄쩍 뛰다가 왔던 길을 되돌아 갑곶이 주둔지 쪽으로 달아났다.

프랑스군의 집계로 여섯 명이 죽고 서른 명이 부상당했다. 조선군의 어림셈으론 프랑스군 6~70명이 죽거나 다쳤다. 조선군 산포수는 고작 한 명이 전사했고 다섯 명이 가벼운 부상에 그쳤다. 그때 산포수의 손에 띠바티에 소총이 쥐어졌더라면, 올리비에 분견대원 가운데 온전히 숨 붙은 인간은 하나도 없을 터였다.

바게트 화덕과 강화 동종

올리비에 대령이 경악했다. 화승총의 조선군이 어떻게 감히 라이플을 쥔 프랑스군에게 덤벼들 생각을 했을까. 믿기지 않는 기습으로 순식간에 피범벅이 된 휘하 병사들에게 무조건 후퇴하라, 목이 터지게 외쳤다. 죽고 다친 병사는 업어 가거나 곁부축하여 오전 소풍 길을 되돌아 갑곶이 주둔지로 향했다. 농가에서 쇠수레를 탈취하여 사체와 중상자를 싣고 퇴각하는 내내, 숲길 어디선가 조선군이 또 불쑥 나타나 화승총을 쏘아댈 것 같아 전전긍긍 공포에 떨었다.

패잔병보다 먼저 갑곶이 주둔지에 도착한 것은 피 칠갑의 나귀였다. 나귀는 올리비에 분견대가 얼마나 호되게 두들겨 맞았는지를 대변하며 길길이 날뛰다가 땅바닥을 뒹굴었다. 곧이어 네 발을 하늘로 뻗어 진저리를 쳐대며 가쁜 숨을 몰아쉬고는 저세상으로 가고 말았다. 그 모습을 하나 빠뜨리지 않고 지켜본 로즈 제독의 가슴 속에서 수만 근은 됨직한 철추가 쿵 소리를 지르며 떨어졌다.

분견대의 귀영을 앉아서 기다릴 수만은 없었다. 벌렁거리는 가슴을 진정시키고 호위 병사로 앞뒤를 두르곤 병사들을 마중 나갔다. 반 마장도 채 안가서 귀환하는 패잔병 대열과 마주쳤다. 전사자와 중상자 떼거리는 지옥연기 속을 버둥대는 무리 같았다. 늦가을의 강화도 흙길에서 벌건 피를 온몸에 바르고 다가오는 프랑스 황제의 군사를 로즈는 참담한 심정으로 맞이했다.

그날 이후 갑곶이 진지라고 안심할 수만은 없었다. 언제 어느 구석에서 화승총알이 날아올지 아무도 몰랐다. 로즈 제독은 경계 병력을 밤낮으로 울타리 주변에 둘러 세우고도 부들부들 떨었다. 그럼에도 중무장 분견대를 정족산성에 보내 복수전을 펼치자는 참모장교의 제안은 거부했다. 복수전에 나섰다가 또다시 조선군 화승총 부대에 대량 살상이라도 당하면, 아시아의 원시 군대와 맞장 떠서 참패한 유일한 유럽국가라는 불명예의 너울을 쓸 것이고, 이로써 전 세계로부터 멸시와 조롱을 받을 것이 뻔했다. 매복한 조선군 화승총부대와 정면 대결을 펼치는 일은 이제 도박이나 다름없었다.

자존심 상하는 일이긴 하지만, 더 이상 조선군과 맞붙지 않기로 했다. 로즈는 분기탱천한 부하들을 구슬리는 야비한 방법 하나를 대안으로 구상했다. 강화도 민간인에게 복수의 총부리를 겨눈 것이다. 로즈 제독은 정족산성 참패 다음 날 아침에 주둔지의 모든 병사를 집합시키고 연단에 올라 눈꼬리를 치켜세우며 일갈했다.

"위대한 프랑스군을 겁도 없이 공격한 조선을 처절하게 응징하라. 강화 도내의 관청과 민간마을을 모조리 부수고 불태워서 우리가 얼마나 무서운 군대인지 똑똑히 보여주라!"

안 그래도 시퍼런 복장의 귀신같던 프랑스 병사가 피에 굶주린 두억시니 야차의 몰골로 변모했다. 병인년 11월 10일부터 21일까지 프랑스군은 강화 섬을 행군하며 민간 두럭이 보이는 족족 들이닥쳐 파괴했다. 일만 채에 가까웠던 강화도 민가의 절반이 부서졌고 숙종과 영조 임금의 영정을 모셨던 장녕전(長寧殿)도 잿더미가 됐다.

반항하는 남정네는 물론이고 수틀리면 아녀자에게도 총부리를 들이댔다. 숨어서 떨고 있는 젊은 여자는 끌어내 겁탈했다. 소나

돼지도 닥치는 대로 잡아갔다. 어여쁜 조선 누렁 소가 코뚜레를 잡아채는 퍼렁귀신 앞에서 단말마를 질렀지만, 기어이 도살돼 프랑스 도깨비들의 식탁에 스테이크로 올려졌다.

열하루 동안 강화도를 짓부순 로즈 제독은 11월 21일 저녁, 프랑스 장졸들을 주둔지 연병장에 집합시켜 놓고 깜짝 발표를 했다.

"우리는 내일 새벽 강화도에서 무조건 철수한다. 이건 명령이다. 전 병사는 중국의 함대 주둔지로 귀환한다. 한 치의 착오 없는 철수가 이뤄질 수 있도록 만반의 준비를 갖추기 바란다."

조선에 더 이상 미련이 없다는 뜻이다. 담을 타넘은 도적이 짖지 않고 다가와 덥석 무는 개에게 허벅지를 오지게 물려 피를 뚝뚝 흘리고 절뚝거리면서노 비명 한번 못 지르고 담을 도로 타넘고 도망가는 꼴이었다.

급작스런 철수 발표에 전 병사가 충격에 빠졌지만 이미 쏟아진 물이었고 거역할 수 없는 제독의 명령이었다. 참모장교 여럿이 울분을 토하며 설욕전을 주장했으나 로즈는 묵살했다. 제독은 조선의 겨울은 얼음이 꽁꽁 어는 혹한기가 4~5개월이나 지속되는데 현재 준비한 월동 채비로는 도저히 감당할 수 없다고 옹색한 이유를 댔다.

그때 갑곶이의 프랑스군 주둔사령부는 강화도 영구점령계획의 일환으로 튼튼한 담장을 짜 올리는 공사가 한창이었고 작업진도는 절반에 겨우 미쳤다. 진지 내 취사장 한편에는 맛있는 바게트

빵을 구워 먹고자 프랑스식 대형 화덕까지 만들었다. 로즈의 철수 명령은 빵 굽는 화덕이 완공된 지 불과 이틀 만에 내려졌다.

11월 22일 새벽, 프랑스 병사들이 일제히 기상했다. 그들은 상륙 당시의 의기양양하던 모습과는 딴판인 추레한 몰골로 갑곶이 해변에 대놓은 보트에 올랐다. 로즈 제독이 주둔지를 철수하는 병사들을 바라보며 혼잣말을 내뱉었다.

"조선이란 나라는 뺏어먹기에 좋은 떡이었지만, 떡 주인이 날카로운 비수를 품고 있었어."

승선을 마친 병사들에게 지휘 장교는 화승총 기습이 있을지도 모른다며 도다리 눈으로 사주 경계하라고 외쳤다. 그날 새벽 프랑스군이 썰물처럼 갑곶이를 빠져나갔다. 희붐하게 날이 밝자 단정이 머물렀던 개펄 밭에는 커다란 강화 동종이 동짓달 갯바람을 저 혼자 맞으며 누워 있었다.

강화 동종은 강화읍내 남문 근처의 종각에 매달려 있던 놈으로 성문이 열리고 닫히는 시간을 날마다 제 시간에 알려주던 것이었다. 강화부성에 진입하던 그날, 읍내 종각에 걸린 그 동종을 처음 보자마자, 로즈 제독이 전리품으로 꼭 가져가리라 점찍었던 물건이다. 프랑스 황제와 파리 시민을 즐겁게 할 물건으로 저만한 전리품이 또 어디 있으랴, 확신했다.

읍내의 백성 30여 명을 강제 동원시켜 프랑스로 실어갈 동종을 종각에서 뜯어냈다. 높이 2미터에 무게가 4톤이나 나가는 동종을 10여 리 떨어진 갑곶이 해변까지 운반하는 일이 문제였다. 강화 백성을 또 동원시켜 커다란 쇠수레를 급조하고 어찌어찌 거기에 동종을 실었으나, 농로가 좁고 굴곡이 심해 황소 엉덩이에 줄 매를 때리고 끌어야 하루 3~400미터 이동이 고작이었다. 십여 일만에 어쨌거나 강화 구리종을 주둔군이 머무는 갑곶이의 개펄까지 운반해 왔다.

그러나 졸지에 철수가 결정되고, 게다가 조선군의 기습공격까지 걱정하는 처지에 놓이다보니, 그 무거운 동종에 프랑스군이 새까맣게 매달려 작약도의 본대 함선까지 옮기는 일은 여간 골치아픈 일이 아닐 수 없었다. 로즈 제독은 눈물을 머금고 강화 동종을 포기했다.

갑곶이 개펄에 홀로 누운 강화 동종의 빈속을 갯바람 한 줄기가 휘돌고 나갔다. 동종은 오랑캐들을 배웅이라도 하듯 우웅 우웅 낮고 긴 울음을 쏟아냈다.

철수병력을 실은 보트가 강화 해협 한가운데 정박해 있던 포함에 로프를 매달고 막 항진을 시작할 무렵이었다. 초겨울의 말갛던 하늘에 뜬금없이 검은 구름 뭉치가 몰려들었다. 하늘이 갑자기 어둑어둑해져서 첫눈이라도 뿌리려나 했는데 그게 아니었다.

"꽈당당 탕!"

하늘천정을 몽땅 뒤집어 프랑스 군함에다 매다 꽂듯 우레와 함께 벼락이 내리쳤다. 하늘마저 무심치 않았던 청천벽력이었다.

강화도 사람이나 보트 속의 불랑귀 모두가 넋을 놓고 하늘을 올려다봤다.

프랑스군의 도주 소식을 전해들은 강화도 민병대가 강화해협 해변에 포진하고는 함선을 향해 화승총 일제사격을 퍼부었다. 해협건너 김포 덕포진 쪽에서도 화포를 발사하고 화승총을 쏘아붙였다. 조선군 총포탄이 프랑스 전함에 닿으려면 사정거리가 턱없이 모자랐다. 그러나 그 총포탄에는 서양 오랑캐를 증오하는 조선의 마음이 수북수북 담겨 있었다.

병인년 가을에 강화도를 휩쓸었던 핏빛 광풍은 짧거나 혹은 긴 여운으로 남았다. 한양 조정의 기억은 짧았다. 철수하는 프랑스 전함 꼬리에 매단 포말과 함께 기분 나빴던 기억은 모조리 지웠다. 조정 중신이 둘러앉아 조리와 논리의 혀로 참전 장졸의 무공을 논했다.

문무백관은 프랑스군 철수가 탁월한 조선군의 지략에 따른 결과이며 자신과 조금이라도 연관 있는 무훈으로 연결하려 애썼다. 지어낸 전공이 난무하고 승전이라 우기는 뒷북이 요란했다. 갑론을박과 논공행상은 어쨌거나 서둘러 종결됐고 대궐은 언제 그랬냐 싶게 일상의 평온을 되찾았다.

강화도 백성만 처절한 기억을 곱씹어야 했다. 가족과 이웃이 죽고 윤간당한 딸들은 치욕에 떨며 자진하거나 오랑캐가 만져서 더러워진 살가죽을 뜯어내며 절규했다. 집을 잃고 생계터전마저 짓밟힌 백성은 저들이 불 지른 집터에 다시 들어가 토굴을 파고 거적으로 막아서 겨울을 났다. 강화사람 남녀노소가 겨우내 벌겋게 울었다. 전사한 회령 산포수 몇몇이 이름도 없는 널짝에 수습돼 객지 땅 강화에 묻혔다.

죽어서도 추웠다.

4장
마부위침

체념의 산수화

강화도에 불랑국 오랑캐가 남긴 흉터가 오래도록 스산했다. 건물이 파괴되고 불타서 황폐해진 땅이 그랬고 노여워하는 하늘이 그랬다. 그해 11월 하순의 강화도 하늘은 먼저 찾아온 섣달 한풍이 염하의 물살을 오르내리며 온 종일 휘파람소리를 질렀다. 광성보를 끼고도는 손돌목 물살은 원래 초겨울 한 때만 잠시 강파르게 소용돌이치며 회오리바람을 일었으나 그 해 만은 달포가 넘도록 잉잉거렸다.

프랑스 함대가 떠난 뒤 처음으로 경강으로 오르던 조운선 한척이 세찬 바람과 급한 물살에 뒤집어져 깨진 뱃바닥을 물위로 솟구치며 빙빙 돌았다가는 금세 떠내려갔다. 격군 둘의 시신은 끝내 건지지 못했다. 손돌풍(孫乭風)은 강화 백성의 절규처럼 살벌한 바람을 일었다.

프랑스군이 철수한 지 나흘 만에 대궐의 어린 주상은 대원군이 참석한 가운데 춘당대 중신회의를 열고 순무영의 철파를 명했다. 살을 에는 초겨울 바닷바람 속에 솜옷도 없이 버틴 병사가 태반이어서 하루라도 빨리 집으로 돌려보내야 했다.

강화 진무영에서 차출한 무사나 토병(土兵: 반농반군)은 프랑스군이 철수하면서 곧바로 진무사가 귀향조치를 내렸다. 순무영 본진의 차출병력 역시 삼군부의 철수명령에 따라 즉각 원대복귀시켰으나 병부에 등재되지 않고 순무사 직권으로 투입된 지원부대는 순무사가 순시하여 직접 점고한 뒤 해산명령을 내렸다.

광성보에 주둔했던 공충도 지원부대가 순무사를 애타게 기다렸다. 지원부대를 인솔한 어재연 장군은 마흔 셋 평생을 조선 사람으로 살았으면서도 그렇게 맵싸한 바닷바람은 처음 경험했다. 하루하루가 추웠고 시렸다.

공충도 병마절도사 어재연은 프랑스군이 한강 측량을 마치고 돌아갔던 병인년 10월 초에 삼군부로부터 불랑국이 언제 쳐들어올지 모르니 김포 통진에 지원부대 병력을 대기시키라는 출병 명령을 받았다.

어재연은 공주 본영에서 차출한 화승총수 3초를 인솔하여 10월 10일 덕포진에 당도했다. 대기한지 불과 나흘 만에 땅과 하늘이 흔들리는 총포탄을 퍼부은 프랑스군이 갑곶이에 상륙했다. 이틀 뒤에 토벌사령부인 순무영이 구성되면서 순무사 이경하는 어재연부대에게 즉시 염하를 도강하여 광성보를 장악하라는 명령을 내렸다.

10월 17일 새벽, 지원부대는 강화해협을 건너는데 성공하고 광성보에 잠입했다. 어재연으로서는 모든 것이 당황스러웠다. 갑자기 결정된 출병인데다 프랑스군의 눈을 피해 은밀히 강화해협을 도강하느라 숙영에 필요한 장비는커녕 병사들의 월동용 솜옷도 추진하지 못했다.

게다가 지원부대의 병참지원을 맡은 강화 진무영이 프랑스군 수중에 넘어가버려서, 병기와 화약은 물론 군량미 보급마저 끊겼다. 졸지에 적진 한가운데에 갇혀 고립된 어재연부대는 매서운 바닷바람이 훑어대는 광성보의 벌거벗은 야지에서 40여 일을 처절하게 버텼다.

입고 왔던 동저고리 차림으로 한데 잠을 잤고 광성보 곳간을 뒤져 찾아낸 몇 바가지 안 되는 군량미는 늦가을 야산에서 뜯은 억센 풀을 집어넣고 멀건 풀죽을 끓여서 그걸로 병사들이 연명했다. 날이 갈수록 땟국에 찌든 얼굴은 하나같이 퀭한 눈만 남아서 흰자위만 반들거렸다. 군사가 아니라 거지 떼였다.

11월 28일 이른 아침, 광성보에 들른 기발이 통문을 전했다. 순무사 일행의 부대점고 이후에 고대하던 부대 해산명령이 내려진다는 내용이었다. 그날 정오경에 광성보 문루에서 목 빼고 망보던 병졸이 쉰 소리로 거푸 고함을 질렀다.

"순무영 깃발을 단 전마가 달려온다!"

먼발치의 먼지구름이던 기마병 행렬은 차츰차츰 광성보로 다가왔고 순무영 지휘부 깃발이 뚜렷하게 보였다. 장졸들이 만세를 불렀다. 행렬 선두에는 순무사 이경하와 광성보 수성장 이기조가 말안장에 앉았고 뒤쪽으론 순무영 깃발을 펄럭이는 호위기병 다섯이 따랐다.

어재연이 광성보 성문 누각 앞 빈터에 병졸을 대오 지었다. 기마병 다섯을 멀찍이 대기시켜 놓은 순무사가 이기조 유격장과 함께 어재연 부대원 앞으로 다가왔다. 말에서 내린 순무사가 줄지은 장졸들에게 다가서며 면면의 얼굴을 찬찬히 살피며 대오를 한 바퀴 돌았다. 약식 진중 사열이었다.

사열을 마친 이경하는 뒷짐을 진 꼿꼿한 자세로 걸어와 대오 앞에 서더니 허리를 뒤로 젖혔다. 어재연이 앞으로 나서며 목례와 함께 우선봉 지원부대의 인원 보고를 했다. 적과 싸움을 벌인 부대가 아니었으므로 전투기록 상보 따위는 애초에 존재하지 않았다.

강화해협 바닥에서 솟구쳐 오르는 겨울 갯바람은 병사들이 늘어선 광성보 뜰의 곳곳을 꼬드기고 들쑤셔 바람 졸가리를 피워 올렸다. 그 송곳바람은 병사들의 홑저고리 아랫단을 걷어 올리곤 추위에 언 발간 맨살을 긁어대듯 훑었다. 사시나무 떨듯 와들거리고 이를 딱딱 부딪었으나 지엄한 순무사의 점고였던지라 각 잡힌 부동자세를 허물어뜨릴 수는 없었다. 누비솜옷을 깔끔하게 차려입은 이경하가 갯바람보다 차가운 얼굴로 까랑까랑한 목소리의 부대 해산 명령을 내렸다.

"순무사 이경하요. 그동안 고생이 이만저만 아니었소. 대원위 대감께오서 외지에서 차출돼 강화도에 투입된 병사의 안위를 자나 깨나 걱정하셨소. 군량과 의복도 변변히 지원하지 못해 맨몸으로 버틴 장졸의 처지를 심히 안타까워 하시고, 소신에게 하루빨리 귀향 조치하라 신신당부하시었소. 주상께서도 이미 순무영을 파하였으니, 그동안 광성보를 지켰던 우선봉 지원 병력은 오늘 날짜로 공주 본영에 귀대하고 맡은 바 본래의 임무에 복귀하시오."

순무사가 쏟아내는 쩌렁한 단어의 파편들이 차가운 광성보 돌 성곽에 부딪치며 황망하게 흩어졌다. 대오 앞에 서서 고개를 숙인 채 눈 마주치기를 피하던 어재연에게 순무사가 다가왔다. 그가 곱고 하얀 손바닥을 내밀어 갈라 터진 어재연의 손등을 살포시 덮었다. 이경하가 덤덤한 어조로 어재연의 노고를 치하했다.

"병마사의 영솔이 오랑캐 토벌에 많은 뒷심을 보탰습니다. 불랑국 아귀가 조선군의 용맹한 반격에 혼쭐이 나서 패퇴한 것에는 광성보를 사수했던 장군의 공로 또한 적다 할 수 없습니다. 게다가 휘하 장졸이 몸 하나 다치지 않고 성하게 살아남았으니 이 얼마나 다행한 일입니까. 이곳에 당도하기 전에 미리 들른 강화 진무영에서 실한 전마 한 필을 장군께 보내라 일러두었으니

120

이제 강화도 일은 다 잊으시고 편안한 마음으로 귀영하시길 바랍니다."

말 씀씀이는 따사로웠지만 눈자위에 담긴 기운은 선달 북풍만큼 차갑다. 어재연은 오로지 고개를 숙이고 말을 죽였다. 전공 없는 장수는 고개를 들어 하늘을 우르기보다 자신의 갑옷에 덕지덕지 눌어붙은 무능함을 직시하며 유구무언이어야 마땅했다. 순무사의 부대해산 명을 받들고 한시라도 빨리 광성보의 굴레를 벗어던지고 싶었다.

저자 사람들은 허투루 말한다. 전투에서 이기고 짐은 병가지상사여서 잘잘못을 따짐이 부질없다고. 그건 세상물정 모르는 책상군인이나 매기는 셈이리라. 전투에 나선 장수가 논공의 날카로운 잣대를 피할 곳은 세상 어디에도 없다. 토벌대장 순무사가 하는 일은 전투에 나선 휘하장졸의 안녕보다 전공의 크기를 따지는 일이 먼저였다.

이경하가 저만큼 걸어가 묶어 놓았던 말고삐를 말아 쥐고 노둣돌에 발을 올렸다. 두 사람 사이에 얼음장 같은 바람 한 올이 일어 흙먼지를 피웠다. 순무사를 수행하고 왔던 광성보 유격장 이기조가 냉랭한 분위기가 어색했던지 얼굴에 함박미소를 지으며 어재연에게 다가왔다. 유격장 이기조는 순무영 직제 상 어재연의 화승총 부대를 휘하에 두었다. 자신은 광성보와 강화해협을 사이에 둔 김포 덕포진에 진을 쳤고 별도의 매복부대를 지휘했다.

"어 장군, 참으로 고생 많았습니다. 제 분수도 모르고 병마절도사를 감히 아랫자리에 두고 광성보 성채 방어에 내몰았으니 얼마나 송구스러웠는지 모릅니다. 나라의 명이어서 어쩔 수 없이 따랐던 일이었으니 그동안 소생에게 허물이 있었다면 너른 마음으로 용서하시기 바랍니다."

"…… 과분하신 말씀입니다."

어재연이 더욱 고개를 숙였다. 한 사발쯤의 전주(前酒)가 있었던지 아니면 찬바람 때문이었는지 이기조의 볼이 발그레 상기돼 있었고 그의 말은 따뜻하고 살가웠다.

"그나저나 이제 난리도 끝나고 순무영도 해체됐습니다. 내년 봄쯤에는 소생과 함께 느릿느릿 산천경계나 살피시지요. 경치 좋은 곳에 대자리 깔고 잘 익은 술도 걸러놓고……. 소리 잘하는 솜털 보송보송한 관기도 두엇 불러놓고, 질펀한 꽃놀이나 한번 즐기심이 어떠신지요, 허허허……."

"…… 그리 하시지요."

이기조의 마음 씀씀이가 고마웠다. 순무사 이경하가 굵다란 헛기침을 두어 번 뱉으면서 이기조의 환담이 끊겼다. 말안장에 앉은 그가 이기조를 재촉했다.

"이제 그만 가십시다"

메마른 이경하의 시선이 먼 산에 고정돼 있었다.

"에이 그것 참, 세상인심이 이래서야……."

이기조가 땅바닥을 내려다보며 한숨 섞인 독백을 후루루 뿜어댔다.

"살아있는 날이 잇대어진다면, 또 다시 병마사를 만나 뵐 일이 있을 것입니다. 병마사께서는 부디 몸 성히 귀영하십시오……."

이기조가 어재연의 양 손을 잡고 짧은 작별인사를 건네곤 훌쩍 자리를 떴다.

이경하는 중앙 고위직 문관이었다. 한양 고관의 잔기침에 고뿔을 앓아야 하는 외직 무관인 어재연과는 녹록이나 관록의 무게가 달랐다. 이경하는 어재연에 비해 열두 살이나 많은 50대 중반이며 요 몇 년 사이에 벼락같이 중앙 무대에 등장한 인물이었다. 그러나 당상관에 오른 순서로 따지자면 어재연의 정3품 통정대부 승서가 이경하보다 훨씬 빨랐다. 이경하는 당대 한양사람들의 입 장이해 니뒀고 볼짜던 벼락쑬세의 홍산이있니.

순무사 이경하는 스물세 살에 음관(蔭官)무과를 거쳐 처음 관직에 올랐다. 첨지중추부사였던 증조부와 포도대장이던 조부의 음덕이다. 뒤늦게 을미년(1835) 증광시의 무과를 급제했으나 삼십 년이 넘도록 음지의 말단 무관으로 머물러 있었다.

계해년(1863)에 철종 임금이 후사 없이 승하하자 흥선대원군 이하응의 둘째 아들이 불과 열한 살에 고종 임금으로 즉위하면서 섭정 권한이 아버지 대원군에게 위임됐다. 안동 김씨의 위세가 하늘을 찌르던 시절, 왕족일지라도 권력 핵심에서 비껴나면 그들의 눈치를 살펴야 살아남았다. 와신상담하여 살아남은 대원군은 섭정이 시작되자마자 안동 김씨부터 숙청의 칼날로 다스렸다. 패당을 짓는 거점이던 지방 서원도 대부분 철폐하고 파벌에 휘둘림 없는 인재 등용을 선언했다. 그가 본보기로 중용한 대표적인 인물이 바로 전주 이씨 동향인 이경하였다.

초야의 말단 무관 이경하는 한순간에 중앙 고위 문관으로 변신했다. 느닷없이 훈련대장 자리에 올랐고 한양 오군영의 수장과 판서자리 요직을 널뛰듯 옮겨 다녔다. 대원군이 기획하여 병인년 정초부터 조선 팔도에 피바람을 몰고 온 병인박해도 조선의 치안 책임자인 포도대장 이경하가 앞장섰다.

병인년 정초부터 전국의 천주교도 8,000여 명이 참수되는 광란의 학살극 한 가운데에 이경하가 있었다. 한양 낙동(駱洞)의 이경하 자택(현재의 중국대사관 자리)에는 형틀까지 갖춰 놓고 잡혀온 천주교도를 묶어 직접 심문했다. 한양사람들이 그를 낙동 염라대왕이라 불렀다. 엔간한 한양 고관도 이경하의 호가호위 권세 앞에서는 몸을 납작 엎드려야 평안했다.

대원군은 프랑스군이 강화도를 침공하자 훈련대장 이경하를 대뜸 순무영의 순무사로 제수하고 토벌군 편성에 따른 일체의 권한을 위임했다. 순무영은 임시 전투사령부였으나 나라가 위기에 처한 상황에서 순무사의 권한은 절대적이었다. 이경하는 지체 없이 긴급 동원령을 내려 함경도와 평안도의 범 포수를 비롯해 각 지방 군영의 화승총 부대와 산포수, 한양 오군영과 경기감영의 정예 무사를 순무영 본진으로 꾸렸다.

어재연은 순무영의 병부에 등재된 수성장이 아니었으므로 군부의 관심에서도 비껴난 지방 군영의 지원부대 인솔자에 불과했다. 동원시킨 화승총수는 정예 직업군이 아니어서 싸울 준비는커녕 방아쇠도 제대로 당겨보지 못한 충청도 토병이 대부분이었다. 그럼에도 불구하고 순무영 본진의 그 어떤 수성장도 떠맡지 않으려 했던 갑곶이 바로 아래의 광성보에 어재연부대가 투입됐다.

무장 어재연의 광성보 치욕은 예정된 것일지도 몰랐다. 소속된 파당이 없고 뒤를 봐주는 한양 고관이 없을뿐더러 대원군의 사람은 더욱 아니었기에, 오로지 휘두르는 힘에 고분고분 순응하여 알아서 휘둘려져야 했다.

어재연은 순무영 대병력의 기마대 행렬이 광성보를 떠나자 비로소 휘하 장졸에게 귀대를 재촉했다. 강화 진무영이 내어준 군선으로 염하를 건너고 김포 통진에 주둔했던 나머지 병력 100여 명과 합류하여 공충도 본영으로 귀환했다.

어재연은 대쪽 무장의 길을 갈망했으되 스물다섯 해 관직생활은 그러하지 못했다. 조선 조정은 개국 초부터 문무차별 철폐와 인재 중용을 천명했다. 문무관 급제자에게 오로지 본인의 능력에 따라 동반이든 서반이든 적합한 관직을 맡길 것이라고 호언했다. 나라까지 망쳤던 고려의 무신 난을 거울삼아 조선 조정은 무관을 홀대하는 관행을 되풀이하지 않겠노라 장담했지만, 그 말은 한 번도 지켜지지 않는 구두선(口頭禪)에 불과했다.

문무관 보직교류는 구색만 갖추는 겉치레로 실행했으되 동급의 문관출신 무장은 무관보다 으레 앞 서열에 올랐다. 한양의 고위 무관직은 언제나 문관이 독차지했다. 난리와 전쟁이 벌어질 때 그 앞 막음은 당연히 무관의 몫이었으나, 그들이 피 흘려 난세를 평정할 때쯤이면 그제야 주상전하를 따라 도망 다녔던 고위문관이 비단관복을 차려입고 나타나 전장의 무관 전공을 꼬치꼬치 따져 논공행상했다.

그럼에도 불구하고 난세는 위대한 무장을 낳았다. 병인년의 프랑스 침공에서는 양헌수나 한성근 같은 걸출한 장수가 조불전쟁 와중에서 태어났다. 하지만 영웅의 탄생은 영웅이 되지 못한 더 많은 장수의 희생을 바닥에 깔기 마련이다. 전쟁이 끝나면 논공은 으레 영웅에게 몰렸고, 행상은 나머지 장졸들이 도토리 키를 재듯 옥신각신 나눴다. 어재연은 병인년의 양요에서 이렇다 할 전공하나 세우지 못한 욕된 무장 가운데 하나였다.

교지를 받잡고 때로는 이조가 관장하는 문관으로, 때로는 병조 관할의 무장이 돼야 했다. 자신의 뜻과는 상관없었으되 어재연의 인생이 그 속에 녹았다. 문무의 흔적들은 먹의 농담(濃淡)처럼 확연히 구분되었으나 서로는 어울려서 한 폭의 산수화를 그렸다. 무골이 제 갈 길을 올곧게 들지 못한 체념의 산수화였다.

무골 어재연

어재연은 계미년(1823) 봄에 태어났다. 아버지 용인 어른과 어머니 기계 유씨 사이의 둘째 아들이었다. 경기도 이천의 율면 산성리에는 함종 어씨의 집성촌 돌원(石原)마을이 있고 어재연도 거기서 성장했다.

어재연은 소년 시절부터 또래들보다 머리 하나가 더 컸다. 힘이 셌고 팔이 길었으며, 장정이나 드는 바윗돌을 번쩍번쩍 머리 위로 올려 주위 사람들의 혀를 내두르게 했다.

어재연의 무용은 무장 가문의 피를 고스란히 물려받은 것이었다. 증조부 유남 어른은 무과에 급제하여 정2품 지중추부사까지 올랐고 조부인 석면 어른도 무과에 급제하여 부사까지 지냈다. 어재연 역시 일찍부터 무과 과거를 준비했다.

나지막한 팔성산(八星山) 구릉이 감싸는 생가 터 대문밖에는 흙을 돋워 활터(射場) 말랭이 둔덕을 만들고 그 밑으로 100보 쯤 되는 거리에 과녁을 세웠다. 화살은 한 발만 준비하였다. 말랭이에 올라 시위를 당기고 나면 짚신 발로 곧장 과녁으로 뛰어가 화살을 뽑아 사대로 뛰어올랐다.

병신년(1836)에 오랜 병환에 시달렸던 아버지가 세상을 떴다. 열세 살 소년이 홀로 된 어머니를 다독이며 농사일까지 떠맡았다. 당연히 힘에 부쳤고 일손이 필요했다. 얼마 후 문중의 어른들이 불과 열네 살인 어재연의 혼인을 주선하여 며느리를 받아들이기로 결정했다. 문중에서 발 벗고 나서서 청주의 문반 김씨 댁 규수와 정혼하기로 약조했다.

소년 재연이 혼약 날짜에 맞춰 후행과 함께 말을 타고 청주에 닿았을 땐 신부가 사는 마을 전체가 쥐 죽은 듯 조용했다. 잔치 분위기는커녕 김씨 댁의 대문마저 굳게 잠겨 있었다. 머슴 하나가 조심스레 문을 따고 얼굴만 내민 채 혼사 치를 규수가 무반 집안엔 죽어도 시집을 가지 않겠다며 고집을 부린다며 한 번만 봐 달라, 혀 굳은 목소리로 통사정을 해댔다.

재연이 김씨 댁 대문을 발길로 걷어차 열어젖혔다. 타고 온 대마의 엉덩이를 힘껏 쥐어박아 놀란 말이 마당 안쪽을 미친 듯이 휘젓는 바람에 김씨 댁 사람들은 혼비백산하고 말았다. 한바탕 소란이 벌어진 뒤에야 소년 재연이 마당에 들어서서 흥분한 말의 고삐를 잡곤 고함을 버럭 질렀다.

"나한테 시집오기 싫다는 여자는 나도 싫소이다. 그러나 먼 길을 달려왔으니 빈손으로 돌아 갈 수는 없는 법이오. 정혼을 파기한 무례는 그쪽이 먼저 저질렀으니, 내가 장가갈 다른 규수를 지금 당장이라도 만들어 내놓지 않으면 온 집안을 풍비박산 내버릴 것이오!"

김씨 댁이 당찬 꼬마신랑 재연의 모습을 대하곤 꿀 먹은 벙어리가 되고 말았다. 우여곡절 끝에 청주 고을의 무반 가문인 한씨 댁 규수를 아내로 얻었다. 무장 한택리의 여식으로 스무 살 규수였다.

열다섯이던 무술년(1838)에 아들 병수(秉琇)가 태어났다. 세상

일이란 게 본디 좋은 일만 꾸준히 잇대지는 법은 없다. 이태 뒤 경자년(1840)에 재연의 세 형제 가운데 맏형인 재호(在濠)가 불과 스무 살에 세상을 뜨는 슬픔이 닥쳤다. 가문의 대가 끊기는 불상사를 염려한 문중에서 재연의 세 살배기 아들 병수를 후사 없는 백형의 양자로 입적시키기로 결정했다.

무장의 꿈을 실현할 기회가 의외로 일찍 닥쳤다. 경험삼아 응시한 신축년(1841) 정시 무과과거에서 당당히 급제했다. 그해 10월에는 한양의 대궐 북방경비를 담당하는 총융청 초관으로 초직 발령이 났다. 초관은 조선군 편제상 초급 군관의 총칭이다. 조선군 병력 편성의 기본단위는 1초(哨)가 기준이며 통솔군교가 곧 초관이다.

어재연은 삼수병 1초, 120명을 휘하에 두었다. 초관으로 부임하던 첫날, 어재연은 훈련도감으로부터 화승총을 지급받았다. 당대의 젊은 조선 군관 대부분이 그랬듯 어재연도 창이나 칼, 활보다 화승총에 더 애착이 갔다.

총을 지급받던 날은 밤늦도록 두근거리는 가슴을 달랬다. 잘 닦여서 반들거리는 총신을 이리저리 잡아보고, 한쪽 눈을 감은 짝눈으로 가늠자에 가늠쇠를 정렬하여 수도 없이 조준해보고, 총구에서 개머리판 끝단까지 찬찬히 뜯어봤다.

잠자리에 들기 전에는 서탁 위에 놓인 벼루에다 자리끼 몇 방울을 떨어뜨리고 오랫동안 먹을 갈아 진한 먹물을 우려냈다. 붓에다 먹물을 듬뿍 먹여 방아쇠울 앞자리 총목에다 자신의 이름

석 자, 魚在淵을 써나갔다.

화승총을 껴안고 자리에 누웠다. 그날 이후로 그가 곧 총이고자 했으며 화승총이 곧 그이고자 했다. 조선군 주력화기가 화승총이었음에 조선 최고의 장수는 당연히 화승총을 제 몸처럼 다루어야 마땅했다. 열여덟 젊은 무골이 자신의 이름을 박은 화승총을 두 손으로 꼭 껴안고, 세상에서 가장 편안한 얼굴로 깊은 잠에 들었다.

어재연은 훈련도감 초관으로 이임했다가 계묘년(1843)에는 헌종 임금의 나들이 가마인 보련(寶輦)을 호위하는 장교가 되며 서반 6품 참상관으로 승품했다. 한양 오군영 여기저기를 거치는 군관생활만 6년을 했다. 내내 그의 손에서 화승총이 떠난 적이 없었다. 수시로 훈국의 사대에 올라 방아쇠를 당겼다.

화약 냄새 물씬한 군관 복장인 채 병졸들과 함께 병기와 무예를 논하고 나라의 앞날을 걱정했다. 조선 무장으로 갖춰야할 기본자세는 그때 익혔다. 무골의 꿈이 차지게 뜸 들었던 스물넷 어름, 정미년(1847) 섣달 초이틀에 성상의 교지를 받잡았다.

魚在淵爲通訓大夫行光陽縣監者
(어재연을 통훈대부 품계로 광양 현감 직책에 보임함)

무장의 호적이랄 수 있는 병조(兵曹)의 사령을 기다렸던 어재연이다. 오군영 초급 지휘관 생활을 거쳤으니 병조 소관 무관으로 총융청이나 수어청의 어디든 절충장군 자리 하나 쯤을 기대했던 터였다. 오군영에 그런 빈자리가 없다면 지방 군영의 영장(營將)도 괜찮았다.

그러나 어재연의 뜻과는 상관없이 그는 문관 관할의 이조(吏曹)로 이관되었고 6품 무관에서 단숨에 정3품 문관품계 통훈대부로 승서했다. 벼락출세라 불러도 좋았다. 그럼에도 불구하고 광양 현감이란 자리 또한 의외였다. 삼남의 시골 현감 자리는 문과를 급제한 종6품에게 주어지는 것이 항례였기 때문이다.

관직의 첫 단추가 잘못 꿰어지고 있다는 초조감이 일었으나 그리나 도리 없는 일이나. 까지는 왕명인데, 이제 겨우 외직 현감 첫 발령을 받은 초짜가 거역할 수는 없는 노릇이 아닌가. 투덜거리며 고을 원님으로 부임할 이삿짐 보따리를 꾸렸다.

무장의 길

광양 고을은 평안했다. 땅은 기름졌고 노 저어 바다로 나가 그물만 치면 팔뚝만한 물고기가 달려 나왔다. 싸울 일 없는 백성들은 착했다. 개 잡아먹은 이웃 마을 머슴들을 곤장 몇 대 친 이야기가 몇 달간이나 마을 사람 입방아에 오르도록 건조한 영일이 계속됐다.

어재연은 광양만의 드넓은 개펄에 해넘이가 시작되면 버릇처럼 화승총을 잡았다. 수평선 위로 마지막 불꽃이 꺼져가는 태양을 겨눠 방아쇠를 당긴다. 화약 터지는 소리는 가슴을 메웠던 잡다한 것들을 한순간에 뚫어 주었다. 개펄에 옹기종기 모여 게으른 일과를 마감하던 갈매기들이 벼락 총소리에 놀라 하늘높이 솟구쳐 달아났다.

태양은 화승총알 예닐곱 발을 관통당하고서야 수평선 뒤로 고개를 꺾었다. 이내 일몰을 애도하는 땅거미가 온 바다에 덮였다. 그제야 총목을 거머쥐고 터덜터덜 혼자 사는 관사로 귀가했다. 목민의 바른 치세를 하나씩 배워나갔고 백성이 편안해 하는 수령의 자세도 다듬어갔다.

그가 통솔하는 광양 군영의 병장기들도 부지런히 점검했다. 조선의 지방 수령은 환란이 닥치면 갑옷을 입고 병기를 쥐어 향토토병을 이끄는 무장으로 변신한다. 지루하도록 화평한 날만 잇대는 남도의 바닷가 마을이지만 적은 언제 닥칠지 모른다. 쓸 일이 없어 군기고에서 낮잠을 자거나 고장 난 채 방치된 화승총은 물론이고 칼과 창과 활도 새것처럼 수선하여 언제라도 병사를 무장시킬 수 있게 닦아 놓았다.

전라 관찰사가 불시 점검하여 평가한 관내 수령의 전최(殿最: 업무고과)에서 병기 수선의 공로로 말미암아 경술년(1850) 1월에는 정3품 상계(上階)인 통정대부로 승서했다. 군영을 관리하는 무장 자질이 인정되면서 3년간의 수령임기를 마친 어재연은 그해 5월 평양 감영의 중군으로 영전하게 됐다. 어재연의 무운이 비로소 순풍을 안은 돛배처럼 항진했다.

그러나 부임한 지 불과 3개월 만에 암초를 만났다. 그해 8월 한강의 서강 광흥창으로 세곡을 싣고 올라가던 평양 운량선 한 척이 화적떼의 습격을 받아 곡식은 물론 배까지 빼앗겼다. 세납선 운송 책임은 해당 감영의 중군에게 있다. 국고에 손실을 입힌 막중한 죄목으로 곧장 직위가 해제되고 충청도 산골마을 제천으로 귀양살이를 떠났다.

2년간의 귀양살이는 어재연의 심기를 더욱 강고하게 단련시켰다. 임자년(1852)에 관직 복귀를 허락받고 다음 해 4월에는 왕명을 출납하는 선전관에 제수되며 한양으로 복귀했다. 갑인년(1854) 3월에는 임금을 호위하고 내영의 내직 사무를 총괄하는 내금위장으로 영전했다. 그해 이천의 고향집에도 경사가 있었니. 아우 재순(在淳)이 낳은 둘째아들 병선(秉璿)을 양아들로 들였다.

외아들 병수를 작고한 백형의 양자로 보낸 뒤 허전하기만 했던 어재연 내외에게는 양아들 병선이야말로 하늘의 선물이었다. 흔쾌히 양자를 보내준 아우 재순을 생각할 때면 가슴이 아렸다. 팔도 외직을 떠도는 자신을 대신해 과거시험도 포기하고 홀어머니를 건사하며 농사일까지 도맡았기 때문이다.

을묘년(1855)에는 또 다른 경사가 겹쳤다. 백형의 양자로 보낸 병수가 불과 열일곱 나이에 식년 무과를 당당히 급제했다. 무골 집안에 또 한 명의 무과급제자가 대를 이었다. 얼마나 대견스럽던지 병수를 내금위로 불러 주안상을 안기곤 술잔도 함께 기울였다. 비록 몇 마디에 불과했지만 낳은 자식과 아비가 곰살갑게 이야기를 해본 것도 그때가 처음이다. 서른두 살 아비가 비로소 철들어갔다.

병진년(1856) 섣달에는 훈련도감 별장(別將)에 제수되며 황해도 풍천 부사로 이임했다. 어재연이 급작스레 부임한 데는 이유가 있었다. 황해도 풍천 해변 일대에는 얼굴이 가무잡잡한 이방의 해적 떼가 수시로 해안가 마을을 덮쳤다. 조선말을 할 줄 모르는 깡마른 얼굴의 도적은 민가에서 겨우 나락 몇 줌을 훔치면서 일가족을 몰살하고 집까지 불태우는 잔인한 놈들이었다. 무장 출신 부사가 나서서 악질 해적 떼들을 모조리 소탕하라는 조정의 요구에 군부가 나서서 그 적임자로 어재연을 천망했던 것이다.

부임한 어재연도 처음 한동안은 해적 떼를 번번이 놓치고 말았다. 해적이 나타났다는 소식에 긴급 출동시킨 병사를 군선에 태워 출동할 즈음이면, 놈들은 벌써 새까맣게 먼 바다로 줄행랑을 친 뒤였다. 어재연이 별렀다. 평양 감영의 중군 시절에 자신이 관장했던 운량선을 습격하고 약탈해간 해적 떼에게 당한 수모를 이번 기회에 갚아주마고 다짐했다.

훈련된 화승총수와 살수 1초를 풍천 감영에 상시 대기시키고 해안 요처에는 은폐한 경계병을 세워 단단히 감시케 한 뒤 민간 복장의 날렵한 삼수병 군오 3개조를 해안 마을의 민가에 묵게 했다. 부임 몇 달 만에 설욕의 기회가 찾아왔다. 해적떼 30여 명이 돛배 두 척에 나눠 타고 경비가 강화된 줄도 모른 채 풍천 해안 민가에 들이닥쳤다.

해안 경계병이 유인하여 시간을 끄는 동안 민가에 묵었던 삼수병이 완정무장하여 빈 배를 지키던 화적떼 다섯 명을 한꺼번에 사살하고 돛배를 불 질러 해적 떼의 퇴로를 원천적으로 차단시켰다. 도망갈 곳이 없던 화적떼가 우왕좌왕하며 산속으로 숨어드는 사이에 어재연이 인솔한 해주감영 화승총부대가 출동하여 놈들을 포위하고 압박한 뒤 단숨에 일망타진해버렸다. 그놈들은 황해 일대의 바닷가를 주름잡던 화적떼 본진이었다. 이후로 오랫동안 풍천 바닷가에서 얼굴 새까만 해적떼는 구경하기 힘들었다.

황해 관찰사가 어재연의 공로를 소상히 적어 주상께 장계를 올렸다. 주상 유시 이게언에게는 해주 진관의 병마첨절제사 좌영장 토포사를 중임한다는 교지가 내렸다. 최고 무장이 되고 싶었던 그의 꿈이 겨드랑이 밑에서 한 뼘 날개로 돋았다.

어머니 기계 유씨가 경신년(1860) 6월에 타계했다. 어재연이 관직을 물리고 이천 돌원마을로 내려가 임술년(1862)까지 3년상을 치렀다. 임술년 6월에 한양 훈련도감의 천총으로 복직하는 다음날로 경상도 달구벌(대구) 감영의 영장으로 파견됐다. 풍천부사 시절에 해적을 소탕한 공적을 군부가 인정하여, 소소한 민란이 잦은데다 절도범까지 준동하는 달구벌에 그를 급파한 것이었다.

그의 무공이 달구벌에서도 빛났다. 영장 부임 다음날로 화승총

수를 주축으로 한 기동부대를 조련시켜 불과 몇 달 만에 정예 포
수부대를 꾸렸다. 달구벌 파견 일 년 만에 대구 인근의 도적떼를
모두 잡아들여 하옥시키고 민란도 잠재웠다. 달구벌이 예전의 평
온을 되찾아가자 군부는 물론 대원군까지 어재연을 유심히 지켜
보았다.

어전 회의에서 어재연이 거명됐고 장단 부사에 중용 하라는 성
상의 하교가 내려졌다. 갑자년(1864)에 한양 북방의 최고 요해지
인 경기도 장단 도호부사에 제수됐다. 예사 자리가 아니었다. 장
단은 한양 북방의 외길 간선도로 길목이어서 권문세가의 나들이
행차가 빈번한 곳이다. 종복을 거느린 고관대작 4필 마차의 호화
행렬이 줄을 잇는 곳이어서 그때마다 장단 부사가 나서서 맞이하
고 때로는 향응을 베풀었다.

장단 부사는 관할 백성을 건사하기보다 한양 고관의 비위를 맞
추고 눈도장 찍기에 바빴다. 외직 수령이면 누구나 꿈꾸는 영전
과 기회의 보직이었기 때문이다. 흥청망청 접대비를 지출하는 통
에 고을의 살림살이가 늘 적자에 허덕였다. 예산을 벌충할 요량
으로 관아가 터무니없는 세곡을 공출하면서 백성의 원성도 뒤따
랐다. 그러거나 말거나 도호부청 아전들은 향응을 핑계대고 관고
재물을 제 주머닛돈처럼 착복했다.

어재연은 부임 다음날로 고을 재정의 속내를 세밀히 따졌다.
관고를 털어먹은 혐의가 발각된 향리의 모가지를 잡아채어 장부
책을 빼앗고 임금님 행차라도 내 허락 없이는 단 한 냥도 지출할

수 없다고 일갈했다. 다소 더디었지만 그 효과는 확실하게 나타
났다. 재임 두 해가 되기 전에 장단 고을 재정이 흑자로 돌아섰
다. 경기 감사가 어재연의 장단 도호부 경영에 탄복하여 장계를
올리자 대원군은 믿어준 바 소임을 다 하였으니 표창함이 마땅하
다며 환하게 웃었다.

임금이 친히 새서표리(璽書表裏)를 하사하여 옥새를 찍은 유서
(諭書)와 비단 두 필을 내렸다. 유서는 병력 동원 위임장으로 주
상의 절대 신임을 받는 무장에게만 수여되는 증표다. 전령이 동
그란 통에 유서를 넣어 등에 짊어지고 다녔는데 그야말로 '유세
통 짊어지는' 대단한 위세였다.

병인년(1866) 수사월에 장단 부사의 임기가 끝났다. 조정은
군부의 천거를 받아 때마침 자리가 빈 공충도 병마절도사 사리
에 어재연을 보내기로 했다. 어재연이 그해 4월19일 교지를 받
잡았다.

魚在淵爲折衝將軍守公忠道兵馬節度使者
(어재연을 절충장군 품계로 공충도 병마절도사에 발탁함)

자신의 품계보다 높은 직책으로 영전시키는, 황공한 수직(守
職)발령이었다. 병마절도사는 8도에 한명씩 보임되는 당해 지역
군사령관이며 통상 종2품 무장이 맡았다. 어재연은 문관품계 통
정대부였고 정3품에 불과했으며 종2품에 비하면 하늘아래 땅바

닥에 불과했다.

이천의 돌원마을에서 잔치가 벌어졌다. 무과급제자가 많은 어씨 문중이지만 병마절도사 제수는 어재연이 처음이었다. 집안의 경사였고 어재연 인생으로서도 절정의 무운을 구가하는 순간이었다.

충청도 공주의 병마사 본영에 부임하던 첫날 무명보자기로 싼 총투(銃套: 화승총집)를 가장 먼저 풀었다. 자신의 이름을 박고 있는 그 놈을 집무실 총가에 걸었다. 전라도의 바닷가 마을에서 황해도에 이르는 기나긴 외직생활 동안 단 한 번도 자신의 손을 떠나지 않았던 놈이다. 그 놈은 마치 일곱 살짜리 자식 같아서 늘 머리통을 쓰다듬듯 총목과 총신을 어루만져야 반짝반짝 빛이 났다.

신임 공충병마사가 시급히 챙긴 일은 관할지의 병장기 정비와 진지보수였다. 전임 병마사에게서 군무를 인수하는 동안에도 어재연은 관내 병기고와 화약고를 일일이 점검하고 실태 파악에 나섰다. 점고하는 내내 어재연의 입에서 한숨이 터져 나왔다.

군기고는 겉모양만 번듯했지 그 속에 보관한 병기는 하나같이 중병을 앓고 있었다. 인수 받은 무기는 장부상 숫자로야 정확했지만, 호미 날보다 무딘 군도와 칡 끈으로 자루를 묶어놓은 장창, 줄 끊어진 활과 부러진 쇠뇌(手弩ㄷ)가 거미줄을 뒤집어쓴 채 수도 없이 널브러져 있었다.

화승총의 상태는 차마 끔찍할 정도였다. 무려 4~500백 자루가 멀쩡한 곳을 찾기 힘들 정도로 망가져 있었다. 총목이 부러지고 총신이 녹슬어 먼지와 엉켜 있는 화승총들은 차라리 쇳물로 녹여 쟁기를 만드는 편이 나아 보였다.

개인 병장기뿐만이 아니었다. 활차가 부서진 채 구석에 처박혀 있는 홍이포 10여 문과 시퍼런 녹물을 덮어쓴 불랑기(佛狼機)도 아무렇게나 방치돼 있었다. 한심하기로는 화약고가 한술 더 떴다. 쌓아둔 가루화약 포대에서 끄집어낸 검댕화약의 대부분은 녹아내려 떡처럼 엉겨 있었고 장작불을 들이대도 반짝 불꽃만 지폈다가는 피식 꺼지고 말았다. 수행하던 군관에게 당장 폐기처분할 것을 지시했다.

병기와 화약수급 담당 군관을 불러 엄하게 징계하고 병기수리 책임군교는 그 자리에서 병고파직 시켰다. 새로 임명한 신책임자에게는 모든 병장기를 최대한 빠르게 새것의 성능을 담보하게끔 수리하라고 엄명했다. 고치고 정비한 총은 군교가 시험 거발하고 그래도 작동하지 않는 화승총은 폐기하여 쟁기로 만들었다. 화승총신처럼 단단한 쇠로 만든 쟁기는 기특하게도 돌투성이 밭고랑도 단숨에 갈아엎는다. 폐기된 숫자만큼의 새 화승총은 한양 훈련도감에 상신하여 도입하기로 했다.

병장기와 화약을 제대로 갖추는 데만 꼬박 두 달이 걸렸다. 이후 어재연 병마사가 할 일은 훈련을 통한 전투태세의 확립이었다. 관하 군영마다 느슨해져 있는 분위기를 일신하여 군기를 되잡고 긴장감을 찾는 것이 급선무였다. 먼저 군관을 다

그쳐야 했다.

부임 석 달 째부터 공주 군영 군관을 대상으로 보름 간격마다 한 차례씩 정례 화승총 시방훈련을 했다. 사수와 살수를 지휘하는 무사도 화승총 사격에 참여시켰다. 공주 군영 소속의 반농반군 토병들도 농사짓는 짬짬이 소집되어 공격군과 방어군으로 역할을 분담하고 실전을 방불케 하는 성곽 공방훈련을 실시했다.

어재연 병마사는 그해 여름이 끝날 즈음 공충도 공주 본영의 첫 총포군 합동 방어훈련을 벌였다. 환도 대신 화승총목을 거머쥐고 훈련에 앞장선 병마절도사의 서슬 푸른 위엄에 휘하 장졸은 정신을 바짝 차려야 했다.

얼마만인지 모르게 공주 고을 뒷산에서 대포와 총소리가 꿍꿍 꽝꽝 울렸다. 영문 모르는 산골 사람들은 되놈이 또 쳐들어왔냐며 화들짝 놀라 혼비백산했다. 뒤늦게 조선 화포군이 훈련한다는 소식을 듣자 공주 고을 사람들은 덩실덩실 어깨춤을 췄다. 입으로만 국방하고 훈련 흉내만 내던 공주 병영에 무서운 병마사가 부임하자 단번에 달라졌다며 좋아했다.

방포 훈련장 인근 주민들은 수레에 가마솥을 싣고 찾아왔다. 그곳에서 장작불을 때고 쇠고기 장국을 끓여 뚝배기에 담아온 찬밥에 부은 토렴을 장졸들의 새참으로 건넸다. 백성을 지키고자 땀 흘려 훈련하는 군사와 그들에게 한 끼라도 따습게 먹여 허기를 덜어주려는 공주 고을 사람들의 마음이 한 덩어리로 훈훈했다.

공충도 진관 방어체계가 어재연의 병마사 재임 6개월 만에 제 모습을 갖춰 갔다. 언제 난리가 닥쳐도 공주 일대의 병영과 진지는 실전을 치를 수 있는 모습으로 탈바꿈했다. 다음 목표는 화승총수의 양성이었다. 조선 보병의 주력은 누가 뭐래도 성곽을 사수하는 총포병이다.

공주 본영의 향토병 3초를 화승총수로 양성시키기로 했다. 그들은 가을걷이가 끝나면 본격적인 시방훈련을 하도록 계획을 짰다. 화승총 사대를 휘하 군영마다 설치토록 하고 열 장(30미터), 스무 장(60미터) 거리에 솔대 열 개씩을 한 팔 간격으로 나란히 끼게 했다. 그해 늦가을이면 충청도의 사격장 솔대는 화승총수의 총질로 벌집이 될 터였다.

체읍(涕泣)

뜻하지 않은 일이 닥쳤다. 병인년 가을, 프랑스군의 강화도 침공은 공충도에까지 불똥을 튀겼다. 프랑스에 맞설 지원부대를 꾸리라는 한양 무부의 명령이 공충도 병마사에게 떨어졌다. 때마침 화승총수 양성을 염두에 두고 3초의 병력을 선발했으나 아직 훈련을 받기 전이었다. 아쉬운 대로 그들을 어재연이 인솔하여 김포의 덕포진으로 이동했다. 어재연부대는 순무영이 임명한 유격장 이기조 휘하에 배치되어 우선봉 지원부대로 명명되었고, 광성보를 수성하라는 임무가 부여됐다.

순무영의 명령에 따라 김포 덕포진에서 1초의 군졸을 떼어내 유격장 이기조를 지원하는 병력으로 재배치하고 나머지 2초는 어재연이 직접 인솔하여 새벽의 야음을 틈타 광성보로 잠입하기로 했다.

프랑스군은 갑곶이 해변을 점령한 뒤 포함이 수시로 강화해협을 오르내리며 공포탄을 쏘아댔다. 그들이 점령한 주둔지 주변에 조선군이 얼씬도 못하도록 겁주려는 전술이었다. 어재연의 200여 명 화승총부대는 10월 17일 새벽 통진에서 제공한 군선에 올라 강화해협을 몰래 건넜다.

밤새 계속된 프랑스군의 함포와 야포, 소총사격 소리로 말미암아 겁에 질린 병사들은 엉금엉금 기어 군선에 올랐고 승선하자마자 뱃바닥에 엎드려 두 팔로 머리를 감싸고는 부들부들 떨었다.

잠입한 광성보는 프랑스군 주둔지 갑곶이를 머리에 이고 있어서 더욱 써늘한 공포가 감돌았다. 대낮에도 툭하면 프랑스군 진지에서 발사하는 야포와 소총 연속사격 소리가 들려왔고 강화 해협을 수시로 오르내리는 포함은 조선군 진지라고 여겨지는 해안 성곽은 어김없이 총포탄을 퍼부으며 지나갔다. 광성보 성채 부근에 포탄이 떨어지고 총탄이 쏟아질 때마다 어재연 부대원은 야산으로 도망가거나 구덩이에 납작하게 엎드려 귀를 틀어막았다.

프랑스군은 어재연 부대가 숨어있는 광성보에 수시로 정찰병을 보냈다. 그들은 조선군이 주둔한 낌새만 채면 득달같이 총포를 끌고 가 박살냈다. 어재연 부대원은 광성보 성곽 근처에 몸을 숨기고 귀와 눈은 프랑스군의 동태만 살폈다. 파란 군복의 정찰병이 먼 곳에서 닥친다는 척후만 보고되면 뿔뿔이 제 살 구멍으로 흩어져 몸통을 감추고 숨소리를 죽여야 했다.

느닷없이 나타난 프랑스 정찰병이 성곽 쪽을 어른거릴 때면 하던 일도 멈추고 그들이 까마득히 먼 시야 바깥으로 벗어날 때까지 산송장 행세를 했다. 광성보에서 목숨을 부지한 나날의 매 일각이 한없이 비참했다.

오랑캐가 한 달여 만에 갑곶이를 철수할 때까지 어재연은 화승총의 복물을 슬나 생이 쓰나가 따끈고 개시이 머리끄덩이를 쥐어 뜯어가며 참고 또 참았다. 공충도 지원부대는 프랑스 전함이 떠난 일주일 뒤인 동짓달 하순에야 광성보에서 철수했다.

어재연의 병인양요 참전은 그의 무골인생이 경험한 최악의 수모였다. 전투를 치렀다기보다 숨어있었다는 표현이 더 정확했기 때문이다. 전장에서 쏴 보지 못한 화승총을 거머쥐고 충청도 포수군이 터덜터덜 귀영 길에 올랐다. 싸 들고 간 화약과 총알은 고스란히 되가져갔다.

천안삼거리를 지나 공주 본영으로 꺾어지는 길목에서 어재연은 말안장을 내렸다. 낙석에 발등을 찧어 행군이 힘거운 병사를 자신의 말에 태우고 그가 고삐를 잡고 터덜터덜 걸었다. 천태산과 무성산이 빤히 보이는 들길로 접어들자 공주 고을 끝자락이 저 너머에서 희끄무레했다. 갑자기 콧등이 시큰해진 어재연이 눈물을 주르르 흘렸다. 화승총을 대신해 그가 일곱 살짜리 철없는 아이처럼 흐르는 눈물과 콧물을 닦지도 않고 마냥 울었다.

공주 본영의 관사에 드러눕자마자 뼈마디가 쑤시는 고뿔을 앓아 온몸이 불덩이로 달아올랐다. 목두기 귀신 떼가 진드기로 달라붙어 고함지르고 혀를 빼문 나찰이 목을 조이고 다리를 묶어 주릿대를 끼워 비트는 비몽사몽에 시달렸다. 어재연은 그때마다 자신의 목을 두 팔로 감아쥐고 단말마를 질렀다. 악몽의 홍역은 일주일이나 계속됐다.

병인년 섣달 열흘이 넘어서야 몸이 추슬러졌다. 신열과 악몽은 멈췄으나 밤마다 쉽게 잠을 이룰 수 없었다. 그럴 때마다 거치대의 화승총을 끌어안고 어루만지며 비참했던 광성보의 기억을 지우게 해주십사, 빌고 또 빌었다.

죽기 전에 또 한 번 기회가 주어진다면, 자신의 이름을 박고 있는 이 화승총만은 목청이 터지도록 울게 하리라, 눈물을 찍으며 맹세했다. 부끄러운 총주인의 낯짝을 뚫은 땀방울이 여름날 열무 순 돋듯 이마에 맺혔다.

섣달 열 하룻날부터 솜옷을 껴입고 병마사 집무에 복귀했다. 그날은 강화도에 지원 나갔던 화승총수를 소집하고 그때까지 미뤄왔던 화승총 시방 훈련을 시작하는 날이었다. 찬바람이 몰아쳤으나 병졸들은 불평 하나 없이 꼿꼿하게 대오 지어 병마사 훈시에 귀를 기울였다. 광성보의 쓰라린 경험이 그들을 바꿔 놓았다. 화승총수의 눈동자가 반들거리며 행동에도 절도가 배어났다.

점심을 마치고 집무실에서 참모 군관 몇과 다음 훈련일정을 점검하던 차에 한양 삼군부가 체송한 기발 공문이 병마사 본영에 닿았다. 싸움터에서 전공을 세우지 못한 장수가 받아야 할 당연한 처우였다. 어재연이 무릎을 꿇고 두 손으로 교지를 받잡았다.

魚在淵爲嘉善大夫行會寧都護府使者
(가선대부 어재연을 회령도호부사로 임명함)

병마절도사 직무를 후임에게 인계하고 함경도 회령 도호부사로 부임하라는 해유(解由)다. 누가 보아도 좌천이었다. 일개 패장이 나라의 지엄한 명령을 가타부타 따질 일은 못 된다. 관복이 할 일은 먹 글씨가 적어놓은 새 부임지로 떠나 단지 대죄(待罪: 죄를 물을 때까지 기다림)하여 나랏일을 행하면 된다. 그의 잘잘못은 한양의 고관들이 따지고, 성상께서 걸맞은 상벌을 내릴 것이었다.

주상은 채찍과 함께 포상도 내렸다. 정3품 통정대부 어재연을 종2품 가선대부로 승서시켰다. 불충했던 장수가 북관의 국경도시 회령에서 무장의 명예를 회복할 새로운 기회를 준 셈이었다. 의관을 정제하고 교지를 받들어 북쪽 대궐을 향해 망궐례를 올렸다. 무골의 가슴에 박힌 강화도의 상흔에 아파하며 어재연이 나날을 체읍했다.

마부위침(磨斧爲針)

병인년 섣달그믐을 며칠 앞두고 이임 보따리를 쌌다. 타국이나 진배없는 수천 리 북향의 함경도인데다 엄동설한이다. 거추장스런 짐은 대부분 이천의 사저로 보내고 화승총과 병서 몇 권, 여벌 바지저고리로 꾸린 짐 궤짝 하나만 말안장에 올렸다.

아래위 누비 솜옷을 껴입고 공주 본영을 떠나 북참로(北站路: 한양과 두만강변 6진을 잇는 간선군사도로망)에 오르기 전에 이천의 고향집에 들러 이틀을 머물며 대소가 어른들에게 진퇴인사를 올렸다.

아내가 부랴부랴 채비한 겨울옷을 껴입고 나선 부임길은 눈보라가 몰아쳤다. 솜 넣어 두텁게 누빈 풍차를 머리에 쓰고 토시와 솜버선에 발감개로 손발을 빈틈없이 여몄으나 북풍한설 송곳 바람엔 속절없이 뚫렸다.

태백산맥을 넘던 사흘간은 진눈깨비가 퍼부어 말과 사람 모두가 설설 기었다. 동해의 검푸른 겨울 파도를 끼고 함흥과 북청을 지났다. 들르는 역참의 객사마다 장작 군불을 세게 때라고 일러서 언 발과 손을 녹였다. 어느덧 함경도 경계가 그의 등짝 뒤에 놓였다.

병풍 속의 그림으로만 봤던 북관의 구절양장이 눈앞에 펼쳐졌다. 먹깨비 함박눈이 산길을 지웠으며 골짜기를 덮었고 뾰족 산봉우리까지 먹어치웠다. 역참에서 따라나선 역졸이 앞에서 길을 만들지 않았더라면 서너 번은 더 눈밭 객귀가 됐을 터였다.

청진을 넘어 하루 반나절을 더 북상하여 멀리 고무산 준령이 가로막는 부령도호부에 닿았다. 어재연이 안간힘으로 허우적거린 눈길도 막바지였으나 온몸이 기진맥진했다. 참나무 장작불로 덥힌 부령 객사 구들목에서 이틀을 쉬어서야 원기를 되찾았다. 부어올랐던 손발과 코끝 동상 자리가 간질거리며 가라앉았다.

다시 역졸을 앞세워 허위허위 산 고개 눈 고개를 넘었다. 부령을 떠나 시 이틀 만에 첩첩 고무산령을 넘고 오봉산 허리를 감아들었다. 종착이 멀지 않았음을 직감하며 고갯길 하나를 타넘자 그때까지 눈앞을 가렸던 산들이 모두 사라지고 눈앞이 툭 터졌다.

티끌하나 없는 순백의 눈으로 덮인 아스라한 들대가 마치 피안의 언덕처럼 어재연의 시야를 꽉 채웠다. 너른 벌판과 그 위를 가로 버티어 국경을 짓는 두만강 줄기의 중차대한 지세들은 서로가 서로를 얽고 있었다. 회령이었다.

"아……."

탄성이 절로 나왔다.

좌천이라는 멍울을 껴안고 예까지 달려 온 그다. 말안장에 앉아 마침내 자신이 맡을 북관의 신천지를 대하면서 그 아렸던 멍울들은 어느 사이에 흐물흐물 삭아 내렸다.

희망이 솟았으며 가슴 고동이 쿵쾅거렸다. 눈 덮인 오봉산 자락을 내려와 낯선 고을 회령 어귀로 접어들면서 그의 마음은 전에 없이 강고하고 차분해졌다. 어금니를 하도 꽉 물어서 일자 눈썹이 꿈실거렸다.

회령은 그가 수령의 위세를 부릴 곳이 아니었고 마부위침(磨斧 爲針)의 땀을 쏟아야 할 도량이었다. 도끼를 숫돌에 갈아 바늘로 다듬으리라 그가 주먹을 불끈 쥐었다. 쌓은 경륜과 무장의 꿈을 저 들판에 뿌려 권토중래의 실마리가 돋아나게 해야 했다.

어재연이 정묘년 정월의 은빛 세상 회령을 낯선 객처럼 들었다. 얼어서 감각이 무뎌진 발을 말등자에서 뽑아 마침내 도호부 청의 노둣돌을 디뎠다. 그가 동헌 뜰에 들어서자 기다렸던 향리 아전들이 한꺼번에 몰려나왔다. 풍차 위로 눈을 허옇게 뒤집어쓰고 눈썹과 수염에도 눈발이 달라붙은 신임 부사를 죽은 사람 되살아온 양 반겼다.

마을 고샅까지 싸도는 걸립패 꽹과리와 장구 소리가 온 고을을 들쑤셨다. 뜨끈하게 데워 놓은 관사 안방에서 저녁 밥상을 받았다. 수수쌀 당미에 차조를 섞은 오곡밥과 갖은 나물 찬, 뜨거운 쇠고기 무국이 올라왔다. 그날 저녁 두만강 위로는 희묽은 둥근 달이 떠올랐다. 정월 대보름이었다.

어재연 부사를 처음 보는 고을 사람은 하나같이 깜짝 놀랐다. 조선 사람일까 싶은 큰 덩치가 그렇고 돗바늘 침같이 빳빳한 구레나룻과 짙은 눈썹에 압도됐다. 부사의 큼직큼직한 이목구비와 육 척 체수는 이야기로나 듣던 삼국지 관운장을 닮았다며 탄복했다. 회령 사람들이 어 부사를 장군 수령님이라 불렀다.

조정은 병인년의 양요를 겪고 국경 경비를 한층 강화했다. 회령은 북관에서도 최고 요해지 진관이 설치된 곳이다. 회령 부사는 북전위(北前衛)의 수장을 겸하여서 문무를 겸비한 수령이 맡는 곳이다. 한양의 무부가 무장 출신 후보자 세 명을 뽑아 성상께 의망(擬望: 후보자 천거)하면 그 가운데 한 명을 낙점했다. 자신을 회령에 보낸 무부와 성상의 뜻을 어재연이 어렴풋하게나마 깨달아갔다.

도호부 관사의 집무실이 밤늦도록 환한 불을 밝혔다. 어재연은 그가 국경마을 회령에서 해야 할 일과 그 일로 인하여 거두게 될 성과를 주도면밀하게 구획하고 새로운 구상을 현실로 펼칠 일정을 짜는 일에 매달렸다.

정묘년의 이른 봄바람에 두만강 얼음장이 백지장처럼 얇아지고 송사리 떼가 오종종 물가의 강돌 사이를 헤집을 즈음에, 신임 회령부사가 떨치고 나서서 팔을 걷었다. 동헌 상좌에 앉아 거들먹거리는 위엄 따위는 접었다. 사소한 민간 송사는 향리가 거중조정하고 날을 잡아 부사가 한꺼번에 처리하도록 조치했다.

거추장스런 관복을 벗고 평복을 입었다. 고을 어른들이 따리

틀듯 웅크린 향청(鄕廳)을 찾아가 회령을 위한 변혁을 시작하려 하니 일 년만 묵묵히 지켜봐 주십사 간청하고 수령이 양반 체통 따위는 벗어던지고 고을 사람들과 어울리겠으니 책망하지 마십사 요청했다.

어 부사가 지난 겨우내 구상하여 회령 도호부에서 펼칠 일은 세 가지였다. 두만강의 만주 경계를 마주하는 회령 진보의 대대적인 개보수가 첫 번째였고 화승총수 상비군인으로 편성된 별포군(別砲軍)을 선발하여 진보에 투입하는 일이 두 번째였다. 나머지 하나는 회령 개시의 확대였다. 시장 규모가 커지고 거기서 거두는 세곡으로 별포군을 운영하는 군량미를 확보한다는, 다소 모험을 수반한 계획이었다.

어 부사는 사나흘에 미투리 한 켤레가 해지도록 회령의 산과 들을 뛰어다녔다.

회령 진보의 단장

회령 진보는 축성역사가 깊다. 세종 임금 때 왕명에 따라 대호(大虎)장군 김종서가 북방 6진을 개척하면서 영북진(寧北鎭)이 가장 먼저 회령에 구축됐다. 대호장군은 회령진에서 두만강을 따라 동해안으로 흘러드는 끝자락 녹둔도(鹿屯島)까지 잇대는 국경에 성채를 쌓았다. 성곽 1리(약 430미터)마다 화포를 2문씩 배치한 보(堡)를 만들고 10리 간격을 두고 성문과 누각을 지어 올려

10문의 화포를 걸었다.

호랑이장군 김종서가 어찌나 매섭던지 두만강 북쪽의 마적 떼는 그의 휘하 조선병졸만 마주쳐도 삼십육계 줄행랑을 놓았다. 조선개국 초창기에 그렇게나 딴딴했던 두만강변의 국경은 흐르는 세월과 함께 허물어져갔다. 특히 병자년의 호란(1636) 끝에 조선이 청국의 신하나라의 굴레를 쓰면서 양국은 찻잔 속 태평성대를 구가했다. 회령 진보가 거미줄을 뒤집어 쓴 것도 그 태평성대 덕분이었다.

두만강은 백두산의 험한 산자락이 패어놓은 골짜기를 따라 흘러간다. 그러나 회령이 두만강 줄기만은 넓따라 평지 한 가운데를 관통하여서, 예로부터 만주와 조선 사람이 서로 넘나드는 교통의 요지였다.

회령은 명목상으로 2진 2보 방어 체계를 구축하고 있었다. 고령진(高嶺鎭)과 보을하진(堡乙下鎭), 풍산보(豊山堡)와 고풍산보(古豊山堡)가 서로 연계하여 중국 쪽을 경계하는 방어선을 구축했다. 고령진은 어재연이 부임하기 직전인 병인년에 함경감사가 조정에 계청하여 성곽 300자를 개축하는 공사를 마쳐 그나마 몰골이 온전했다.

나머지 진과 보는 개보수가 절실했고 특히 보을하진이 시급했다. 보을하진은 두만강 너머 만주와 연결되는 외길 통로를 끼고 있어 회령 진관 가운데서도 최고 요충지로 꼽혔다. 성곽 아래에는 청나라의 비호로 두만강을 수시로 넘나드는 여진족 야인 부락까지 자리 잡고 있어서 그들이 언제 도적으로 돌변할지는 아무도 몰랐다.

보는 흙과 돌로 쌓는 자그만 독립 성채다. 적게는 20여 명에서 많게는 50여 전투병이 상주할 수 있는 거점 요새다. 진(鎭)은 보에 비해 규모가 크다. 중대규모 병력의 독립 전투가 가능하도록 설계되고 관할하는 여러 보와 연계하여 방어선이 짜인다.

보나 진을 드나드는 문루는 성문 위에 기와집으로 짜 올린다. 회령 진보 누각은 우진각 지붕에 단층 기와다. 다행히 누각은 꾸준히 개보수를 해놓아 손봐야 할 곳이 그리 많지 않았다. 회령진보의 개수는 도호부가 관장했지만 조정과 함경감영의 지원이 뒤따른다. 회령의 방비가 곧 조선의 국방과 직결되었기 때문이다.

어재연이 진보 성채를 일일이 답사하고 개보수 설계도면을 그렸다. 정묘년 입춘 무렵에 개보수 공사의 윤곽이 잡히자 회령 고을의 노역 장정 총동원령을 내렸다. 도호부 관리에게 고을의 가구 수를 새로 전수 조사하여 동원명부를 작성하라고 지시했다. 탁상행정으로 억울하게 노역 내보내는 사람이 없게 하는 조치였다.

외딴 산골마을까지 육방 아전과 구실아치들이 방문하여 거주자와 동원 가능한 보인(保人) 명부를 작성했다. 동원 인력은 연령대별로 나누어 작업을 할당했다. 이른 아침에 도호부청 공터에 집합한 노역꾼들은 작업반 십장의 인솔로 그날그날의 작업량을 할당 받았다.

젊은이에게는 나무를 베고 돌을 캐며 캐낸 돌을 쪼고 운반하는 힘쓰는 일을 맡겼다. 나이 든 사람은 경력과 경험을 살리게 하여 개보수 현장의 작업 감독을 시키거나 나무를 다듬고 흙 이기는 작업을 맡겼다.

허물어져 원형을 짐작할 길이 없는 성채는 어재연이 구상한 설계도면에 따라 새로 축성했다. 요충지 보을하진은 네 귀퉁이 아귀를 반듯하게 다듬은 육중한 마름돌을 두텁게 쌓아 엔간한 포격에도 끄떡 않을 철옹성으로 변모시켰다.

석축 위에는 벽돌 성가퀴를 꼼꼼하게 둘렀다. 성가퀴는 화승총 사격수나 창병이 적의 공격에 자신을 보호하고 효과적으로 적을 공격할 수 있는 방패막이다. 또 성곽 돌담 곳곳에는 사격 발판을 만들어 바깥으로 총구를 거치할 수 있는 총안(銃眼)을 냈다. 총안은 바깥이 좁고 안쪽이 넓어 아군은 감추되 멀리서 들이닥치는 적은 한눈에 포착할 수 있었다.

산자락에 얹힌 풍산보와 고풍산보는 주위 막돌을 수급해 허튼 쌓기로 짜 맞추되, 성곽 폭이 넓어지고 높이가 더해져 적들이 쉽게 부수거나 타넘지 못하게 했다. 다행히 산중의 보들은 기초 흙 바탕이 온전하고 허물어진 성곽 돌이 부근에 흩어져 있어서 축성 개수 달포 만에 딴딴한 성곽 모습을 되찾았다.

흔적마저 찾을 길 없던 진보 막사와 곳간, 병기고와 화약고도 신축했다. 대목과 목수 조를 별도로 짜서 들무새 장정도 넉넉히 붙였다. 공사 두 달 만에 4개 진보의 20여 동 병사용 집채가 상량을 마쳤다.

개보수 비용은 한양 삼군부가 긴급 편성한 군량미와 함경감영이 지원한 자재로 대부분 벌충됐다. 회령 관내 토호와 사대부도 수백 석 백미와 수천 냥 당백전을 쾌척했다. 부사가 공사 현장을 뛰어다니는 전례 없던 모습에 감동해서였다.

진보 개보수와 함께 사람 하나가 겨우 다녔던 농로를 곧은길로 넓히고 다져서 소달구지가 넉넉하게 다니자 수령을 대하는 회령 사람들의 태도가 확연히 달라졌다. 부역꾼이 아닌 사람들까지 자발적으로 소매를 걷고 진보 개보수를 거들었다. 회령 유지들은 사노비까지 노역에 내보냈다.

힘든 노역이 계속되었지만 꾀병 앓는 장정이 없었다. 엄벙뗑 쌓아도 될 돌 짝마저 제 집 안마당의 댓돌 짜듯 꼼꼼하게 여몄다. 관아와 백성이 하나가 되자 회령의 묵은 진보들과 들판이 나날이 새 모습으로 바뀌어갔다.

어 부사는 소쿠리 들밥과 농주 사발 새참을 노역 장정들과 함께 들었다. 처음 한동안 고을 사람들은 노역꾼 틈에 섞여 돌을 나르는 어 부사를 경이롭게 지켜봤다. 부사의 까진 손등에 피가 밴 모습에 황송했으나 그런 일이 일상적으로 반복되면서 곧 익숙해졌다. 어 부사는 그해 가을까지 회령의 산과 들에서 살았다.

오봉산 갈바람이 산자락 아래로 낙엽을 훑어 내릴 무렵에 고을 외곽을 울타리처럼 둘러친 진보 네 채가 깔끔하게 단장을 마치고 첫 선을 보였다. 입 달린 사람마다 그 참 신통방통하다, 누가 저걸 만들었을까 대견해마지 않았다. 그들의 구슬땀이 쌓았으면서도 마치 허깨비가 하룻밤 사이에 뚝딱 만들어준 물건인 양 신기해 했다.

진보 성채가 아무리 탄탄한들 그곳을 지키는 병졸이 부실하면 거친 바람 한 올에도 우수수 무너지고 마는 까치집과 다름없다. 아무 기 자존이 필요했다. 진과 보는 독립적으로 전투를 수행하는 역량도 중요하지만 보와 보, 진과 진을 함께 엮어 화력을 배가시키는 합동 전술훈련도 긴요하다. 각개 병사의 병과별 전투력 향상이 시급했다. 단단한 국방은 모름지기 일사불란한 장졸이 도모한다.

회령 별포군

새로 부임한 수령이 맨 먼저 해야 할 일이 있다. 육방 작청의 향리 아전들을 제 편으로 만들어 수령의 뜻을 주지시키는 일이 첫 번째다. 그 다음으로 중요한 것이 고을사람들의 신망이 두터운 유지들과 허심탄회한 교분을 맺어 수령의 편으로 끌어들이는 일이다.

어 부사가 도호부청의 향리을 장악한 뒤에 가장 먼저 찾아간 이가 회령 천변의 염초장 허 초시였다. 세도깨나 한다는 토호들을 제쳐 두고 그를 찾은 이유는 간단했다. 학식과 경륜으로 신망이 두텁기도 했지만 그가 운영하는 염초 공방은 회령을 위시하여 북관 군영의 화약무기에 없어서는 안 될 검댕화약을 독점 생산하여 관납했기 때문에 무장출신 어 부사에게는 꽤나 긴요한 인물이었다.

염초 공방을 수시로 찾아가 제조 과정을 살폈다. 허 초시와 어 부사가 나란히 회령 천변의 사대에 서서 염초와 황가루가 각각 다른 비율로 배합된 화약을 화승총에 장전하곤 폭발력의 차이를 비교하기도 했다. 굳이 공무가 아니더라도, 술동무에다 마음 터놓는 객지 벗 삼기에도 한 살 연배인 허 초시의 인품은 넉넉했다.

새로 단장한 회령 진보에 투입할 별포군을 편성하는 일에는 특히 허 초시의 도움이 절실했다. 별포군은 화승총수로만 편성되는 직업 상비군이고 허 초시는 20여 년간 화약가루를 만들었던 탓에 북관의 산포수들과는 오랫동안 끈끈한 교분을 유지해 왔다. 어 부사가 선발하려는 회령의 별포군 자원도 결국은 그 산포수들이었다.

정묘년 늦여름의 해거름이었다. 퇴청 길에 말고삐를 잡은 어재연이 허 초시의 집을 찾았다. 머슴이 문을 땄다가 대문 앞을 꽉 채우는 육 척 회령 부사의 모습에 깜짝 놀랐다. 허 초시가 뛰어나와 부사를 반갑게 맞았다.

"강계 포수가 이끄는 범 포수 조의 소문이 온 고을에 자자하더이다. 그 사람들 얼굴을 좀 보려고 염치없이 들이닥쳤소만, 만나 볼 수 있겠습니까?"

허 초시가 부사의 소매를 잡아끌고 사랑채로 데려갔다. 은연이가 찻종지에 담아온 녹차 한 잔을 놓고 한참을 염초 이야기로 두런거렸을 즈음에 산포수 셋이 불려왔다. 문합(問閤: 마당에 자리를 깔고 큰절 올림)으로 예를 갖춘 산포수들이 사랑방에 들어서자 두 칸짜리 넉넉한 방구들이 갑자기 비좁아졌다. 걸때 우람하기로 부사 못잖은 범 포수 셋이 사랑방 아래 윗목을 빙 둘렀던 탓이다.

은연이가 소찬 주안상을 들여놓았다. 허 초시가 소매 끝을 받아 쥐고 호리병에 담긴 누렇고 뻑뻑한 조 막걸리를 어 부사의 잔에 채웠다. 막걸리 한 순배가 돌고 분위기가 정돈되자 부사가 찾아온 용건을 밝히마고 했다.

"회령에 부임한 지 여덟 달이나 됐소. 세월만 갉아먹고 딱히 해 놓은 일은 없소만, 지금 내 앞에 닥친 가장 큰일 하나가 조선 제일의 별포군을 조직하여 새 단장한 회령의 진보를 맡기는 일이오. 거년에 불랑국 오랑캐가 강화도에 쳐들어온 뒤부터 주상과 조정 중신께서 국경 방비 걱정으로 밤잠을 못 이루신다고 합니다."

허 초시가 부사의 말을 받았다.

"병인년의 강화도 참화야 삼척동자도 치를 떨었던 일이지요. 회령 산포수 기십 명도 강화도 진보에 내려갔고 소생의 염초도 500근이나 실어갔습니다. 신임 부사께서 회령에 부임하신 이유도 고을 사람 모두가 잘 알기에 성채 개보수를 제 일처럼 나섰지요. 나라를 걱정하는 마음이야 관민 모두가 한 뜻 아니겠는지요……."

어재연이 허 초시에게 회령 지역의 산포수 사정을 이것저것 캐물었다. 허 초시는 포수 숫자가 늘어나면서 화약 수요는 늘었다지만, 산짐승 숫자가 예전 같지 않아 먹고살기가 여간 팍팍하지 않다고 했다.

은연이가 세 번째의 막걸리 호로병을 사랑방에 들여놓고도 한참이 더 지나서야 다섯 남자의 첫 만남이 끝났다. 먼 산의 접동새 울음으로 미루어 이경(二更: 밤 9시에서 11시)이 너끈할 시간이었다. 어 부사가 자리에서 일어나며 사흘 뒤 도호부청 객사에서 만나 이야기를 나누고 싶다며 다음 만남을 간곡히 청했다. 허 초시와 강계 포수가 흔쾌히 응했다.

동그란 달이 등잔불처럼 하늘 가운데자리에 걸려 있었다. 사랑방 문을 나서는 다섯 남자의 몸통이 뿌연 달빛을 뒤집어썼다. 마당 댓돌로 내려서던 어 부사가 갑자기 뒤를 돌아보며 복길이를 한참이나 쳐다보더니 그에게 다가가 어깨를 툭 쳤다.

"복길이라고 했느냐. 나만큼 못생긴 놈이로구나. 그런데도 참

한 색시까지 얻어 장가도 가고 회령 고을에서 제일 용맹한 범 포
수로 소문이 자자하니……. 참으로 용하구나. 그래, 본향이 어
딘가?"

부사가 다가와서 느닷없이 생청붙이는 통에 복길이는 아무런
말도 못하고 뻘쭘하게 서 있었다. 어부사가 다시 다그쳤다.

"어허, 대답해 보라니까 그러네!"

"경상도……. 오천입니다. 윗대 할아버지께서 회령에 자리 잡
으셨다는 얘기는 들었습니다만……. 자세한 집안 내력은 저도 잘
모르고 있습니다."

복길이가 벌게진 얼굴로 떠듬떠듬 말을 이었다.

"흡…… 복길이가 사랑방에 처음 들어왔을 때 말이야, 내
가 뜨악했지. 생김새가 내 아들 병수와 쏙 빼닮아서 말이야. 난
또 그놈이 예고도 않고 불쑥 내 앞에 나타난 줄만 알았지. 허
허……."

그제야 부사의 속내를 알아차렸다. 이번엔 복길이가 멀쭘게 웃
었다.

"…… 죄송합니다. 부사님."

주위에서 왁자한 웃음이 터졌다. 어재연이 너털웃음을 한참이
나 이은 뒤에 정색하며 채근했다.

"그래, 죄송한 걸 알면 됐다. 그러나 내 아들을 닮은 죗값은
치러야 돼. 앞으론 내가 아들이 생각날 때마다 복길이 내외를 부
를 게야. 그땐 만사를 제치고 동헌으로 달려와야 한다. 알아들

었느냐?"

"…… 그렇게 하겠습니다."

동년배 허 초시와 강계 포수가 박장대소했고 부뜰이도 키득거렸다. 말안장에 오르던 부사가 몇 마디를 더 보탰다.

"내 아들 병수도 나처럼 정처 없이 무반 외직을 떠돌고 있지. 그놈을 못 본 지가 십 년은 넘었을 거야……."

밤이 익어 있었다. 어 부사가 대문을 나서자 오봉산 먼발치에서 암호랑이의 가늘고 짧은 포효가 잇대었다. 고려 범은 군거생활을 하지 않는다. 다 자란 호랑이는 암수 가릴 것 없이 평생을 고산준령의 자기 영토를 떠돌며 혼자 산다. 그러나 비록 짧지만 암수가 다정하게 짝 짓는 밀월기간도 있다. 암컷이 가을철에 발정하면 배필을 만나서 꿈같은 합방을 한다. 암호랑이가 자신의 새끼를 가지면 수놈 호랑이는 가시 호랑이를 배불리 먹이려 필사적으로 사냥에 몰두한다.

복길이가 연환을 박아 자빠뜨린 왕대 고려 범이, 어쩌면 저 울부짖는 암호랑이의 낭군이었을지도 몰랐다.

사흘 뒤, 약속한대로 허 초시와 범 포수 셋이 도호부청을 찾았다. 늦여름이 기승을 부린 날이었다. 어 부사가 활짝 열린 방문에 대발을 걸어 놓은 객사의 큰 방으로 손들을 데려갔다. 마당 끄트머리에는 살구나무 대여섯 그루가 줄지어 서 있었다.

관노비 하나가 다탁 위에 엎어 놓은 찻종지 다섯에 은은한 향이 코끝을 간질이는 찻물을 따랐다. 어 부사가 방구석에 세워져 있던 총투를 무릎 위에 올리고 매듭을 풀었다. 비록 낡았으나 기름칠로 반들거리는 화승총이었다.

범 사냥하는 산포수나 검댕화약을 만드는 염초장으로서야 밤을 새워도 이야기 씨가 마르지 않을 화두가 바로 화승총 아니던가.

"겉보기야 낡았어도 화약만 먹이면 아직도 하늘을 두 쪽 낼 듯 우레 소리를 지르는 놈입니다."

어 부사가 자식 머리를 쓰다듬듯 총신과 총목을 어루만지며 애기하고는 빙긋 웃어보였다.

"열여덟 살 훈련도감 초관 시절에 관급품으로 지급받은 놈이니, 화령 성니믜 밴미린 끼딕믜이났가 나이가 많을 겁니다. 스물 서넛 때부터 지금껏 팔도를 떠도는 관직생활을 하다 보니……. 자식과 마누라는 진즉에 남남처럼 살았소만, 이 화승총만은 한 번도 이별 않고 내 품에 안겨 있었지요……. 지금도 가끔 화약을 꾹꾹 쟁여서 까랑까랑한 울음을 터뜨리게 해준답니다. 허허허."

다섯 남자가 화승총을 집었다가 놓았다가 두어 시간은 족히 총 이야기로만 시끌댔다. 어 부사가 그쯤에서 화승총을 다시 무릎 위에 올렸다.

"지난해 불랑국 오랑캐 놈들이 강화도에 쳐들어왔을 땐 공충도 병마절도사로 재직 중이었습니다. 휘하 장졸을 인솔하고 강화도 광성보를 사수했습니다만, 참으로 비참했습니다."

초대받은 손들은 어 부사가 불쑥 꺼내는 강화도 이야기의 속내를 짐작할 길이 없었다. 무관 출신이므로 무공을 자랑하려는 것일 게다, 그쯤 여겼다. 그러나 이야기의 물꼬는 그와 다른 방향으로 흘렀다.

"불과 솔바탕(120걸음 정도의 거리)에서 놈들을 겨눠도, 화승총의 허접한 성능을 익히 알고 있는 오랑캐인지라 눈 하나 깜빡이지 않았지요. 그놈들은 화승총을 대놓고 나무 막대기 취급했습니다. 그러다가 양헌수 장군이 놈들의 미간에 화승총 연환을 제대로 박아주었지요. 저들의 무기 힘만 믿고 날강도 짓을 했던 불랑국 병사들이 조선군 화승총의 된맛에 놀라 줄행랑을 쳤고요."

파란 군복의 프랑스 병사가 조선군 환도보다 긴 대검을 총에다 꽂아 장창처럼 붕붕 휘두르는 모습이며, 엄청난 크기의 대포를 수십 문씩 매달고 무장병사 수백 명을 태운 시커먼 서양군선이 강화해협 썰물까지 거슬러 쏜살같이 달리던 모습도 이야기해주었다.

산포수들도 병인년의 난리는 잘 알았다. 강화도 정족산성에서 전투를 치렀던 회령 산포수들에게서 골백번도 더 들었다. 어재연 부사가 다시 말꼬를 틔웠다.

"조선보다 군사력이 월등한 청국과 왜국도 저들의 손아귀에 떨어진지 오랩니다. 서양 오랑캐가 그 땅을 딛고 이제는 조선을 집어삼키려 쌍심지를 돋우는 중입니다. 병인년의 침략전쟁도 중국이 도와주지 않았으면 불가능했을지도 모릅니다. 청나라가 산둥반도의 항구에 불랑국 해군기지를 제공하고, 거기서 불랑국이 병사를 불러다 조련하고 무기와 식량을 함선에 실어 강화도를 침공해 왔습니다."

어 부사는 기가 막힌 듯, 이야기허리를 끊더니 후우 긴 날숨을 쉬었다.

"회령은 대륙에서 조선으로 통하는 몇 안 되는 길목입니다. 향후 서양 오랑캐가 회령을 통해 침공하지 않는다고 누가 장담하겠습니까. 청국은 이미 조선의 상전이 아니고 서양 오랑캐의 하수인에 불과합니다. 조선은 조선 사람이 지켜야 하는데 우리에게는 화승총밖에 없습니다. 그나마 이 총이 없었더라면 병인년 난리 때 조선을 통째로 빼앗겼을지도 모를 일이었습니다. 이 세상천지에 ▨▨▨▨ ▨▨▨ ▨▨▨▨▨▨ …… 이 화승총뿐입니다."

어재연이 무릎 위 화승총의 총목을 불끈 쥐었다. 둘러앉은 사람들은 신임 부사가 보자기에 싸인 화승총을 왜 풀었으며 뜬금없는 병인년의 강화도 난리는 왜 들춰냈는지 그 까닭을 그제야 짐작했다.

부사가 찻종지를 들어 목을 축이더니 앉은 자세를 다시금 반듯하게 틀었다.

"본론을 말씀드리리다. 아시다시피 우리 관내의 진보는 지금까지 토군(土軍) 몇 명이 교대로 장전도 안 된 화승총을 둘러메고 경비서는 시늉만 내고 있습니다. 그러나 지금부터는 젊고 팔팔한 범 포수 출신 별포군들이 그 자리를 대신할 것입니다. 이 자리에 기꺼이 와주신 염초장 어른은 물론 회령 산포수들이 앞장을 서

주셔야 가능한 일입니다."

고을의 수장인 도호부사의 진득한 심중이다. 그러나 별포군 문제는 산포수의 생계와 직결되므로 결코 만만한 남의 얘기가 아니다. 난감한 표정을 지은 사람은 허 초시였고 강계 포수는 먼 산을 살피듯 애써 외면하려 들었다. 어색한 침묵을 유지하던 허 초시가 헛기침 몇 번으로 뜸을 들이더니 입을 뗐다.

"회령 국경 수비가 이렇듯 허물어지고……. 회령 진보가 변변한 화포군 하나 건사 못하는 연유도 고을 사람들의 목구멍이 포도청이라 그렇지요. 회령 땅이 워낙 척박해 온종일 물대고 가래질 하지 않으면 가을추수를 포기해야 할 정돕니다. 산포수도 밤낮없이 험한 산자락을 타야 토끼 꼬랑지라도 붙잡고……. 예로부터 함경도 남정네들을 이중투구(泥中鬪狗)라 놀린 것도 괜한 말이 아닙니다. 식솔을 굶기지 않으려면 진흙구덩이 속에서 개처럼 물어뜯고 싸워야 하는 현실 때문이지요. 나라 일이 아무리 막중한들 쌀 한 톨 안 나오는 군병노릇을 누가 선뜻 맡으려들지……."

어 부사가 미리 쟁여 놓았던 대답인양 허 초시의 말을 되받았다.

"회령 고을 백성이 어떻게 살아가는지 잘 알고 있습니다. 새로 편성하는 별포군은 먹는 걱정을 덜고 군역에만 충실하도록 하루에 두 승(升: 되), 한 달이면 흰쌀 여섯 두(斗: 말)를 지급하는 전업 상비군으로 조직할 것입니다."

허 초시가 고개를 끄덕였다. 강계 포수가 조심스레 두 사람의 대화에 끼어들었다.

"양식 걱정 안 해도 되는 별포군이라면야 당연히 총 쏘는데 이 골이 붙은 우리 산포수들이 앞장서야겠지요. 산포수 가운데는 먹여 살리는 식구가 대여섯이 넘는 경우가 허다한데, 한 달에 고작 알곡 여섯 말로 먹고산다는 것도 문제고……. 어려서부터 총 들고 산자락을 누볐던 산포수에게 성채에만 머물러야 한다는 것도 발바닥에 쥐가 날 노릇입니다. 별포군 모집의 방을 크게 붙인다 한들 지원하는 산포수는 그리 많지 않을 것으로 여겨집니다."

어 부사가 허공에 대고 절레절레 손사래를 치며 껄껄 웃었다.

"산꾼무니를 께 김 미당쳐럼 타넘느 산포수에게 어찌 허구한 날 성채만 지키라 붙잡겠소. 지켜야 할 진보에 투입하되 인근에 식솔들 머리 수 만큼 개간할 둔전도 지급할 것이며 밭갈이 황소도 따로 지원할 작정이오. 거기서 식솔이 먹을 양식도 소출하고, 농사 짓기가 싫다면 일 년의 반은 산자락을 뛰어다니며 사냥을 할 수 있게 배려할 생각이오. 성채를 지키는 동안에도 발목을 붙잡아놓지 않고 너른 산비탈 개활지에서 총포사격 연습도 할 것이며 진보 합동 훈련도 계획하고 있습니다. 식솔 걱정이나 하고 무료하게 성채를 지키는 일은 결코 없을 것입니다."

허 초시가 몇 가지를 더 짚고 조목조목 따졌다.

"나라에서 확실하게 녹을 주고 식솔들이 뚜져서 먹고 살 땅까지 준다면야 상비군을 꾸리는 일은 어렵지 않습니다. 오히려 지원자가 넘쳐날 겝니다. 다만 언제까지 그게 가능할지 그게 염려스러울 따름입니다. 회령 관아의 살림만으로는 참으로 요원한 문제지요. 한양이나 함경 감영이 나서서 쥐꼬리만큼 도와주긴 하겠지만 별포군에게 지급할 요미(料米)와 군사 훈련에 쓰일 그 많은 군량미는 어디서 충당할 것이며……. 흉년이라도 닥치면 별포군 모두가 산 입에 거미줄을 쳐야 하는데, 결국은 흐지부지 사라지고 말 것이 틀림없습니다. 부사께서는 별포군을 운영할 특단의 계획이라도 있으신지요?"

어 부사가 마치 기다렸다는 듯이, 흐르는 물처럼 대답했다.

"회령 백성들에게서 걷는 세곡에 기대지 않고도 별포군 군량을 마련하는 복안이 이미 서 있소이다. 별포군의 임무가 곧 조선 국경을 방어하는 일인데, 그 비용을 어찌 회령 농군에게만 부담 지우겠소. 우리에게는 회령 개시라는 좋은 시장터가 있소. 개시를 번창시켜 무역 관세를 걷고 별포군 운영경비는 거기서 충당할 계획입니다. 개시가 번창하면, 거래 판을 안전하게 지키고 그 대신 거래되는 물목마다 일정한 세곡을 거둘 작정이오."

허 초시가 어 부사의 의중을 알아채고는 눈을 지그시 감더니 고개를 끄덕였다. 어 부사의 복안이 사실은 회령 고을 부흥의 정수리를 제대로 짚었다고 여겼기 때문이다. 회령 개시의 판을 죽이고 살리는 일은 전적으로 회령 도호부사의 의지에 달렸다.

자고로 회령에 부임하는 부사는 잘해야 본전인 회령 개시를 애물단지로 여겼다. 임기동안의 무사안일이 중요한 수령에게는 화근 덩어리였기 때문이다. 멋모르고 개시의 규모를 키웠다가 고을 백성이 죽고 다치는 사고라도 나면, 수령의 관운은 거기서 끝날 수도 있었다.

그럼에도 불구하고 회령 사람들에게는 개시가 절실했다. 회령 땅은 북 삼도에서 장사 잇속이 가장 밝은 백성들이 산다. 입에 풀 칠할 거리라곤 농사 소출뿐이었지만 개시가 서는 몇 달간에 벌어 들이는 가외 수입이 꽤나 짭짤했다. 물목이 오가고 흥정이 이뤄 질 때마다 회령에 떨어지는 콩고물이 오달졌기 때문이다.

어재연 부사가 회령사람의 편에 서서 다소 위험할 수도 있는 개시 확대를 추진한다면, 백성들 입장에서야 그보다 좋은 일이 이니 있을께. 이 부사가 자준을 찬찬히 훑었다, 그가 도움을 호소 하고 있었다.

"별포군과 회령 개시는 별개의 사안이 아닙니다. 별포군이 시 퍼렇게 군기를 유지하고 그로 말미암아 칼날 같은 치안이 확보돼 야 장터가 안전해집니다. 별포군이 장터에 몰려드는 비적떼를 너 끈하게 막아주고 상인의 농간까지 척결해준다면 회령 개시가 지 금보다 몇 배는 더 북적거릴 것입니다. 개시가 커져야 거둬들이 는 세곡이 넉넉해지고, 세곡이 넉넉해야 별포군이 배불리 먹고 진보 방어에 전념할 수 있습니다."

어 부사가 허 초시의 의중을 중히 여겼다. 정예군을 새로 편성 하고 개시 규모를 확대하는 문제는 수령 혼자서 결정하고 끌고 가기에는 벅차다. 뜻을 함께 하는 아군이 필요했으며 실질적인 도움을 주는 우군이 절실했다. 회령 고을의 제일가는 명망가인 허 초시만 수령 편이 돼준다면 천군만마를 얻는 격이다. 어재연의 눈빛에 화답이라도 하듯 허 초시가 빙그레 웃음을 지었다.

"조선과 회령을 살리려는 일인데 어찌 강 건너 불구경을 하겠습니까. 힘차게, 끝까지 밀어붙이십시오! 소생의 미력한 힘이나마 도움이 된다면 세간을 팔아서라도 떠받치겠습니다. 회령 땅에서 태어나고 뼈가 굵은 토박이가 회령을 위하는 일에 뭐든 못 거들겠습니까."

부사가 고맙다는 말을 몇 번이나 되뇌었다. 그가 이번에는 강계 포수 쪽으로 시선을 돌리더니 또 한 번의 간곡한 도움을 청했다.

"국경 경비를 맡을 범 포수의 도움이 절실합니다. 120명 정원의 별포군 1초를 올 10월까지 꾸릴 작정입니다. 호랑이 같은 훈초(訓哨: 훈련담당 초관)가 있어야 용맹한 군졸이 조련됩니다. 강계 포수가 초관 자리에 올라 별포군을 지휘하고 사격훈련을 맡았으면 합니다. 이 자리에서 승낙하면, 내일이라도 당장 함경 감영에 초관 품신을 하겠습니다."

강계 포수의 넓은 어깨가 빳빳해졌다. 도리 없는 일이잖은가. 산포수의 군역은 애당초 수령이 결정할 몫이다. 조선 남정네는 타고난 운명처럼 환갑 때까지 병역의무를 짊어져야 한다. 죽마고우 허 초시가 수령의 개시 확대 계획을 적극 후원하고 나섰으니 이참에 그가 힘을 보태야 부사가 구상하는 회령 고을의 밑그림이 반듯해질 것이었다. 강계 포수가 부사에게 목례를 올렸다.

"견마지로를 아끼지 않겠습니다."

어 부사가 환하게 웃자 복길이와 부뜰이도 따라 웃었다. 젊은 범 포수들은 침체해 있던 회령 고을이 신임 부사로 말미암아 새로운 기운으로 꿈틀거리고 있음을 느꼈다. 그리고 오늘이 그 첫 단추를 꿴 날임을 어렴풋하게나마 깨달았다. 부뜰이가 거들고 나섰다.

"수령님과 초시 어른에다 강계 어른까지 손 잡으셨으니, 저희 같은 젊은 놈들이야 열심히 떠받치는 일만 남겼습니다. 시켜만 주십시오, 회령 들판을 들어 올리라 명하셔도 그렇게 하겠습니다."

걸걸한 웃음이 간단없는 합창으로 이어졌다. 회령 별포군이 들핀 벼이삭처럼 늦여름 햇살에 꾸둥꾸둥 익었다. 매미소리가 동헌 뜰을 매웠다. 그놈들은 아직도 성한 복청이 남았는지, 살구나무 등걸에 눌어붙어 귀가 따갑도록 시롱메롱 울어댔다. 살구나무는 매미만 붙들지 않았다. 속가지마다 초여름에 따다 남긴 샛노란 참 살구를 오글오글 매달고 있었다.

초관 강계 포수가 진두지휘하는 별포군 징모가 발 빠르게 진행됐다. 화승총수 선발을 알리는 방문이 회령 고을 곳곳에 나붙었고 허 초시까지 앞장서서 무산이나 경성, 부령 산포수에게 통문을 돌리고 알음알음 소문을 냈다. 넉넉한 급료는 아니었지만 둔전을 지급하고 일 년의 반절은 사냥할 수 있다는 소문이 퍼지면서, 마감날짜가 닥치자 200여 명의 산포수가 몰렸다.

함경 병사에게 기발을 보내 화승총수를 선발하는 회령 무과 도시(都試: 화승총 사격시험)를 청허 받았다. 그해 9월 말 회령 천변에 설치된 임시 사대에는 서른 보(54미터) 거리의 커다란 솔대 열둘이 세워졌다. 별포군 지원자들은 세 발, 한 순의 화승총 시방을 했다. 쾅쾅 화약 터지는 소리가 온종일 회령하늘에 퍼졌다. 고을 까마귀들이 화들짝 놀라 오봉산 깊은 골짜기로 숨어들었다.

두 발 이상 과녁을 적중한 지원자 가운데 120여 명을 합격시켰다. 별포군 1초를 꾸려 회령 진보에 투입하고도 남을 인원이다. 복길이와 부뜰이는 조금의 망설임도 없이 세 발을 쏘아 과녁 한가운데를 모두 박았다. 과녁은 그들이 조준하는 호랑이의 미간보다 훨씬 컸다.

선발된 별포군은 사격 성적과 나이, 체수를 참조해 각각 다른 진보에 배치됐다. 복길이와 부뜰이는 각각 별포군 오장을 맡아 요충지 보을하진에 배치됐다. 젊고 팔팔한 범 포수가 대개 그곳에 추려졌다.

회령 들판을 싸늘한 늦가을 바람이 휘파람 소리로 가로지를 즈음에 기초 훈련을 마친 회령 별포군이 진보 투입을 마쳤다. 늙다리 포수 몇이서 장죽 물고 지키던 진지에 바야흐로 젊은 피 돌림이 시작됐다.

강계 포수가 더 바빠졌다. 별포군 초관은 북전위 수비대장 어재연 부사의 직접 지휘를 받았다. 각 보에 배치된 별포군 경계 상태를 수시로 점호하고 전투 역량을 키워야 한다. 풍산개 호태도 덩달아 바빠졌다. 말안장에 오른 초관의 뒤를 따라 진보 네 곳을 한나절 만에 순찰하는 날이면 혓바닥을 빼물고 연방 헉헉댔지만 그렇다고 해서 포기한 적은 없었다.

별포군 훈련에는 실 사격 훈련이 가장 중요하게 치러졌다. 전원이 보름에 한 번꼴로 아홉 발씩 쏘는 화승총 시방에 참여했으며 불참한 병사들은 지급 요미의 뒷박을 깎았다. 적중률이 낮은 포수는 몇 순이고 반복하여 합격할 때까지 사격을 시켰다.

그해 겨울에 회령 부사가 지휘하는 합동 총포 훈련이 처음 전개됐다. 가상 적군의 진격로를 설정하고 각 진보의 별포군과 화포군이 벋세아내 피로를 치다, 저이 주려윾 섬멸하늗 훈련이었다. 총포 소리가 회령의 산골짝을 메아리쳤다.

국경 마을 회령의 환골탈태는 실로 놀라웠다. 회령은 국경 군사도시의 팽팽한 긴장을 되찾았고 진지 투입을 마친 산포수들은 두만강 너머 만주 벌판을 호랑이 눈매로 째렸다.

복길이네 겹집 정주간이 누렁 수송아지를 새 식구로 맞았다. 어 부사가 보을하진의 오장 정복길에게 하사한 놈이다. 내년이면 황소로 자라 보을하진 인근의 둔전 밭뙈기를 뚝심 있게 쟁기질할 게다. 송아지는 은연이가 퍼주는 여물 한 바가지를 어금니로 씹어 되새김질할 때마다 두 바가지씩 덩치를 쑥쑥 키웠다.

회령 부사가 툭하면 복길이 내외를 동헌으로 불렀다. 나잇살을 포개면서 객지 관사생활의 적적함도 한층 더해갔고 강골의 뼈마디에도 외로움의 구멍이 숭숭 뚫렸다. 그럴 때면 복길이 내외를 불러 이것저것 이야기하는 것만으로도 미쁘고 든든했다. 동헌 아전들은 복길이 내외가 관사 문턱을 넘나들 때마다 눈을 찡긋거리곤 혈혈 거렸다.

"의붓아비 문안인사 왔구먼!"

그해 도호부 객사 뜰의 살구나무 열매는 복길이 내외가 막대기를 휘둘러 모조리 땄다. 살구씨(杏仁)와 과육은 따로 떼어내 가을볕에 꼬들꼬들 말렸다. 말린 살구과육은 회령사람만이 제 맛을 아는 겨울별미다. 말린 씨는 곱게 갈아 흰쌀과 함께 행인죽을 끓여 먹으면, 웬만한 속병은 씻은 듯이 나았다.

회령 개시

회령 개시는 음력 10월에 장이 서고 다음해 정월까지 거래가 이뤄졌다. 인조 임금 때 청나라 개국과 동시에 만주 지역 상권을 쥔 여진족의 요구로 개설된 국경시장이다. 명목상으론 양국이 공동 관리하는 모양새를 갖추었으나 실제로는 사사건건 아비 노릇을 하려 드는 청나라의 횡포가 이만저만 아니었다.

조선 땅에서 열리는 장터임에도, 무역마찰이 생기면 으레 조선 상인 의견은 묵살되고 여진족과 만주상인만 비호했다. 심지어 초창기 개시에서는 청나라 관리가 조선 사람을 죽이고 도적질까지 해댔지만 아무런 제재도 받지 않았다.

무역을 핑계 대고 회령에 집단 거주하는 만주 야인이 늘어나면서 또 다른 골칫거리로 떠올랐다. 그들은 돈 냄새를 맡고 꼬여든 만주 비적과 작당하기도 하고 중국 상인을 도와 개시 물품을 매점매석하는 농간에 끼어들기도 했다.

개시가 설치된 지 100년을 넘기자 다행스럽게도 초창기의 청나라 횡포는 대부분 사라졌고, 시장 본연의 무역장터 기능이 자리를 잡아 거래 규모도 커졌다. 초기의 개시 거래 물목은 짐승 가죽과 농기구를 물물 교환하는 소규모에 그쳤다. 만주 사람이 사슴 가죽을 가져와 조선에서 주물로 만든 솥단지나 쟁기 날로 바꿔 있고, 미치 스근이나 무닝링그끼기 거래했다 이문이 남는다는 소문이 만주에 퍼지면서 흑룡강성이나 길림성 상인까지 소와 말에 짐바리를 끌고 회령으로 몰렸다.

개시 설치 200년을 넘긴 19세기 중반에는 일천 마리를 웃도는 우마에 짐바리를 실은 중국 상인이 두만강을 넘어 왔다. 심지어 고비사막의 낙타까지 허연 콧김을 씩씩거리며 바리바리 수레 짐을 끌고 왔다. 거래 물목과 짐 보따리가 다양하게 늘어나면서 피혁이나 담뱃대, 구리 제품, 종이꽃 같은 생활용품에서 개나 고양이, 녹각을 중국에서 실어 왔다. 그들은 조선의 가축이나 호랑이 가죽, 쌀, 한지, 짚 돗자리, 대바구니와 바꿔 갔다.

개시는 회령의 덤받이 효자노릇을 했다. 툭하면 기근이 드는 회령 들판을 겨울 한 철이나마 기름진 구렛들로 탈바꿈시켰기 때문이다. 북관의 두만강 하류 경원에서도 이태마다 한 번씩 개시가 열렸지만 규모 면에서는 매년 개시가 서는 회령장이 단연 컸다. 회령과 경원의 개시가 겹치는 쌍개시가 서는 해는 두만강변이 온통 장사꾼들의 시끄러운 고함으로 뒤덮였다.

어재연이 부임했던 무렵에는 실크로드를 타고 유럽에서 중국으로 건너온 유리그릇, 양단, 안경, 망원경, 자명종 같은 신기한 서양 물건이 회령 개시의 뒷거래 물목으로 인기를 끌었다. 껴드는 중국 거상이 늘어나며 물목과 판돈도 눈덩이처럼 불어났다. 밀무역이 이뤄지는 후시(後市)가 나날이 덩치를 키우자 양국의 감독업무도 한계에 부닥쳐 손을 놓고 말았다. 후시 규모는 어느 사이 정규 거래시장의 덩치를 웃돌았다.

칼이나 총도 돈만 내면 구할 수 있다는 소문이 파다했다. 돈만 된다면 어떤 뒷거래도 마다 않는 상혼이 만연해서, 그걸 노리는 만주 화적떼의 출몰도 일상사가 되고 말았다. 도적들은 뭉텅이 돈을 챙긴 장사치를 노리거나 심지어 장마당 우수리를 뜯어먹는 회령 사람과 인근의 민가까지 덮쳤다.

무장 출신 부사가 회령에 부임하는 이유 가운데 첫 번째가 국경 치안의 확보다. 비적떼의 출몰을 단속하는 일도 중요했지만 그들과 협잡한 만주상인의 비열한 상술도 다스려야 했다. 어재연이 부임한 첫해의 정묘년 개시는 혼란의 극치였다.

만주상인은 힘들고 귀찮은 물목 운송을 꺼렸다. 돈과 필목으로 대납한 매점매석 물목들을 회령 인근 마을의 창고에 쌓아 놓고 물건 값이 치솟기만을 기다렸다. 싹쓸이 물건은 금방 품귀 사태를 빚어 몇 곱으로 뛰었다. 앉은자리에서 폭리를 챙기곤 조선 사람들에게 되팔았다.

어재연 부사가 칼을 뽑았다. 만주상인들에게 구매한 물품은 즉시 만주로 실어 가라고 명했다. 상인들이 꿈쩍도 않았다. 예전의 수령이 그랬던 것처럼 빈말로 여겨 콧방귀도 뀌지 않았다. 어재연이 다시 한 번 마지막 통첩이니 만주로 실어 가라 일렀다. 그러자 이번에는 만주상인들이 떼로 도호부청에 몰려가 수령에게 삿대질해가며 값이 오른 물건 값을 지불하고 창고 물건을 꺼내 가라며 생떼를 썼나

어 부사의 엄명을 받은 강계 포수가 즉각 별포군을 동원시켰다. 만주상인의 창고에 들이닥쳐 돌쩌귀를 뽑아 문짝을 들어내고, 쌓아둔 물목 모두를 압수하여 도호부청 관고에 처넣었다. 어 부사는 그해의 회령 개시를 폐지한다고 선포했다. 두만강을 건너오는 상인이면 누구나 볼 수 있게 회령 개시 폐쇄 공고문을 저자거리 곳곳에 내걸었다.

후미진 두만강변으로 몰래 들어오려던 만주상인들이 별포군의 검문에 걸렸다. 그들은 보따리 검색을 당하여 가차 없이 돌려세워졌다. 범 포수 출신의 무서운 조선군이 화승총으로 무장하고 회령 개시를 단속한다는 소문이 퍼지자 그렇게나 거들먹거렸던 만주 거상의 수레도 하릴없이 발길을 돌려야 했다.

정묘년은 회령과 경원 두 곳의 개시가 열린 이른바 쌍개시의 해였다. 회령 개시는 폐쇄됐다지만 경원으로 들어갈 물목은 여전히 회령을 거쳐 운송됐다. 만주의 짐수레 운송로가 그 길밖에 없었기 때문이다. 경원 쪽 조선상인 하나가 거금을 들여 구입한 중국 비단을 수많은 보부꾼이 등짝에 짊어지고 회령진관 토병의 호위 아래 종성까지 운송했다.

염려했던 불상사가 기어이 벌어졌다. 비적떼가 덮쳐 봇짐 비단을 모조리 강탈해갔다. 어재연은 부실했던 호위를 사과하고 비단 값을 관아의 미곡으로 변상했다. 부사는 별포군 초관에게 정예 포수군을 투입하여 도적놈들을 모조리 잡아들이라고 서릿발 명령을 내렸다.

강계 포수가 민첩한 별포군 몇을 뽑아서 직접 도적떼의 본거지 정탐에 나섰다. 수색한 지 며칠 만에 비단 장물을 되파는 현장이 포착됐다. 보을하진과 회령진 소속 별포군 가운데 빠릿빠릿한 화승총수 30여 명을 출동시켜서 그날로 비적떼 본거지를 야밤 급습했다. 도적떼의 새끼두령 세 명을 체포하여 그날로 회령 도호부 감옥으로 압송하고 강탈해 간 비단도 모두 찾았다. 어 부사가 그들을 직접 취조하여 놈들의 목을 참수케 하고 장대 끝에 매달아 만주 야인과 중국 상인이 드나드는 길목에 높이 걸었다.

만주상인들이 놀라서 와들와들 떨었다. 그들은 정묘년 겨울을 쥐죽은 듯 숨어 지냈다가 이듬해 무진년 정월이 닥치자 제 발로 회령 도호부청에 찾아가 백기투항을 했다. 만주상인 대표단은 부사 앞에 무릎을 꿇고 개시만 다시 열리게 해주면 맹세코 정당한 직거래만 할 것이며 비적떼와 손잡고 농간을 부리지 않겠다며 머리를 조아려 사죄했다.

부사는 뉘우치는 그들을 객사로 초치해 오히려 환대했다. 만상들에겐 거래 규모 확대를 제안하는 동시에 후시를 양성화 한다는 파격적인 조치까지 발표했다. 다만 불법이나 장부상의 꼼수 거래는 물론이고 도적질과 협잡을 도모한 자는 별포군이 체포하여 치도곤으로 다스리고 감옥에 처넣겠다고 경고했다.

그러나 정당한 거래는 회령 별포군이 나서서 화적떼가 얼씬 못하게 치안확보를 할 것이며 그래도 도적맞는 일이 발생하면 회령 관아가 물어 보상 변상하겠다는 보증도 섰다. 만상들이 쌍수를 들어 환영했다. 어 부사가 개시 확대 전제조건을 명확하게 선 그었다.

"거래하는 모든 물목은 일 할의 관세를 회령 관아가 징구할 것이오. 총포만 아니면 모든 물목의 거래를 허가하고 안전한 운송도 보장하리다. 관세를 성실히 납부한 중국 상인에게는 끌고 온 소나 말의 여물은 물론 종복의 숙식까지 회령 관아가 책임지겠소이다."

판돈을 키우되 독버섯은 잘랐다.

5장
뭉게구름

개시의 확대

무진년 10월에 회령 개시가 다시 열렸다. 부임 첫해에 만주 도적을 참수한 어재연 부사를 중국인들은 무섭게 기억했다. 그들은 짐바리를 끌고 두만강을 건너면 곧바로 조선 사람에게 다가가 관운장같이 무서운 수령님이 지금도 계시느냐, 우리는 그 분이 두렵다며 목을 움츠렸다.

버르장머리를 제대로 박아 놓은 탓에 만주상인의 물목 사재기 농간이 사라졌고 관납 상품은 시장에서 거래되는 즉시 만주로 운반됐다. 백두산 범 포수로 편성된 정예군이 눈을 부라리는 통에 회령 쪽으로는 비적떼가 얼씬도 못했고 장사깨나 한다는 만상들이 앞다퉈 회령으로 몰렸다. 급기야 만리장성 너머 중원의 거상까지 거래 물꼬를 트려 흘금흘금 두만강변으로 몰렸다.

회령 관아는 도호부 말단 관리까지 동원하여 개시장터의 거래 관세를 매기고 거뒀다. 중국이나 조선 상인을 가리지 않고 열 개를 팔거나 살 때면 하나 값어치의 알곡을 걷었다. 현물로 받은 관세는 되팔아 알곡을 샀다. 기찰포교가 밤낮을 순시해 탈세하는 장사치를 족집게처럼 집어내 물목을 압수하고 관아 감옥에 처넣었다. 그들에게는 물건 값의 열배에 해당하는 보석금을 징구하고 기한 내에 납부치 못하면 매서운 태형과 옥살이를 지웠다.

암거래 후시를 양성화한 조치가 주효하면서 한양이나 평양, 개성상인들도 회령으로 몰렸다. 싸고 질 좋은 중국 포목은 물론 진기한 서양 물건까지 쏟아져 나온다는 소문이 파다했기 때문이다. 손시 심위을 고리 인삼을 회령으로 실어가 중국 상인에게 비싸게 팔고 그 돈으로 대처 저자거리 난전에서 내다 팔 물건을 사들고 내려갔다. 무진년 겨울의 회령 개시는 북관 무역 장터가 개설된 이래 최대의 문전성시를 이뤘다.

별포군과 회령 개시는 별개사안이 아니라는 어 부사의 예언이 적중했다. 집총한 별포군 대오가 수시로 장마당을 순시하고 고을 뒷산 포격훈련장에서는 며칠마다 한 번 꼴로 펑펑 방포소리가 울리자 회령 개시에 꼬였던 협잡꾼이나 절도범은 물론이고 만주 비적떼도 얼씬거리지 못했다. 청국이나 조선 상인 모두가 안심하고 물목 거래를 늘렸다. 눈매 사나운 별포군이 회령 진보에 투입됐다는 소문만으로도 국경 경비 문제의 절반은 해결됐다. 회령 관아가 세곡을 챙기고 별포군이 뒤를 받쳐 회령 고을은 겨우내 토실토실 살쪘다.

무진년 개시가 기사년(1869) 정초까지 이어지며 도호부청의 관고가 모두 미곡과 현물로 넘치자 부랴부랴 임시 곳간까지 지었다. 한겨울 칼바람을 맞으며 창고를 짓던 대목도 신이 났다. 한 해 개시에서 거둔 세곡만 어림잡아 별포군의 급료 3년 치가 넉넉했고 관내의 진관 방비 훈련에 쓸 군량미까지 확보됐다. 고을사람은 관아를 지나칠 때마다 나날이 늘어나는 곳간을 힐끔거리곤 마치 제집에 곡식을 쌓은 양 기꺼워했다.

어 부사가 개시 끝물인 기사년 정월 보름께 초관 강계 포수를 대동하고 회령 천변의 복길이네 집을 찾았다. 허 초시가 소식을 듣고 한달음에 달려와 두 사람의 손을 잡고 끌어서 뜨끈하게 데워 놓은 구들목에 앉혔다.

부뜰이가 잘 익은 박 첨지네 술도가 막걸리를 세 통이나 짊어지고 왔다. 복길이 내외가 살찐 암탉 두 마리를 잡아 주안상을 차려내어서 다섯 사내는 밤이 이슥하도록 파안대소하고 거나하게 취했다.

날 선 진보군

별포군의 전력이 눈에 띄게 향상됐다. 어 부사의 단호한 지휘와 강계 포수의 엄정한 조련 탓도 있었지만 허 초시가 중심이 돼 별포군을 성원하는 고을 유지와 백성들의 지지도 한몫 단단히 했다.

별포군은 봄부터 가을걷이까지 최소한의 병력만으로 경계를 세우고 나머지 기간은 둔전 경작에 나섰다. 농사일 대신 사냥에 나서는 별포군도 있었다. 강계 어른이 이끄는 범 포수 조도 밭을 일구는 한편 오봉산자락을 타넘으며 고려 범을 쫓았다. 부뜰이의 사냥 실력이 몰라보게 좋아져 꼿꼿한 서서쏴 자세로 호랑이를 마주봤다. 그도 당당하게 고려 범의 미간에 화승총 연환을 먹였다. 널브러진 호랑이가 회령 장터에 모습을 드러냈을 때 고을 사람들은 그제야 군소리 않고 부뜰이도 어엿한 범 포수로 대접했다. 박 첨지가 막걸리 공술을 스무 통이나 상녀 남정네들에게 품고는 장마당이 떠나라 껄껄댔다.

"그것 보라고. 내가 그랬지, 우리 부뜰이도 호랑이를 잡는다고!"

복길이의 마늘각시 은연이가 계집아이를 낳았다. 허 초시가 아기 얼굴이 동글동글하고 눈망울이 크니 방울이라 부르자고 했다. 금줄이 걷힌 날은 회령 부사가 그 귀하다는 남해안 돌각 건미역에다 말린 홍합 살 담채(淡菜)를 싸들고 왔다. 어 부사는 강보에 싸여 나비잠 자는 방울이를 굵은 팔뚝 위에 매미처럼 얹더니, 까꿍까꿍 어르고 고사리만 한 손을 쥐고는 죄암죄암 조몰락거렸다. 관운장 수령의 장난기에 모여든 사람이 죄다 와르르 웃었다.

무진년 섣달, 만주 북풍이 거셌던 날이었다. 별포군에게 갑작스런 비상소집 명령이 떨어졌다. 대마를 탄 한 떼의 만주 비적이 경계가 허술하던 그날 새벽의 거친 바람결에 묻어 두만강을 넘어왔다. 놈들은 별포군이 지키는 회령 고을을 피해 산길로 꺾어 부령과 무산 인근 고을까지 덮쳐 민간인 여럿을 도륙하곤 살림살이를 털었다.

회령과 인근 고을은 본디 고구려 고토였지만 기질 드센 여진족이 치고 들어와 알목하(斡木河)라 이름 짓고 대대로 눌러 살던 곳이다. 그 후손 일부가 만주 비적이 되어 조선에 빼앗긴 고향 땅을 찾는다며 수시로 회령 일대를 들쑤시고 조선 사람들을 해코지했다.

어재연 부사가 별포군에게 퇴로를 차단하여 도적떼를 일망타진하라 명했다. 강계 포수가 별포군 매복조를 긴급 편성해 보을하진 아래 길목에 포진시켰다. 보을하진은 만주로 통하는 유일한 퇴로였다. 도적떼는 회령 별포군의 경계강화 소식을 접하자 두만강을 섣불리 되넘지 못하고 무산령 너머에서 일주일이나 숨어 지냈다.

섣달그믐의 야음을 틈타 비적떼가 일시에 보을하진 아래 두만강 길로 내달았다. 복길이가 매복조장을 맡아 부뜰이와 함께 이십여 명의 별포군이 잠복한 곳이었다. 말채찍을 두들겨서 폭풍처럼 닫던 비적들이 매복조의 화승총 사격 그물망에 갇혀 단번에 고꾸라지고 말았다. 도적 열두 명이 칼 한 번 뽑지 못하고 새벽

황천객이 됐다.

이윽고 날이 새면서 총성을 듣고 몰려나온 고을 사람들은 뻣뻣하게 너부러진 비적떼의 시신 앞에서 만세를 불렀다. 복길이가 함경 감사의 표창을 받으면서 보을하진 진장으로 승진했다. 강계 어른은 복길이가 대견스러웠다. 화적떼에게 도륙당한 부모의 원한을 네 손으로 복수해보려무나 하는 심산에서 매복조장을 맡겼는데 그 기대를 저버리지 않았기 때문이다.

소싯적에 복길이의 가슴에 박혔던 멍 자국도 이쯤에서 치유됐으면 했다. 강계 포수는 함경 감사가 하사한 반짝이는 칼집의 환도를 복길이에게 전하며 나지막하게 물었다.

"아버에게 남편의 동생을 죽인 그 두적놈들에게 복수를 하지 않았느냐?"

복길이가 한참을 묵묵부답이더니 고개를 가로저었다.

"저도 잘 모르겠습니다……. 얼마나 더 죽여야 제 분이 풀릴지. 아직도 꿈속에서 부모님은 물론이고 얼굴도 희미한 동생 복태까지 어른거립니다……."

"가슴에 박힌 대못이 너무 크구나……."

강계 어른이 허허롭게 웃었다.

대기근

무진년(1868)부터 회령 들판이 타들어갔다. 강더위에 말라버린 논밭 작물이 황달에 걸린 듯 싯누렇게 죽어나갔다. 이슬만 먹어도 자라던 수수쌀마저 무진년의 가뭄을 힘겨워했다. 앉아서 말라 죽을 수만은 없었기에, 어 부사가 앞장서고 고을 백성이 뒤따라 두만강 물을 끌어 댔다. 그러나 힘들여 터놓은 봇도랑의 강물은 논밭에 닿기도 전에 말라 버렸다. 부사는 그해 가을 농꾼들의 세곡을 탕감했다.

다행스럽게도 회령 도호부 곳간에는 개시의 거래관세로 걷은 알곡이 꽉 차 있었다. 부사의 지시로 쌀광을 따고 우선 300석을 풀었다. 도호부 살림도 줄여 일천 냥을 내놓았다. 열흘에 한 번씩 고을 백성들에게 구휼미를 배급해서 이밥에 단고기국 호사는 아니라지만 가뭄만 들면 뱃가죽이 등에 달라붙던 예전의 허기는 지웠다.

기근이 깊어지면서 별포군 요미와 훈련용 군량미만 남기고 곳간을 헐었다. 무산과 부령, 경흥 사람까지 솥단지를 이고 지고 회령 들판으로 넘어왔다. 식솔을 건사하지 못해 절규하는 외지 남정네의 아우성이 회령 장터 곳곳에서 웅웅거렸다.

그럼에도 흉년이 들 때마다 만주로 도망가던 조선 사람은 눈에 띄게 줄었다. 만주 땅도 기근 때문에 굶는 처지는 마찬가지였지만, 그보다는 굶주린 백성을 껴안고 다독이는 회령 관아의 미더움이 더 컸기 때문이다. 무진년의 늦은 가을에 암행어사가 회령을 몰래 다녀갔다. 흉흉해진 함경도 민심을 살피러 조정이 파견한 권명국 어사였다.

암행어사는 몇 년째의 가뭄으로 민심마저 흉흉해진 북관 6진의 마을을 그림자처럼 돌았다. 한양에 돌아온 어사를 임금이 친히 대궐에서 소대하고 북관의 기근사정이 어떻더냐고 물었다. 암행어사는 회령 부사의 치적을 소상히 서계하여 표창을 상신했다.

한양 조정이 회령 부사의 치적에 감복했다. 성상의 하교로 구휼전 일만 냥과 함경 감영의 미곡 일백 석을 회령으로 보내게 했다. 어재연 부사에게는 비단 관복과 아마(兒馬: 망아지)를 포상했다. 개시가 회령을 살렸고 세곡이 백성을 기아에서 구했다.

무진년의 가뭄이 기사년(1869)까지 이어졌다. 매정한 하늘은 ㅅㄴㅔ ㅠ ㅇㄹㅇㅑ 된까심을 가랑비를 뿌리더니 여름내 구름 한 점 없이 따가운 햇살만 내리쬤다. 잔바람에도 밭고랑 흙들이 공가루처럼 흩날렸고 뿌리를 드러낸 수숫대는 허리마저 꺾였다. 기사년은 어재연 부사의 3년 임기가 끝나는 해이기도 했다. 함경 감사에게 간곡한 청원을 올렸다.

"회령 진보의 국방체제가 겨우 자리를 잡았고 회령 개시의 확대도 막 정착하는 단계입니다. 소신이 계획하여 추진하는 회령의 부흥계획이 제대로 뿌리내리려면 이삼 년은 더 부사직을 수행해야 할 것으로 사료됩니다. 더군다나 혹심한 기근으로 굶어 죽어가는 백성이 늘어가는 이 시기에 제 한 몸 살겠다고 회령을 떠나는 일은 관복의 도리가 아니오니 결자해지의 기회를 주십시오."

함경 감사가 어재연의 소청을 기꺼이 받아들이고 조정에 장계를 올렸다. 주상이 즉각 어재연의 임기 연장을 허여했다. 조정도 백성도 어 부사를 가상히 여겼지만 하늘은 자비롭지 못했다. 부사와 고을 사람이 합심하여 손바닥만 한 웅덩이 물도 끌어서 논밭에 댔지만 바싹 마른 흙은 밑 빠진 독이나 마찬가지였다. 대기근은 경오년(1870)까지 잇댔다.

경오년 늦봄에는 회령 들판의 상답마저 벼농사를 포기하고 일찌감치 수수나 기장을 심었다. 부사도 기진맥진해 갔다. 붓 도랑 작업에 지친 어재연이 하루 날을 잡아 보을하진 누각에 제사상을 차리고 기우제를 올렸다. 입술이 허옇게 터 갈라진 부사의 치성이 먹혔는지 며칠 뒤에 실팍한 조개구름이 피어나고 가루 비 몇 가닥이 내렸으나 그나마 한나절을 가지 못했다.

우물이 바닥을 드러냈고 고여서 썩은 물을 마신 사람들이 역병에 걸렸다. 경오년 여름에는 북관 산마을 곳곳에서 살가죽이 누렇게 들뜨는 부황으로 사람이 죽어나갔다. 거적 덮은 시신을 수레에 실어 나르는 모습이 일상으로 변했고, 서너 집 걸러 한 집 꼴로 호곡 소리가 담장 밖으로 흘러나왔다. 상여가 며칠마다 한 번씩 동구 밖을 나섰지만 눈물마저 마른 사람들이 휑하니 팬 눈으로 멀거니 지켜보고만 있었다. 땅바닥도 사람도 하염없이 말라 갔다.

회령 고을만은 굳건하게 버텼다. 후시 거래 물목이 이태 전에 비해 갑절이나 됐고 회령 관아가 거두는 거래 관세도 덩달아 부피를 키웠기 때문이다. 회령 사람은 기근에 허덕이는 여름을 어렵사리 넘기고 찬바람 일렁이는 늦가을이면 팔을 걷어붙이고 개시에 나서서 관아 일을 제 일처럼 도왔다. 회령 사람과 관아가 발버둥 치며 서로를 보듬었다.

좌절

기우제를 주제한 뒤의 어재연 부사가 시름시름 앓았다. 태생이 강골이었지만 부임 첫해부터 내리 4년째 거친 산과 들을 뛰어다닌 과로가 그제야 후유증으로 나타났다. 거머리처럼 들러붙는 가뭄에 몸과 미음을 모두 소진한 것이 더욱 탈기을 부추겼다. 식욕을 잃어 밥상을 되물릴 때가 많았고 관노비가 끓인 미음으로 억지 입가심을 하다 보니 부사의 몸체는 나날이 수척해갔다.

허 초시가 십전대보탕 첩재를 지어 오고 강계 포수가 꾸들꾸들 말린 웅담까지 구해와 부사의 원기 회복을 기원했지만 백약이 소용 없었다. 복길이 내외가 바깥일을 그만두고 도호부 관사 뒷방으로 들어가 어른의 원기 회복에 매달렸다. 달포나 아비 고수련 들듯 부사의 건강을 살피고 맛깔스런 찬으로 진짓상을 올렸다.

어 부사는 세 살배기 방울이가 수령할아비 손목을 잡아 끌 때만 잠시 웃음을 되찾아 앞마당을 나섰다. 부사의 건강을 염려한 고을 사람들이 줄을 이어 관사를 찾아왔고 고을 유지들은 번갈아 약탕기로 곤 보약을 건넸다.

"회령을 떠날 때가 됐으이. 더 이상 고을 사람의 민폐를 끼치는 것도 수령이 할 짓은 아니야……."

부사가 혼잣말을 뇌는 날이 늘었다.

그의 마음이 한양 군부에 전해지기라도 한 듯, 추석을 코앞에 둔 단대목에 기발꾼이 닥쳤다. 가죽 문서함의 봉인을 뜯고 그 속에 든 교지 한 장을 집어 들었다. 짧고 명료한 내용이었다.

爲嘉善大夫魚在淵行護軍
(위가선대부어재연행호군: 어재연을 종2품 가선대부로 승서하고 호군 직책에 보임함)

머리가 어질해졌다. 천만 뜻밖의 사령장이었기 때문이다. 당상관 어재연이 자신의 품계보다 한참 아래인 4품 서반의 한직으로 내려앉았다. 말이 좋아 호군이지 한양 성곽을 경비하는 순라군이다. 행직(行職)은 자신의 품계보다 낮은 직책으로 강등되는 계고직비(階高職卑)를 뜻한다.

비록 외직을 떠돌았으나 어재연이 받잡은 가선대부 품계는 한양의 오군영 수장이나 포도청 포도대장에 해당한다. 그가 쌓은 삼십 년의 관록이나 무장 경륜을 견주어 볼 때 그 정도의 직책은 당연했다. 그런 어재연을 호군에 임명하는 교시는 아무리 관대하게 해석한들 관직생활을 마감하라는 뜻과 다름없었다.

의관을 정제하고 등뼈를 꼿꼿하게 세워 동헌 궐패 앞에 섰다. 한양 대궐을 향해 국궁 사배를 올렸다. 세월이라는 무심한 놈은 송곳 같던 무골의 열정마저 강가의 조약돌처럼 둥글리고 말았다. 나잇살은 장수의 기개마저 갉아 먹으려 드는구나 하는 허허로움에 사로잡히자 주책없는 눈물까지 몇 방울 돋아났다.

부사의 이임 소식은 금시에 회령 촌구석 산골마을까지 퍼졌다. 고을 사람들이 동헌으로 몰려와 수령의 소매를 잡고 끌고 가지 마시라며 울었다. 고을 토호들이 송덕비를 세우겠노라 앞다퉈 나섰다. 어 부사가 그만두라고 일렀지만 수령이 체면치레로 고사했거니 여겨서 비문을 새길 상품 오석(烏石)까지 사다 놓았다. 어 부사는 고을의 최고 문장가가 밤새워 지었다는 낯간지러운 송덕 비문을 받아들자마자 박박 찢었고, 사다 놓은 오석은 깨버렸다. 가뭄과 기근으로 사람이 죽어나가는 마당에 전임 수령의 송덕 따위를 기려서 뭘 하려느냐고 호통을 쳤다.

어 부사는 추석 지난 지 닷새 되는 날부터 고을 안팎을 돌며 하직 인사를 했다. 염초공방은 이임 전날에 찾았다. 허 초시가 회자정리의 침울함과 언제 다시 만날지 모르는 벗을 떠나보내는 허전함에 공방 일손도 놓고 기다렸다. 염초 굽던 노역꾼들이 침울한 표정으로 삼삼오오 모여 있다가 대문을 따고 들어서는 부사를 소리 없이 에워쌌다.

복길이와 은연이가 허 초시네 대청마루에서 큰절을 올렸다. 방

울이가 새앙머리에 깡동치마 차림으로 은연이 치마꼬리를 잡고
서 있었다. 오늘따라 모여든 사람들이 하나같이 침울하여 어재연
의 눈을 고리눈으로 쳐다보고 있었다. 부사가 방울이를 달랑 안
아서 무릎에 앉히곤 바늘 수염을 방울이 얼굴에다 설렁설렁 비벼
댔다.

"아이쿠……. 요놈이 보고 싶으면 어떻게 할까나……."

방울이가 그제야 발을 동동 굴리며 깔깔거렸다.

강계 포수와 허 초시가 마른기침을 큼큼대며 처마 끝을 올려보
고 또 내려다봤다. 기둥에 등을 기대고 서있던 부뜰이가 소맷자
락으로 눈물을 훔쳤다. 어 부사가 그에게 다가가 어깨를 토닥거
렸다.

허 초시가 부사와 작별의 맞절을 나누며 귀약통 하나를 건넸
다. 목장이 거북이 모양으로 조각한 손바닥크기 검댕화약 통이었
다. 거기에는 불과 이틀 전 공방 가마솥에 올려붙인 정초로 배합
한 고운 화약 가루가 들어 있었다.

추석 쇤지 열흘 만에 어재연이 회령 고을을 떠났다. 아침 일찍
동헌 관사 앞에는 고을 사람 100여 명이 진을 쳤다. 마병 역졸을
둘 데린 어 부사가 말안장에 오르자 사람들이 둘러싸고 흐엉흐엉
울어댔다. 섭섭함이야 어 부사도 고을 사람들 못잖은 처지다.

회령은 그의 30년 관직생활 가운데 유독 알토란 같던 곳이다.
게다가 그의 관복생활에 종지부를 찍고 바야흐로 초야에 묻히려

는 순간인데, 회령의 산과 들을 떠나는 그의 심중이 어찌 애달프지 않을까. 다만 가뭄과 기근을 이겨내지 못하고 이임하는 형국이 안타깝고 죄스러울 따름이었다. 어재연이 수행 역졸에게 무명천으로 감싼 화승총투를 건네고 눈물을 찍어내며 웅성거리는 고을 사람들 앞에 섰다.

"자, 이제 떠납니다. 내 눈에 흙이 들어가는 그날까지 여러분과 회령을 기억하고 있겠습니다."

떠나는 부사나 회령 땅을 지키는 백성이나 그 벌판을 애틋하게 껴안은 마음이 같았으므로 길게 말해야 사족이다. 강계 포수의 지시로 복길이와 부뜰이가 부사의 이임 길 호위를 맡았다. 복길이가 말고삐를 당겨 앞장서서 그세야 사람들이 길을 떴다. 화승총을 말안장에 건 복길이와 부뜰이가 고무산령 너머 부령까지 어재연을 호위하고 이틀 만에 회령으로 돌아왔다.

4년 전에 눈발을 헤치고 올라왔던 북참로를 되짚어 한양으로 향했다. 험산이 지나칠 때마다 낯익은 구릉들이 살갑게 눈에 밟혔다. 기억에서 지워야 할 그것들이 가슴팍에 내려와 박혔다. 무산령을 타넘는 사흘간은 북관의 산하와 정을 떼느라 그렇게 끙끙 신음소리를 냈다.

서리를 뒤집어쓴 그의 수염이 가을바람에 날렸다. 함경도 험산을 벗어나고 동해의 너른 바다 수평선이 가물거리며 눈앞에 걸쳐질 때쯤에야 그의 마음이 차분해졌다. 세상 사내의 한세상이란 덧없이 흩어지는 구름뭉치 같잖은가. 그렇게 마음먹으니 온 산천이 평온하게 그에게 다가선다.

말안장에 앉아 음유하듯 산천경개를 훑다가 동해 바닷가 수성(輸城: 함경북도 청진 북쪽의 역참마을)을 코앞에 두었다. 어재연이 헛헛하게 혼잣말을 냈다.

"내 아들 병수. 몇 년 만에 보누⋯⋯."

열다섯에 낳은 병수는 그때 수성 역참의 찰방으로 재임하고 있었다. 종6품 찰방은 병조가 관할하는 무관직이다. 역졸과 역승을 거느리고 참로를 경비하며 독자 성채를 쌓아 병력을 지휘하는 변방 수장이다.

병수는 아비의 이임을 파발 통문으로 미리 알았던 터여서 수성의 역참 성채가 시작되는 곳까지 말을 타고 나와 기다렸다. 서른두 살 아들은 마흔일곱 아비가 말에서 내리자 길바닥에 대자리를 깔더니 넙죽 엎디어 큰절을 한다. 아비가 먼저 말을 꺼냈다.

"외관 말직이라 힘들여 일 해놓고도 표 안 나는 일이 태반이겠지⋯⋯. 그래, 찰방 노릇은 어떻고 역참은 어찌 꾸리누?"

"지난해 내내 역참 성첩을 새로 쌓느라 정신없이 바빴습니다. 불과 한 달 전에 공사를 말끔히 마쳤습니다. 함경 감사께서 소생의 공로를 조정에 품신하셨고 주상께서 곧 수령 자리 하나를 천망하라고 친히 하교 하셨다고 합니다."

"허허⋯⋯ 새로 쌓은 역참 성채가 과연 번듯하구나."

무골 집안의 피를 이은 병수다. 기골이 장대한 부자가 참으로 오랜만에 밤늦도록 두런두런 골육지정을 나눴다. 함께 나잇살 먹어가는 자식에게 술잔도 권했다. 병수가 열일곱에 무과급제 했을 때 내금위에서 첫 대작하고서 딱 15년 만의 술자리다.

열다섯에 병수를 낳았을 땐 문중 어른들이 애가 애를 낳았다며 껄껄거렸다. 아비 재연은 웬만한 장정보다 덩치야 컸으되 벌망아지 같기로는 또래 꼬맹이와 진배없었다. 아내 품에서 세 살배기 병수를 떼어 내 형님 댁 양자로 보낼 때도, 외양간 송아지를 장에 내다 파는 것처럼 무덤덤했다.

애틋한 아비의 정이 돋았던 것도 단신으로 외직을 떠돌며 나이 마흔을 넘기면서였다. 제 자비 뒤를 받아오던 후점에 오른 자식이 아니어서 더욱이 눈에 밟히는 병수다. 관사에서 보내는 허전한 밤이면 병수 얼굴을 억지로 떠올려서 빙그레 웃을 때가 많았다.

어재연은 수성의 객사에서 이틀만 묵기로 했는데 예정에 없던 사흘을 더 머물러야 했다. 수척해진 아비의 용태가 안쓰러웠던 병수가 한사코 이대로 보내드릴 수는 없다고 우겼기 때문이다.

호군 발령을 받고 낙향하는 무골 아비가 혹여 낙담이라도 할까 향후 거취나 새로운 보직에 관한 이야기는 입도 벙끗 않았다. 보약 탕제를 매 끼니마다 객사 방에 들이며 아비가 바깥을 나서는 기미만 보여도 소매를 잡고 늘어지며 원기를 회복한 뒤에 떠나시라고 고집을 부렸다.

수성 객사에서 자식의 각별한 수발을 받은 덕에 어재연의 몸이 한결 가뿐해졌다. 병수는 떠나는 아비를 위해 역참에서 제일 튼실해 보이는 말에다 안장을 얹었다. 그도 말안장에 올라 배웅 길 한참을 동반했다. 부자는 말없이 고삐만 쥐고 또각또각 말들이 찍어내는 발굽소리만 섞었다. 병수는 작별을 고할 때가 되자 길바닥에 또 주섬주섬 대자리를 깔더니 하직의 큰절을 올렸다.

"언제 또 뵙게 될지…….."

자식은 기어이 눈물을 쏟았다. 재연의 가슴에 슬어 있는 허허로움이야 어찌 아들 병수에 못잖을까마는, 아비는 꺽꺽거리는 자식을 못 본 척하고 내처 한양 길을 재촉했다.

자식의 외직 인생도 그가 보낸 30년의 헛헛한 세월과 흡사할 것이므로, 오랜만에 해후했다 하여 애써 부자간의 살가움을 드러낼 필요는 없었다. 단신으로 떠도는 관복의 제일가는 덕목은, 피붙이의 인연은 오로지 가슴에 심을 것이며 입치레의 혈육의 정 따월랑은 공연히 되뇌지 않아야 한다는 것이었다.

태백산맥 비탈 산길이 눈앞에 펼쳐졌다. 그 산줄기만 가로질러 타넘으면 기호의 들판이 펼쳐질 터이다. 고향 이천 들판의 가을 내음이 코끝에 가물거려 닿는 듯하다. 아내는 얼마나 늙어 있을까. 얼굴을 잊을 만하면 한번 씩 찾아오는, 장돌뱅이보다 하나 나을 것 없는 반백 수염자리의 남편을 어떻게 맞을까, 심란했다.

판삼군부사 김병국(金炳國)

보름 만에 한양 먼발치인 퇴계원에 닿아 하루를 묵었다. 다음 날은 한양의 사대문 안으로 들어서므로 아침 일찍 일어나 병수가 곱게 다림질해 싸놓은 보자기의 두루마기를 꺼내 입고 새 미투리를 신었다. 태릉을 지나고 정릉 골짝을 타넘어 흥인문을 지났다. 삼군부 총무당(總武堂)으로 향하는 길이다. 삼군부가 관할하는 국경지역의 부사는 보직이 변경되어 한양을 지나칠 때 총무당에 들러 삼군부사를 참알하는 것이 도리다.

운종가가 가까워오며 난전마다 쌓인 형형색색의 물산들과 그 사이를 오고가는 사람들의 고함소리가 요란하다. 참으로 오랜만에 대하는 한양 저자거리나. 세월이 부상위을 걷간하며서 황토현(黃土峴: 현재의 광화문 네거리) 어귀에 다다랐다. 어재연이 예닐곱 칸을 차지하는 커다란 육의전 면주포(綿紬鋪: 명주포목점) 앞에서 말을 내렸다.

아내에게 선물할 녹색과 다홍빛 명주 한 필씩을 떴다. 오십 줄의 아내가 젊은 아낙네나 입을 때깔의 명주 필을 왜 떠왔소하고 타박한다 해도 어쩔 수 없다. 가슴에 박아둔 아내의 치마저고리는 예나 지금이나 시집올 때 입었던 녹의홍상이기 때문이다.

명주와 군마는 면주전에 되 맡기고 의관을 수습한 뒤 화승총투를 싼 보자기만 든 채 육조거리에 들어섰다. 반 마장 떨어진 삼군부의 총무당 본전에 닿았을 땐, 늦가을의 짧은 해가 북악산으로 기울어서 그의 등 뒤에는 대여섯 발이 넘는 그림자가 끌렸다.

지은 지 수 삼년에 불과한 본전의 팔작지붕 겹처마가 하늘처럼 높아서 올려다보는 것만으로도 주눅이 들었다. 멀뚱하게 서 있는 차에 하급 관리 하나가 달려와 어이 찾아오셨냐고 물었다. 어재연이 진퇴인사를 드리러 온 전임 회령 부사라고 이르자, 관리가 더욱 공손하게 머리를 조아리며 어재연을 별관 사랑채로 안내했다.

"조금 쉬셨다가 판부사 대감을 알현하시지요. 기다리고 계셨습니다."

한양에 무사히 도착했다는 안도감에 전신이 나른해졌다. 이천리 길을 싸안고 온 화승총을 윗목에다 놓자 노비가 들어와 굵은 황촉대 하나에 불을 붙였다. 두루마기를 접어 횃대에 걸치고 바지저고리 차림으로 구들목을 지고 한 시간을 넘게 누웠다.

문득 창호지 바깥에서 저벅저벅 발자국 소리가 멈췄다. 어재연이 지남철에 끌린 쇠못처럼 벌떡 일어나 두루마기를 다시 걸치고 정좌했다. 문밖에서 소리가 났다.

"판삼군부사 김병국 대감 듭시오."

헛기침과 함께 그가 방문을 열고 들어왔다. 쳐다만 봐도 주눅이 드는 정1품 비단 관복차림이다. 김병국 대감이 성큼 방 안으로 들어와 어재연의 옆자리에 앉았다.

"참으로 먼 길 오셨습니다."

두 사람이 맞절 수인사를 나눴다. 무릎을 꾼 채 방바닥에 두 손을 짚은 김 대감이 먼저 말을 꺼냈다.

"가선대부를 꼭 한번 만나 뵙고 싶었소이다."

몸 둘 바를 몰랐다. 한양의 절대 권력자가 풀뿌리처럼 흔한 외직 수령을 꼭 만나고 싶었단다. 정좌한 김 대감의 이목구비가 촛불 아래에서 더욱 푸른 서슬로 번들거렸다. 당대의 세도가 김병국 대감이라는 존재는 하늘 저 아득히 높은 구름 위에 있어야 마땅한 사람이었다.

"어떻게 들리실지 모르겠으나, 가선대부의 호군 보임은 소관이 감히 주상께 천거한 일이었습니다. 이유야 어쨌건 당상관 어른을 하루아침에 미관 한직으로 물러나게 한 소생을 용서하시기 바랍니다."

어재연이 황송했다.

"막중한 국사를 떠맡은 대감께서 사사로운 정리에 얽매여서야 나라꼴과 기율이 어찌 제대로 서겠습니까. 이 나이 되도록 아무 탈 없이 관직을 수행케 보살펴주신 나라님께 저야말로 엎디어 절하고 싶은 심정뿐입니다."

"……."

김 대감이 윗목에 놓인 화승총투를 물끄러미 바라보았다. 보자기로 싸맸지만 누가 보아도 화승총임을 알아볼 수 있는 형체다.

"밤이 깊었습니다. 오늘은 이곳에서 쉬시고 내일 아침 느지막한 시간에 쉬엄쉬엄 이천 본가로 떠나시지요. 호군이야 원록체아직(原祿遞兒職: 이름만 걸어 놓는 보직) 아닙니까. 당분간 이천 사저에서 편안히 쉬시도록 조처하겠습니다. 괜찮으시다면 오늘 밤은 약주 한잔을 놓고 허심탄회한 이야기 몇 자락을 나누려 합니다. 주안상을 준비하라고 미리 일러두었습니다만."

용건만을 명확하게 또박또박 전했다. 귀동냥으로 사람 됨됨이를 얼추 짐작해왔던 그 김병국이 아닌 것 같았다. 코흘리개의 입에까지 오르내리는 안동 김씨 망나니는 더욱이 아니었다. 호사가들은 안동 김문의 장김(壯金: 한양 장의동의 안동 김씨)이라면 으레 조선팔도를 유랑하다 객사한 김삿갓을 떠올렸다. 한 잔 공짜 술을 찾아 기행을 일삼던 김삿갓 이후에 같은 병(炳)자 항렬의 김병학, 김병국 형제가 등장하자 또 다른 장김 망나니가 세상을 휘젓는다며 입방아를 찧었다.

김 대감이 편한 옷차림으로 다시 찾겠다며 방을 나갔다. 어재연이 칠첩 반상기의 저녁밥 독상을 받았다. 오랜만에 대하는 정갈한 한양 밥상이다. 간이 밴 황태구이가 입맛을 돋우었다. 그러나 얄궂게도 회령의 짭조름한 가자미식해가 그리웠다.

김병국은 이조판서였던 김수근의 둘째 자식이며 좌의정이던 김좌근이 숙부다. 병국의 네 살 터울 실형인 김병학은 일인지하 만인지상의 권세를 틀어 쥔 영의정이었다. 임금이 좁디좁은 궐 안에서 호령했다면, 안동 김씨의 세도는 한 때 궐 밖의 조선 땅 모두를 쥐락펴락했다.

대원군은 섭정으로 실권을 장악하자 안동 김문, 장김의 떨거지

대부분을 단칼에 숙청해버렸다. 그럼에도 김병학, 김병국 형제만은 끔찍하게 아껴 요직에 중용했다. 김병국은 고종 임금의 등극과 함께 이조판서에 기용됐다. 판중추부사 직함으로 경복궁 중건 공사를 진두지휘해서 대원군의 두터운 신임까지 얻었다.

어재연이 변방의 수령으로 조선 땅 끝을 떠돌 때 김병국은 병조와 호조판서 자리를 번갈아 꿰찼다. 스물아홉에 성균관 대사성에 올랐고 서른셋에 예조판서가 됐으며 무관 고위직인 훈련대장까지 거쳤다. 흥선 대원군은 이양선이 조선 연안에 준동하자 군부의 일대개혁을 단행했다.

의정부의 무부(武府)만 따로 떼 내 삼군부로 확대 개편하고 그 능신 ~~~ 대폭 축소했다. 행정부와 중앙군영이 나눠가졌던 병력 지휘권도 삼군부로 일원화하고 수장인 판삼군부사 자리에는 정1품 김병국 대감을 앉혔다. 그로부터 조선 군부의 실권이 그에게 쥐어졌다.

어재연이 저녁 밥상을 물린지 얼마 안 돼 교자상에 차려진 주안상이 들어왔다. 맑은 술을 담은 백자 술두루미 두 병이 맛깔스런 부침개 안주와 가지런히 놓였다. 평복으로 갈아입은 김병국이 뒤따라 들어왔다. 서로 잔에 술을 부어 한 순배를 돌렸다. 먼저 운을 뗀 이는 김병국이었다.

"제가 을유생(1825)이니 실은 가선대부의 아우뻘입니다. 삼군부 상좌에 앉았다고는 하나 퇴청하고 평복으로 한잔 술을 나누는 사사로운 자리인 만큼 호형을 하고 싶습니다만, 어떻습니까?"

잡았던 술잔을 황급히 내려놓은 어재연이 손사래를 쳤다.

"대감, 아무리 사사로운 자린들 가당키나 한 말씀입니까. 조선의 국방을 진두에서 집행하는 판부사 어른이시온데, 그 가운데에 어찌 나잇살이 끼어들겠습니까. 두 살 터울에 형 대접은 가당치 않습니다. 타성 간의 객지교분이야 구년허교(九年許交)라지 않습니까. 편히 생각하시고 소신을 그저 휘하 장졸로 여겨 주시면 오히려 마음 편하겠습니다."

김 대감은, 그게 어려우시다면 다만 동년배 무관의 입장에서 사사롭고 허심탄회한 이야기를 격의 없이 주고받자고 했다.

"소생이 관직에 나선 것은 불과 경술년(1850)이었습니다. 문과 급제를 했다고 하나 아둔한 머리여서 고작 병과 17등에 머물렀습니다. 과거급제는 가선대부보다 9년이나 늦었지요. 그럼에도 불구하고 안동 김문이라는 이유만으로 감당하기 힘든 성은을 입어서 당치도 않은 벼락출세를 했습니다. 저와 함께 제 실형인 김병학 대감을 엮어 손가락질하는 세상 인심은 소생도 귀가 있어 익히 듣고 있습니다."

긴장됐다. 김 대감은 왜 이런 이야기를 자신에게 들려줄까. 오십이 코앞인 퇴물 무관을 앉혀놓고 조선 군부의 실권자 김병국이 아쉬울 게 무에 있어 자신의 치부까지 들추는 고해성사를 하는 걸까.

김병국이 몇 잔째, 단숨에 술을 마셔댄 탓에 볼이 발갛게 달아

올랐음에도 까딱없는 정좌로 앉아 있었다. 어재연도 그가 권하는 술잔을 모두 비웠지만 취기는 저만큼 달아났고 정신은 외려 맑아 왔다.

"가선대부께서 병인년 난리 때 뜬금없이 공충도 지원부대를 이끌고 광성보에 나아가실 때는 저도 감히 짐작 못한 일이라 참으로 착잡했습니다. 그러나 장군께서 침착하게 임무를 마치자 저 또한 안도의 숨을 쉬었습니다. 난리가 끝난 뒤에 득달같이 회령부사로 부임케 된 것은 소생이 주상 전하께 주천한 바였습니다."

"……."

의례로 들른 삼군부여서 겉치레 인사나 주고받겠거니 여겼다가 의외의 인물을 녹대셨나. 께나가 기 어재영의 일거수일투족을 어항에서 헤엄치는 금붕어처럼 낱낱이 들여다보고 있었다. 심 대감의 흐트러짐 없는 목소리가 이어졌다.

"중국만 믿고 그게 세상의 전부인 줄 알았던 조선의 불찰이 이제야 업보를 치르고 있습니다. 시절이 수상합니다. 물은 엎질러졌고 조선 연안은 총포를 싣고 온 오랑캐로 득시글거립니다. 이제 조선이 믿을 곳은 세상 그 어디에도 없으며 우리가 스스로 지키지 못하면 갈가리 찢긴 종이호랑이, 중국 꼴이 나고 맙니다. 허나 조선의 국방력은 너무 미약합니다. 화승총은 근자에 준동하는 서양 오랑캐의 장총에 비하면 새총보다 못해서 이 땅을 지키고 싶어도 싸움 자체가 안 되는 형국입니다."

말을 마친 김 대감이 냉수가 가득한 대접을 집더니, 기갈 든 사람처럼 벌컥거려 단숨에 비웠다. 어재연의 시선이 어디로 향해야 할지 눈을 둘 곳이 마땅치 않았다. 시간이 지날수록 김병국이 뱉어내는 언어는 또렷해졌으나 그가 끄집어내는 이야기들은 낯설기만 했다. 한양의 호군자리 하나를 꿰차고 막 낙향하는 퇴물 무장이 듣기에는 여간 거북살스럽지 않은 주제였기 때문이다. 김 대감의 말들이 다시 꼬리를 물었다.

"불랑국 놈들이 너무나 쉽게 강화도를 점령할 때 우리 조선군의 처지가 답답하여 미칠 것 같았소이다. 그런 와중에 양헌수 장군의 화승총 부대가 자그만 승전보를 올리면서 비로소 깨달았습니다. 조선의 화승총이 아무리 부실해도 화승총수의 자질에 따라서는 결과가 달라질 수도 있구나, 제대로 훈련된 사격수만 있다면 서양 오랑캐라도 한번 붙어볼 만하다는 생각이 퍼뜩 스쳤습니다."

이야기를 끊은 김 대감이 술잔을 집었지만, 그 잔은 비어있었다. 어재연이 그의 빈 잔에 새 술을 가만히 채웠다. 두주불사로는 어재연도 조선 문무백관 그 누구에 못잖지만, 이 자리는 술 들어가는 뱃구레를 따지는 맘 편한 멍석 술판이 아니었다.

"매복한 양헌수부대 산포수 가운데 적이 코앞에 닥칠 때까지 태산처럼 기다렸다가 일거에 사격한 포수는 따로 있었습니다. 평안도와 함경도 출신 범 포수들이었습니다. 백두산 범 포수라야 서양 오랑캐를 잡는구나, 그때서야 절실히 깨달았습니다. 양헌수가 조직한 산포수 가운데는 강원도에서 차출한 병력도 있었지만 그 부대원들은 매복 작전을 펼치기도 전에 지레 겁을 먹고 집단

탈영했습니다. 소신이 가선대부를 감히 주상께 주천하여 하루아침에 회령 부사로 떨어트린 연유도 백두산 범 포수들을 상비 별포군 체제로 꾸려 유사시를 대비하려는 뜻이었습니다."

눈앞에 한양 삼군부의 주안상이 차려졌으되 어재연의 머릿속은 점점 헝클어졌다. 김 대감이 쏟아낸 이야기 파편들을 이리저리 꿰맞추다보니 희미하게나마 병인년 이후 자신이 걸어왔던 발자취가 하나씩 더듬어졌다.

기다림

가을밤의 까만 속살들이 김 대감의 또랑또랑한 언어 앞에 하얗게 무너져 내렸다. 마셔도 취하지 않는 이 이상한 분위기에 휘말려 종내는 어재연도 술잔을 기울였다. 예닐곱 잔을 거푸 들이키자 그제야 알싸한 취기가 올라왔다.

갈바람 한 줄기가 문풍지를 바르르 떨게 했다. 어재연의 머릿속이 채신없는 문풍지마냥 시끄러워졌다. 손을 저어도 잡히지 않는 그 무엇이 연기처럼 자신을 휘감고 있었다. 권커니 잣거니 비운 술병들이 바닥을 드러냈다.

김 대감이 문밖에서 번을 서던 노비에게 술두루미 둘을 더 가져오게 했다. 방문을 열 때마다 시꺼먼 연기 꼬리를 매단 촛불이 길게 눕는다. 어재연은 취해가는 자신을 다그치려 애써 앉은 매무새를 고치고 허리를 곧추 세웠다.

"늙다리 무관에게 기울여 주신 대감의 관심은 분에 차고도 넘칩니다. 기대가 그렇게나 컸음에도 30년 관직생활에서 이렇다 할 공훈 하나 세운 게 없으니 자괴감만 치밀 따름입니다."

김병국이 들었던 술잔을 교자상에 내려놓더니 정색하고 대답했다.

"아닙니다, 아직은 하셔야 할 일이 쇠털처럼 많습니다"

촛불에 반사되는 얼굴이 불콰했지만 그가 흘리는 말들은 샘물처럼 차갑다. 그의 이야기가 어디까지 뻗칠지 감을 잡기조차 버거웠다.

"미리견(彌利堅: 미국)의 조짐이 예사롭지 않습니다."

어재연도 그 낌새는 알고 있었다. 한양 군부가 외직 무관에게 통문으로 회람시킨 첩정에 무수히 언급됐던 내용이다.

"거년 삼복더위에 대동강을 타고 평양까지 올라와 총포를 쏴댔던 화륜선 도적떼들 말씀인가요. 박규수 감사가 그놈들을 참수하고 저잣거리에 효수한 이야기라면 소신도 알고 있습니다만……."

"제너럴셔먼호 사태로 말미암아 미리견은 지금도 감 놔라 배 놔라 적반하장의 억지를 쓰고 있습니다. 마치 전쟁의 꼬투리라도 잡으려는 듯 혈안이 돼 있습니다. 청나라 베이징 외교부에서도 미리견의 태도가 심상찮다는 자문(咨文: 외교문서)을 조선에 보내왔습니다."

어재연은 김 대감이 꺼내놓은 말뭉치 속에서 희끄무레한 가닥

하나를 잡았다.

"그렇다면 미리견 놈들의 조선 침공이 이미 시작됐다는……."

"그렇게 판단하고 있습니다. 다만 언제 총포를 쏘아대며 공격해올지 그 날짜만 모를 뿐입니다. 먹장구름은 이미 조선 하늘에 자욱하고 장대비 쏟을 일만 남겼습니다. 화승총 하나로 서양오랑캐에 또 맞서야 한다는 사실이…… 숨통을 좁니다."

"……."

멀리서 딱딱, 나무 방망이 부딪는 소리가 났다. 삼경 순라군이다. 김병국 대감이 화들짝 놀라며 옷매무새를 고쳤다. 내내 경직돼 있던 얼굴에 웃음이 잠시나마 퍼졌다.

"허허허, 야밤토록 무례한 짓을 했소이다. 혼자 떠들고 허튼소리나 뇐 소생을 너그럽게 봐주십시오. 내일 아침 기침하시면 조반을 드시고 푹 쉬셨다가 천천히 떠나시지요. 하직 인사는 여기서 미리 나누고, 번거롭게 소신을 따로 찾지 않으셔도 됩니다."

반백 상투를 튼 남자 둘이 주안상 옆에 꿇어앉아 머리가 방바닥에 닿게 작별 인사를 했다. 관노비들이 주안상을 거두어 가고 아랫목에 하얀 무명 홑청으로 시친 요를 깔았다. 반쯤 제 살을 태운 황초가 종유굴 석순 같은 촛농을 치렁치렁 매달았다.

촛불을 껐다. 이불을 얼굴까지 덮었으되 달아난 잠은 쉽게 잡히지 않았다. 술기운 탓만은 아니었다. 자리끼를 한 대접 다 들이켰지만 두 눈은 오히려 말똥거렸다. 더듬더듬 손을 뻗어 윗목의 화승총을 끌어당겨 옆에 뉘었다. 보자기에 싸인 총신을 어루만졌다. 쿵쿵 가슴 고동이 울렸다. 어재연의 몸통에서 나는 소리가 아니었다. 화승총이 벌떡거렸다.

이천 본가에 도착한 것은 삼군부 청사를 출발한 다음 날 정오경이었다. 동구 밖 정자나무가 누렇게 마른 잎사귀를 매달고 있다가, 어재연이 탄 대마가 곁을 지나자 낙엽 몇 개를 팔랑팔랑 떨어뜨렸다.

집 마당에 들어서자 친정 나들이 갈 때나 차려입던 화사한 비단 옷으로 단장한 아내가 종종걸음으로 반겼다. 세월은 아내의 얼굴에도 밭고랑 주름을 파놓았다. 아내는 분가루도 지우지 못하는 눈가의 주름살을 겹겹이 그으면서도 새색시보다 뽀얀 웃음을 머금었다.

함종 어씨 대소가 사람들이 어재연의 귀향 소식을 듣고 앞서거니 뒤서거니 몰려들었다. 동생 재순 내외가 엎드려 절을 했다. 관직을 맡았답시고 동생에게 고향을 맡긴 채 지금껏 부평초처럼 떠돌았던 지난 세월이 민망했다.

열여섯 살인 양아들 병선이 큰절을 했다. 청년의 티가 물씬한 병선은 아우 재순의 둘째 아들이다. 심성이 착해서 양아비가 팽개친 고향 땅 논밭을 제 혼자 힘으로 건사하고 홀로 사는 양어미의 수발까지 든다. 청운의 뜻도 접고 집안일 건사에만 힘 쏟는 양자 병선에게 어재연은 차마 내가 네 아비입네, 눈 마주치고 나설

용기가 없었다.

고향집은 언제나 아늑해서 30년 객지 생활마저 하룻밤 사이인 양 지워버리고 어재연을 포근히 감싸 다독였다. 대청마루에 걸터앉아서 굽어보는 저 멀리 이천의 나지막한 산 능선과 판판한 들대가 갈옷을 입고 멀거니 서 있었다. 그가 나고 자란 곳이며 안마당처럼 뛰어다녔던 산과 들임은 분명했으나 가슴에 선뜻 다가오지 않고 낯설었다.

김병국 대감과 야심토록 나눴던 이야기의 찌꺼기들이 아직도 그의 머릿속에 옹골지게 박힌 탓이다. 고향집 대청마루에 앉은 남편이, 마치 낯선 땅 객사의 빈방에 들른 길손처럼 쭈뼛거리자 아내는 갓도 벗지 않고 무얼 그리 두리번거리냐며 눈을 흘겼다. 속내를 들킨 것 같아 괜히 멋쩍었다.

"이천 들판은 온통 황금 나락이네. 올 농사는 어거리풍년 들겠소. 허허허."

누런 흙바람이 일던 회령의 가문 논을 떠올린 듯 어재연이 허허롭게 웃었다. 회령에서 기다린 것은 소나기였으되 다가올 장대비는 조선을 집어삼킬 홍수였다.

6장
출항(出航)

워싱턴 D. C.

1871년 2월 2일, 목요일 아침. 해군성 본부에 대기하던 아시아 함대(Asiatic Squadron) 사령관 존 로저스(John Rodgers) 소장이 전문 한 통을 받았다.

'오후 3시까지 국무부 회의실에 출석하시오.'

로저스는 올 것이 왔구나, 주억거렸다. 해군성 수뇌부와 조선 원정 함대의 운용에 관한 협의를 가진 뒤 장관과 함께 점심식사를 마치고 곧장 마차를 불러 국무부 청사로 향했다. 회의실의 문을 열자 그에게 예닐곱 명의 시선이 한꺼번에 몰렸다. 워싱턴 정가를 휘어잡고 있는 거물들의 면면이다.

국무장관 피시(Hamilton Fish)와 보좌관 데이비스(Davis)가 첫 눈에 들어왔다. 놀랍게도, 병치레 중인 칠순의 전임 국무장관 월

리엄 수어드(William H. Seward)가 지팡이를 의자 옆에 걸치고 꼿꼿한 자세로 앉아 있었다. 수어드는 미합중국 대통령만큼이나 무게 있는 워싱턴 정객이다. 로저스 소장이 전·현임 국무장관에게 목례를 하고 자리에 앉자 회의를 주재한 피시 국무장관이 용건부터 꺼냈다.

"율리시스 그랜트(Ulysses Simpson Grant) 대통령 각하의 조선 원정 재가가 막 떨어졌습니다. 아시아 함대 사령관 존 로저스는 오늘 자로 함대 지휘관으로 임명됐습니다. 2월 19일 뉴욕 항만의 해군 부두에서 기함이 출항합니다. 조선과 통상조약 체결에 관한 외교 업무는 대통령 전권 공사 프레드릭 로(Frederick F. Low)가 담당할 것입니다. 원정 배경에 관한 대외비 사항은 국무부의 아시아 담당관이 로저스 제독에게 따로 브리핑할 것입니다. 병력과 함대의 무장에 보강할 부분이 있다면 해군성과 협의하고 지원받기 바랍니다."

로저스 소장이 자리에서 일어나 복명했다. 진즉에 마음의 준비를 갖췄던 터라 새삼스럽지는 않다. 로저스는 지난해 8월 20일, 싱가포르에서 전임 아시아 함대 사령관 로언(Stephen C. Rowan)으로부터 업무를 인수받고 조선 원정에 대비해 왔다.

중국의 산둥반도 얀타이(烟台)항 관내인 즈푸에 주둔한 아시아 함대는 순양함과 포함 9척을 보유했고 거기에는 함포 97문이 장착됐다. 해병대를 포함하여 1,500여 명의 미군병사도 그곳에 주둔했다.

로저스 제독은 1870년 11월, 베이징에 들러 상하이 총영사 수어드(George F. Seward)와 베이징 주재 로 공사를 만나 조선 원정문제를 협의했다. 그 자리에서 '1871년 5월 1일에서 15일 사이 일본에 나가사키 항에서 원정 함대를 출항 시킨다'는 합의를 했고 그 이후엔 병력동원과 무장, 병참계획을 꼼꼼하게 준비했다.

조선 원정은 미국 의회나 군부, 행정부가 작심하여 계획한 침략전쟁이 아니었다. 해외영토와 통상거점을 확대해야 함을 집요하게 고집했던 몇몇 골수애국자들이 끈질기게 물고 늘어진 결과였다. 그 계기는 1866년 여름, 대동강에서 배가 전소되고 선원들이 참수된 제너럴셔면호 사건이었다.

사건 직후 상하이 주재 미국 총영사 조지 수어드가 즉각 '제너럴셔면호는 영국회사의 임대선박이지만 소유주는 미국인이며 그 배에 탄 미국시민들이 재판과정도 거치지 않고 참수 당했다'고 미국 의회에 보고했다. 수어드 총영사는 '이참에 원정 함대를 조선에 파견하여 조선 조정을 무력으로 압박해서라도 통상수호조약을 맺어야한다'고 강력하게 밀어붙였다.

평양 군관민에 의해 참수된 제너럴셔면호의 선원은 24명이었다. 그 가운데 미국인은 선주와 일등항해사 단 2명에 불과했지만, 총영사 조지 수어드는 발끈하여 조선이 미국정부와 미국인을 능멸한 대 사건으로 몰아부쳤다.

총영사에게는 막강한 정치적 배경이 있었다. 미국의 대통령 다음가는 실세, 윌리엄 수어드 당시 미 국무장관이 그의 삼촌이었다. 삼촌과 조카 수어드는 조선과 관련된 문제만큼은 찰떡처럼 붙어서 한 목소리를 냈다.

미국 의회가 제너럴셔먼호 사건을 잊을 만하면 다시 꺼내기를 반복하다가, 1868년 4월 의회의 정식 안건으로 상정하여 원정 함대 출정에 관한 법안을 가결시켰다. 원정 함대의 출항은 18대 대통령 선거 문제로 잠시 주춤하였다가, 1869년에 그랜트가 대통령에 당선되면서 급물살을 탔다.

윌리엄 수어드의 후임인 피시 국무장관은 1870년 4월 20일, 조선 원정이 명기된 대통령의 연차 외교훈령을 베이징 주재 로ㅇㅅ시셰에 ㅛ내시 '了교요 튱해 미국군의 워정을 조선 왕실에 통보하고, 즉각 수호통상협상에 나설 것을 촉구하라'고 지시했다.

수어드의 거미줄

국무부 회의를 마친 로저스가 자리를 뜨려하자 전임 국무장관 윌리엄 수어드가 손을 번쩍 들고 쉰 목소리로 외쳤다.

"제독, 잠깐만 봅시다!"

지팡이에 의지해 겨우 일어나는 그의 몰골은 피골이 상접해 있었다. 조선 원정이 얼마나 중요했으면 노환에다 중병을 앓는 수어드가 국무부 회의장까지 달려왔을까. 수어드의 말투가 단호했다.

"명심해야 할 일이 있습니다. 이번 원정에서 조선과 통상조약을 체결하는 일이 실패할지도 모릅니다. 그러나 결코 빈손으로 돌아와서는 안 됩니다. 이웃나라인 일본과 중국은 이미 통상협정을 맺어 미국에 고분고분한데, 유독 조선만 까칠하기 그지없습니다. 통상조약을 맺지 못한다면, 미국 선박이 조선해역을 자유롭게 항행할 수 있는 권리와 선박 좌초 시 미국 선원을 구조한다는 약속 정도는 문서로 꼭 받아와야 합니다."

미국이 아시아의 동쪽 구석에 박힌 조선에까지 원정 함대를 보내는 데는, 신생국 미국이 독립 이후 마치 국교처럼 신봉하고 추진했던, 소위 팽창주의 정책(Expansionist Policies)이 기조에 깔려 있었다.

미국은 독립한지 불과 20여 년 만인 1803년에 광활한 루이지애나 땅을 프랑스로부터 구입하여 영토에 포함시켰다. 그 이후로 군대를 동원한 무자비한 영토 확장에 나섰다. 멕시코 영토였던 텍사스에 정착한 미국 이주민들이 1836년부터 무장 독립운동을 벌였고 결국은 굴러온 돌이 박힌 돌을 빼내듯 텍사스를 미국 영토에 편입시켰다.

마음먹은 대로 국토가 확장되자 고무된 미국 국민들은 집단 최면에 빠졌다. 신의 계시로 말미암아 미국이 세계를 모두 집어삼켜야 마땅하다는, '명백한 운명(Manifest Destiny)'을 종교처럼 신봉하기 시작했다. 1846년 멕시코와 전면전쟁을 벌여 3년간의 살육전 끝에 기어이 멕시코를 무릎 꿇린 것도 미국 국민들에게는

신의 뜻이었다.

전쟁 배상금을 갚을 능력이 없는 멕시코로부터 캘리포니아와 뉴멕시코, 네바다와 유타, 애리조나에 이르는 거대한 영토를 빼앗았다. 북미대륙 동쪽의 대서양 한 구석에서 머물렀던 미국이 어느 사이 태평양 연안까지 국토를 확장했다. 남북전쟁이라는 내전의 홍역을 치르고 난 뒤 통일미국은 더욱 강력한 영토확장 정책을 밀고나갔다. 이번에는 지구촌 전체로 눈을 돌렸다. 거기에 앞장 선 인물이 바로 국무장관 윌리엄 수어드였다.

미국 군함을 오대양 곳곳의 주인 없는 섬에 상륙시켜 성조기를 꽂았다. 덴마크령 버진 군도와 에스파냐령 도미니카공화국 사마나와 파나마, 태평양의 하와이까지 미국 영토에 편입시켰다. 선봉장 수어드는 걸핏하면 의회 단상에 올라가 미국이 세계로 뻗으려 해도 위로는 북극의 빙하가 가로막고, 태평양에는 동양의 쇄국 전제국가들이 발목을 잡는다며 투덜거렸다.

수어드의 영토 욕심은 알래스카의 편입에서 절정을 맞았다. 1867년, 러시아를 구워삶아 조선 땅의 일곱 배나 되는 알래스카 주를 단돈 720만 달러에 사들였다. 미국 국민은 드넓은 알래스카 땅을 '수어드의 냉장고'라 불렀다.

동아시아를 무력으로 통제하고 미국의 지배하에 두기 위한 마지막 조치가 신미년 초여름의 조선 원정이었다. 조선을 미국의 손아귀에 휘어잡는 것마저 그들의 명백한 운명이요, 신의 계시였다. 조선 침공 계획의 씨줄과 날줄은 수어드가 촘촘하게 얽어왔던 거미줄 가운데 하나였다.

석탄과 고래, 거문도

국무부 회의실을 빠져나오던 로저스가 저도 모르게 혀를 끌끌 찼다. 동쪽 아시아의 나라들이 왜 자신의 운명 앞에 덫을 놓고 있는 건지 참으로 의아했기 때문이다. 해군성으로 돌아가는 마차에 오르던 로저스는 그의 의중보다 더 칙칙한 구름에 덮여 있는 워싱턴 D. C.의 하늘을 멀거니 올려다봤다.

해군성에서는 아시아 통으로 꼽히는 로저스 제독이다. 1828년 해군사관학교를 졸업하고 지중해 함대에 배속되면서 트리폴리 전쟁도 치렀고 항로 개척 함대에 승선하여 북태평양 측량 임무도 수행했다. 그가 아시아와 인연을 맺은 것은 대위 시절인 1853년, 동인도 함대 사령관 페리(Matthew C. Perry) 제독의 일본 원정에 참여하면서였다.

로저스 대위는, 함포의 위력으로 일본을 무릎 꿇리고, 미국의 입맛에 맞게 일본의 항구를 무력으로 개항시킨 과정 모두를 하나 빠짐없이 지켜보았다. 그때 로저스가 지휘했던 측량함대는 일본 열도의 연안측량 임무를 부여받고 오키나와에서 시모다(下田)와 하코다테(函館)에 이르는 섬나라 전체 해역을 2년간 탐사했다.

1855년에 중령으로 승진한 로저스는 해군성 일본국장으로 발령 받아 6년간 워싱턴 D. C.에서 육상 근무를 했다. 남북전쟁이 발발하면서 연방해군(Union Navy) 소속으로 미국 최초의 철갑 함선 함장을 맡아 참전했고, 종전과 동시에 준장으로 승진하여 보스턴 해군기지 사령관으로 영전했다. 1869년 12월에 소장으로 승진하면서 아시아 함대 사령관을 맡아 다시금 동아시아와 인연을 잇댔다.

그는 일본에 대해서는 어느 정도 안다고 할 수 있었으나 곧 원정을 떠날 조선이란 나라에 관해서는 눈 뜬 장님이나 다름없었다. 일본열도와 가깝고 텍사스 주의 3분의 1도 안 되는 자그만 나라라는 것이 그가 아는 소신에 관한 지식의 전부였다.

원정이 확정된 이후에 이리저리 눈동냥한 정보도 사실 별 게 없었다. 독재왕권이 쇄국을 고집하고 있으며 대외무역의 대부분이 청나라와 이루어진다는 것 정도인데, 그런 사정은 당시의 조막만한 아시아 나라들이 모두 같은 형편이었다.

국무장관으로부터 원정 임무를 부여받은 다음 날, 해군성에 들른 국무부의 동아시아 담당관이 조선 원정에 따른 대외비 사항을 로저스 제독에게 브리핑했다. 담당관의 첫 마디가 단호했다. 원정 목적은 제너럴셔먼호 사건의 응징이 결코 아니며 전적으로 조선이란 나라가 가진 전략적 가치 때문이라고 강조했다.

"우리가 남북전쟁에 시달리는 동안 유럽이 아시아 진출을 선

점하고 말았습니다. 미국은 이제 영국이나 프랑스는 물론 심지어 러시아에게도 밀리는 형편입니다. 마지막으로 남은 동아시아 진출의 기회가 바로 조선입니다. 조선을 얻지 못하면 아시아 대륙은 영원히 포기해야 할지도 모릅니다. 어떤 수를 써서라도 조선 땅에 미국 함대 주둔 군항이나 기항지가 설치되고 또 양국 간 통상협정이라는 명목상의 수교가 이뤄져야 합니다."

대외비밀이라는 붉은 도장이 박힌 문건이 로저스에게 건네지고 담당관은 조선의 전략적 가치를 세 가지로 요약하여 차분히 설명했다. 그것은 석탄과 고래(鯨) 그리고 남해안의 섬 거문도였다. 그가 수집하고 요약한 조선에 대한 정보는 폭이 넓고 깊이도 충실했다.

"미국의 아시아 함대가 당면한 과제가 바로 석탄 보급기지의 확보입니다. 조선에다 미국 선박이 석탄을 공급받는 전용기지 두어 군데만 마련하면, 중국과 일본 전역을 우리 해군 함대의 작전 사정권에 넣을 수 있습니다. 국무부는 이미 조선의 지질조사를 마쳤고, 국토 대부분이 노년기 산악지형이어서 석탄 채굴이 용이하다는 결론에 도달했습니다."

석탄을 때서 증기터빈을 돌려 함선을 움직였던 당시 사정으로는 꽤나 중차대한 문제였다. 이미 확보한 중국과 일본의 해군기지와 기항지를 뻔질나게 오가려면, 중간 석탄 보급기지를 조선에 두는 문제는 선택이 아닌 필수사항이었다.

석탄만큼 중요한 것이 고래라고 했다. 고래의 두터운 지방층은

값싸고 질 좋은 마가린과 비누 그리고 화장품의 원료가 된다. 또 고래 기름은 도시의 밤을 밝히는 등잔유와 양초로 쓰였고, 심지어 뼈마저도 조각 재료나 여성 속옷 코르셋의 심(芯)으로 썼다.

신흥 강대국 미국은 포경어업에서도 세계의 선두를 달렸다. 우후죽순처럼 불어난 포경선들이 항구마다 빼곡했으며 그들은 남극에서 북극까지 전 세계 바다를 누볐다. 인적이 드문 해변 곳곳에는 으레 포경회사의 고래 몸통 해체장이 들어섰고 기름을 짜는 역한 냄새가 진동했다.

미국 포경선이 좋아했던 고래 가운데는 조선의 동해안을 회유하는 수염고래 종류로 무게가 무려 40~50톤에 달하는 귀신고래란 좀이 있었다. 이 귀신고래란 짐 하나로도 깜짝할 수입이 보장되는 터여서 미국 포경선의 조선 동해안 출몰은 일상 다반사였다.

한번 출항한 포경선은 망망대해에서 몇 달간 고래와 사투를 벌인다. 식수와 식량을 보충하거나 선원이 휴식을 취할 안전한 해변이 절실했다. 일본 해안에 미국 포경선 한 척이 난파했을 때, 바쿠후가 민간인 접근 금지 명령을 내리는 바람에 해변에 고립된 미국 선원들이 고스란히 굶어죽은 적이 있었다.

이참에 조선 조정과 협정을 체결하여 미국 난파선원을 안전하게 보호해 주고, 좀 더 욕심을 부린다면 귀신고래를 좀 더 많이 잡기 위해 조선 동해안의 항구 하나쯤에 미국의 포경어업 전진기지를 설치하는 것이 미국의 희망사항이라 했다.

아시아 담당관이 잠시 숨을 고르더니, 미리 준비해 왔던 조선의 남해안 지도를 펼쳤다. 그가 손가락으로 제주도와 육지 사이의 섬인 거문도를 찍고 이웃 일본과 중국도 가리켰다.

"이 거문도가 세 번째 원정 이유입니다. 특히 해군성이 거문도에 관심을 집중하고 있습니다. 미국의 새로운 아시아 해군기지로서 최적의 요건을 두루 갖췄기 때문입니다."

거문도는 여수와 제주도 사이 남해안 바다 한가운데에 위치했다. 서너 개의 섬이 동그랗게 감싼 내해는 외부의 바람과 파도를 잠재우는 천혜의 항만이다. 거문도는 동아시아 삼국을 잇는 한가운데에 위치한 덕분에 19세기 초반부터 서구열강들이 군침을 흘렸다.

처음 거문도에 전함을 보낸 나라는 영국이었다. 1848년에 한 달간이나 무단점거하고 답사한 끝에 2권짜리 탐사보고서를 발행했다. 그들은 거문도가 자국의 식민지라도 되는 양, 당시 영국 해군성 차관의 이름을 붙여 해밀턴 항(Port Hamilton)이라 작명하고 서방에 소개했다.

부동항을 찾아 조선 해변을 기웃거렸던 러시아도 1854년 4월에 푸차친(Putiatin) 해군 제독이 전함을 끌고 와 거문도 점거소동을 벌였다. 러시아는 조선 조정에 개항을 요구하다가 제풀에 지쳐 철수하고 말았다. 그 후 미련을 버리지 못한 영국이 1859년에 또다시 전함 도브(Dove)를 보내 거문도를 일시 점령했다.

1867년에는 미국도 거문도 현지답사를 마쳤다. 제너럴셔먼호 사건을 조사한다는 명목으로 파견한 미국 전함 와추셋(USS Wachusetts)에는 생물학자 비크모어(Bichmore)가 승선하여 거문도를 답사, 미국의 해군기지 전용에 관한 타당성 조사를 마쳤다.

와츄셋 함선의 슈펠트(Robert W. Shufeldt) 함장은 비크모어가 작성한 거문도 탐사보고서를 해군성에 제출하면서 '해안의 조류가 완만하고 미국 해군 함정이 접안 가능한 최소 11피트(3.3미터)의 수심을 확보한데다가 섬 면적이 3,000에이커(약 360만평)로 제법 넓고, 한겨울에도 영상 기온을 유지하여서 해군 장병의 휴양시설 구축에도 최적지'라고 평가했다.

동아시아 담당관은 '조선에서 가장 탐나는 물건이 어쩌면 거문도일지노 모른다고 했다. 'ㄴ ㅗ낀 인기로 뷰해 미국이 대원군을 확실히 굴복시킬 수만 있다면 이미 선수를 쳤던 영국과 러시아를 따돌리고 미국이 거문도를 독차지할 수 있을 것이라고 강조했다.

"잠깐만."

로저스 제독이 갑자기 손을 휘저으며 브리핑의 허리를 잘랐다.

"혼란스럽소. 함대를 끌고 조선까지 원정 가는 목적은 오로지 하나, 무력시위로 조선 왕실을 굴복시키고 통상수호조약 체결 분위기를 조성하는 걸로 아는데…… 당신의 설명을 곧이곧대로 듣다보니, 조선을 몽땅 집어삼키지 않고서야 어떻게 그 목적을 다 달성할 수 있겠소. 조선의 국방력이 아무리 빈약하다한들 미국 전함 몇 척이 가서 인구가 천만 명이나 되는 나라와 전면전을 수행한다는 것은 진정으로 불가능한 일이오!"

담당관이 알듯 말듯 묘한 웃음을 입가에 머금었다.

"세상의 모든 나라들이 눈을 빠히 뜨고 지켜보는 와중에, 그 어떤 이유로든 전면전은 불가합니다. 조선 조정을 협박하는 무력 행사는 오로지 국지전만 가능합니다. 또 하나 명심할 사항은, 제너럴셔먼호 사건을 앞세워 선제 포격을 감행하면 절대로 안 된다는 것입니다."

상반되는 전투 조건들이 두서없이 나열되자 제독이 벌컥 짜증을 냈다.

"그건 또 무슨 말이오. 제너럴셔먼호 사건의 응징 명분도 내걸 수 없다니, 도대체 나더러 어떡하라는 말이오……?"

동아시아 담당관이 갑자기 정색을 했다.

"사실 제너럴셔먼호는 미국 상선이 아닙니다. 미국 전함 제너럴셔먼호는 남북전쟁에서 북군 전함으로 쓰였다가 퇴역하고 1868년에 민간회사인 윌리엄 웰(William F. Well Co.)에 불하돼 지금은 미국의 내륙수로 운송선으로 쓰이고 있습니다. 다시 말씀드리지만, 제너럴셔먼호는 미국 바깥을 나가본 적이 없는 선박입니다."

담당관은 숨이 차오르는 듯 말을 끊더니 컵에 담긴 물을 단숨에 비웠다.

"평양에서 불탄 가짜 제너럴셔먼호는 선주가 미국인일 뿐 영국 민간 회사의 임대 선박입니다. 그들은 조선의 입국허가도 받

지 않고 대동강을 거슬러 올라갔다가 화를 당했습니다. 제너럴셔
먼호에 승선했다가 참수당한 미국 선원들도 선량한 미국시민이
아니었습니다. 그들이 무역을 핑계대고 중국 해안 일대를 돌며
해적질을 했다는 사실은 중국 외교가가 다 아는 공공연한 비밀입
니다. 1867년에 슈펠트 제독이 제너럴셔먼호 현장조사를 마치고
돌아와 제출한 보고서에도 그렇게 밝혔습니다."

로저스가 한숨에 탄식을 섞어 웅얼거렸다.

"이건 뭐, 도대체 뭐가 뭔지 정신을 못 차리겠소!"

아시아 담당관이 브리핑을 중단하고 로저스의 표정만 살폈다.

"무력을 마음대로 사용할 수도 없고, 그럼에도 불구하고 조선
□□□ □□□□□ □□ 따이 느르자위는 죄다 거머쥐어야 하
고…… 재량권은 쥐꼬리인데 임무는 코끼리 덩치만하고! 원정 함
대 사령관에게 국무부가 바라는 것이 뭔지, 툭 까놓고 이야기를
해주면 오히려 마음이 편하겠소. 참으로 난감하오……."

대외비 브리핑은 두 시간을 넘게 잡아먹고서야 끝이 났다. 동
아시아 담당관이 결론이라도 짓듯 브리핑을 요약했다.

"단숨에 조선 조정이 굴복할 강한 한 방이 필요합니다. 다소
무리가 따르더라도 조선 조정만 철저히 굴복시키면 미국 의회도
눈을 질끈 감을 것입니다. 자잘한 주먹으로 시간을 끌었다간 죽
도 밥도 안 된다는 사실을 명심해야 합니다."

떫은 감을 씹은 표정이던 로저스가 자리를 일어서자 담당관이

다가왔다. 그가 애매한 미소를 짓더니 로저스에게 귀엣말을 소근 거렸다.

"조선을 위해서라도…… 이번 원정은 꼭 성공시켜야 합니다."

로저스가 듣든 말든 한쪽 눈까지 찡긋거리며 그의 이야기는 계속됐다.

"국무부가 동아시아 진출을 결정하면서 간단하게나마 나라별 국민성을 분석해본 적이 있습니다. 그 결론은 동아시아인 가운데 조선인이 심신양면에서 가장 뛰어난 인적자원이라는 것이었습니다. 기왕에 아시아 진출을 도모하는 미국이고 앞으로도 아시아를 원한다면, 미국은 당연히 그들과 손잡아야 마땅합니다."

로저스가 한숨을 들이쉬고 내쉬었다. 코딱지만 한 조선이라는 나라가 로저스의 가슴을 왜 이리 답답하게 만드는지 모르겠다. 그가 맞닥뜨릴 조선은 수수께끼로 뒤엉켜 꼬투리가 잡히지 않는 실몽당이였다. 선택만 할 수 있다면 지금이라도 당장 조선 원정을 포기하고 싶었다.

총들의 승선

로저스의 1871년 2월은 눈코 뜰 새 없이 바빴다. 해군성 장관 로브슨(George M. Robeson)의 지휘 아래 조선 원정 함대 규모를 최종 확정하는 데만 꼬박 일주일을 시달렸다. 5년 전에 이미 조선 원정을 시도한 프랑스의 도움을 요청하고자 워싱턴 주재 프랑스 대사도 만났다.

프랑스 대사는 조선이라는 말만 듣고서도 넌더리를 내며 깐깐한 왕실과 지독한 사람들이 사는 나라라고 고개를 절레절레 저었다. 프랑스측은 침공 당시 조선 연안을 정밀실측한 해도와 강화도의 작전일지는 제공할 수 있으나, 프랑스와 연합군을 구성하자는 말은 꺼내지도 말라며 미리 못을 박았다.

조선 원정 밑그림이 완성됐다. 전함 5척에 1,000명이 훨씬 넘는 병력이 승선할 예정이다. 기함은 남북전쟁에서 활약한 3,400톤급 순양함 콜로라도(USS Colorado)로 확정됐고 제독과 전권공사, 시휘관이 승선하기로 했다. 애벌대 쿠퍼(Cooper) 대령이 함장을 맡았다.

중국 즈푸에 정박 중인 2,400톤급 호위 순양함 알래스카(USS Alaska)와 베니시아(USS Benicia)는 기함의 좌우를 받치며 해군 중령 블레이크(Blake)와 킴벌리(Kimberly)가 각각 함장을 맡았다.

순양함 세 척에 거치된 함포는 무게만 10~20톤에 달하고 포탄이 100~200킬로그램을 넘나드는 대구경 화포다. 기함에는 포구경 8인치(203밀리미터)에서 10인치(254밀리미터)에 이르는 함포 42문이 장착됐다. 호위 순양함에는 60파운드(포탄 무게: 28킬로그램) 함포에서 포 구경 11인치(280밀리미터) 함포까지 각각 22문이 거치됐다.

조선 해안진지를 근접 포격할 중소형 포함 2척도 편제됐다.

1,370톤급의 모노캐시(USS Monocacy)와 420톤급 포함 패로스 (USS Palos)로 해군 중령 맥크리(McCrea)와 라크웰(Rockwell) 중위가 각각 함장을 맡았다. 패로스 함은 조선과 중국의 즈푸 항을 오가는 연락선 노릇도 맡았다.

조선의 서해안은 개펄이 발달한 리아스식 해변인데다 최대 간만의 차가 9미터에 이르러 대형 함정의 접안이 불가능하다. 덩치 큰 배가 연안 가까이 항해했다간 자칫 개펄을 올라타는 곤경에 빠질 수도 있었다. 기함 콜로라도는 대형함선답게 흘수(吃水)가 7미터에 가까웠고 호위순양함 2척도 5미터가 넘었다. 그 배들은 수심이 확보된 먼 바다에 떠있어야 했다. 해안에 근접하여 포격전을 벌일 주인공은 흘수선이 2미터 내외인 중소형 포함이 맡게 될 것이었다.

포함 모노캐시는 60파운드 함포 2문과 8인치 구경 함포 4문을 달았다. 패로스도 24파운드(포탄 무게: 11킬로그램)짜리 활강 곡사포 4문에다 같은 포탄을 쏘는 강선 곡사포 2문을 장착했다. 해변에 밀집한 조선 포대와 돌이나 흙무더기 요새들은 언제든지 가까이 다가가 박살낼 수 있었다.

모노캐시함은 1866년 미국에서 건조돼 곧바로 일본 해역에 실전 배치됐다. 일본 효고 현과 오사카 만의 연안, 나가사키와 오사카 사이의 얕은 바다를 발바리처럼 쏘다니며 미 해군의 궂은일을 도맡아 '해군 인력거'라는 애칭이 붙었다.

미국 함선은 증기 엔진으로 움직인다. 순양함 3척은 선미 스크루를 돌려 추진하며 포함 2척은 외륜선으로 큼지막한 물레방아(外車)를 좌·우현에서 돌려 추진했다. 전함에는 증기 범선(cutters) 단정과 무동력 구조선(whaleboat) 보트가 딸려 병력이나 보급품을 해안으로 실어 나르는 종선 역할을 맡았다.

원정 함대에 승선하는 상륙 전투병은 650여 명으로 확정됐다. 포병대가 포함된 해군 전투병 9개 중대 542명에다 해병대원 109명으로 편성됐다. 상륙군은 라이플로 무장한다. 해군 전투병의 제식화기는 레밍턴 롤링블록 50구경 해군용 카빈 소총(Navy carbine)이다. 남북전쟁 당시 북군의 육군이 썼던 소총을 후장식 실탄 장전과 뇌관충격 방식으로 성능을 개량한 라이플이다.

해병대원은 공격의 선봉에 서므로 사거리가 더 먼 스프링필드 머스켓(Springfield Muskets)과 네이비 플리머스(Navy Plymouths)로 무장했다. 이 총들도 남북전쟁 당시 북군 제식화기였으며 후장식 실탄 장전 형으로 개량된 라이플들이었다.

소총 탄두는 유선형 미니에 볼(Minie Ball) 납 탄환이다. 병인년 양요 때 프랑스군이 썼던 미니에 탄환을 개량시켜 화약폭발 압력을 더욱 높인 고속회전 탄두다. 탄두 아랫부분에 서너 개의 홈 줄을 내고 탄두 뒤쪽을 오목하게 파서, 약실의 폭발 압력을 최대한으로 끌어올린 탄환이다. 미니에 볼은 곧고 빠르게 뻗어서 1킬로미터를 넘게 날아갔다.

미군의 라이플 탄환이 300미터 안쪽의 조선군 엉덩이를 맞출 경우 그 단단한 골반뼈가 산산히 조각나고 만다. 미니에 탄두는 인체에 파고들며 주변부까지 심각하게 훼손하여 엄청난 출혈을 동반한다. 피탄 부위 주변의 피부는 납중독으로 인해 시퍼렇게 괴사했다. 남북전쟁 당시 북군이 승리한 전장에는 남부군의 사체에서 쏟아진 피가 바닥에 고여서 썩는 냄새로 말미암아 인근 주민들은 코를 틀어막아야 할 정도였다.

사람 팔다리에 미니에 볼 탄환이 박히면 피탄 부위가 썩기 전에 잘라내야 목숨을 건졌다. 남북전쟁 당시 군의관의 필수 수술 장비가 마취제 클로로포름과 사지 절단용 톱, 작은 도끼였다. 남북전쟁은 미니에 볼을 끝까지 고수한 북군의 승리로 돌아갔으며 60만 전사자와 18만 명의 사지절단 상이군인을 만들어냈다.

함포 포탄도 미니에 볼 못잖게 섬뜩했다. 19세기 중반 러시아가 처음으로 충격 신관과 화약을 결합한 작렬 포탄을 만들었고 미국은 남북전쟁을 거치면서 더욱 정밀하게 성능을 개량했다. 사람 몸통만 한 포탄은 집 몇 채를 순식간에 박살내고도 남았다.

암스트롱 야포 7문도 원정 함대에 실었다. 프랑스에서 발명된 강선 포신을 장착하여 12파운드(5.4킬로그램)의 작렬 포탄과 유산탄을 1.3km까지 투발한다. 이 야포는 남북전쟁 당시 북군이 무장하여 남부연맹 병사들을 무참하게 살상한 주범으로 악명을 떨쳤다.

조선 원정 함대에 실린 무기들이 당대 세계최고의 살인병기임은 두말 할 나위가 없었다. 남북전쟁을 통해 검증되고 더욱 흉포하게 개량된 무기였다. 개인화기와 화포류의 최종점검을 마친 로저스 제독은 매우 흡족했다. 18년 전 일본 원정 당시의 미군 무장과 비교해도 월등했다.

땅덩이나 인구와 국력을 단순 비교할 때 조선이라는 나라는 당연히 일본의 한 수 아래다. 하찮은 조선 왕실 하나를 굴복시키려고 최정예 미국 함포와 야포를 바리바리 동원하고 거기에다 세계에서 제일 용감하다는 미국 해병대까지 가득 싣고 가지 않는가! 로저스의 입꼬리에서 뿌듯한 미소가 그어졌다.

신미년 2월 13일, 로저스 제독은 매고어 장관에게 출정준비 완료를 보고했다. 이어서 화이트하우스를 예방해 그랜트 대통령에게 조선 원정 신고를 마쳤다. 남북전쟁 당시 링컨 대통령이 북군의 총사령관으로 임명했던 그랜트는 전쟁 막바지에 남부군 연맹의 로버트 리 장군이 지휘하는 북 버지니아 군을 집요하게 몰아붙여, 1865년 4월 9일 마침내 항복을 받아내 동족상잔의 전쟁을 끝내고 미국을 통일시킨 국민적 전쟁영웅이었다.

로저스는 해군성으로 향하는 마차에 오르며 부관에게 포토맥 강변 동섬 공원(East Potomac Park)을 거쳐서 해군성 집무실로 가자고 일렀다. 두 마리 말이 경쾌한 발굽 소리로 로저스를 포토맥 강변으로 데려갔다. 멀리 워싱턴 기념탑의 거대한 오벨리스크가 절반도 채 올라가지 못하고 어정쩡한 모습으로 공사가 중단된

채 서 있었다. 마차 창문너머의 포토맥 강변은 앙상한 가지만 쭈뼛한 복숭아나무가 줄지어 늘어섰다. 로저스가 나지막하게 탄성을 질렀다.

"아……."

16년 전 해군 중령으로 진급하면서 해군성의 일본담당 국장으로 임명돼 남북전쟁이 터질 때까지 워싱턴 D. C.에서 살았던 로저스다. 임관 이후 가장 길었던 육상근무기간이었다. 그때 복사꽃이 흐드러졌던 어느 봄날, 포토맥 강변공원에서 지금의 아내를 만났다. 만혼이어서 더 살가웠을까, 두 사람은 복사꽃이 흐드러진 이른 봄이면 어김없이 포토맥 강변을 찾았다.

남북전쟁이 발발하자 곧바로 함대 지휘관으로 발령이 났고, 지금껏 선상생활이 계속되면서 화사했던 포토맥 강변의 복사꽃을 더 이상 찾지 못했다. 그럼에도 불구하고 망망대해를 항해할 때마다 떠올리는 아내의 얼굴은 으레 복사꽃잎과 뒤섞여 있었다. 로저스가 중얼거렸다.

"조선 원정을 떠나기 전에, 저 스산한 나뭇가지에 꽃망울을 매달았으면……. "

워싱턴 D. C.는 겨울의 소매 끝자락을 붙잡고 있었다.

해군 중위 맥키

겨울 끝물의 뉴욕 항은 특히나 을씨년스럽고 거무튀튀한 데다

소란스럽고 지저분하다. 상선부두는 대서양 너머 유럽을 오가는 돛배 증기선(Schooner)이나 신형 철제 증기선(Steamer)으로 발 디딜 틈이 없다. 선석을 확보하지 못한 배들은 서로의 몸통을 마닐라 밧줄로 묶어서 끝없이 얽혔다.

신미년 2월 18일의 해거름에 큰 돛대를 세 개나 박은 미합중국의 순양함 콜로라도가 뉴욕의 해군전용 부두에 육중한 선체를 묶고 있었다. 해군 전투병이 줄지어 사다리 현문을 올랐다. 내일 아침 이 배는 지구를 반 바퀴나 돌아 일본의 나가사키로 향한다.

함선 지휘관 식당에서는 이른 저녁식사를 마친 간부 장교들이 쿠퍼 함장의 주재로 출항 전 마지막 점검회의를 가졌다. 총포의 탄약 예비량과 미곡, 빙식일 식내 생한 음료음 물론 대서양을 횡단하면서 뗄 석탄연료 적재까지 꼼꼼하게 체크했다.

저녁 8시를 조금 넘겨 병사들이 승선을 마쳤다. 기함은 싱싱한 미국의 스무 살짜리 병사들로 꽉꽉 채워졌다. 그들은 좁아터진 함선 복도에서도 지휘관만 마주치면 각 잡힌 부동자세로 서서 칼 같이 손바닥 날을 올려붙여 경례를 한다. 미국 해군의 군기는 2월의 뉴욕 바닷물만큼이나 차고 매섭다.

스물일곱 살 해군 D중대장 맥키(Hugh W. McKee) 중위가 중대원들의 점호를 마친 뒤 곧장 후미 갑판으로 올라갔다. 그는 마치 돌부처처럼, 몇 시간 째 깜깜한 먼 바다만 응시했다. 지나치던 사관이 말을 걸어보기도 했지만 아무런 대답이 없었다. 맥키는 누구라도 자신을 건드리기만 하면 곧장 주먹을 날릴 듯 살벌한 표정을 짓고 있었다.

사관생도 시절부터 맥키의 단짝이던 맥킬베인(McIlvaine) 중위도 해군 E중대장으로 기함 콜로라도에 승선했다. 맥킬베인은 혼자 있으려는 맥키의 심정을 누구보다 잘 알았다. 그는 지금 사랑의 열병을, 가슴이 미어지는 이별의 아픔을 되씹고 곰삭이는 중이었다. 사관 침실에서 이리저리 뒤척이는 맥킬베인의 머릿속은 온통 갑판 위를 서성이는 맥키의 환영으로 가득찼다.

'맥키, 이 불쌍한 녀석……'

기함에 승선하기 직전, 맥키 중위는 부둣가의 한 레스토랑에서 약혼녀와 만났다. 여느 출정 장병처럼 이별을 애틋해하는 만찬일 수도 있었다. 그러나 맥키의 약혼녀는 그날 마른하늘의 날벼락같은 파혼을 선언했다. 생소한 나라에 더군다나 언제 죽을지 모르는 전쟁터에 뛰어드는 남자와 장래를 약속할 수 없다는 것이었다.

하얗게 질린 맥키가 몇 번이나 그녀에게 매달려 통사정 했다. 전쟁은 금방 끝날 것이며 다시는 원정을 떠나지 않겠다고 맹세했다. 그러나 그녀의 쌀쌀맞은 절교선언은 끝내 요지부동이었다. 그녀의 사랑이 이미 자신을 떠나갔음을 절감한 맥키가 기어이 자리를 박차고 일어났다. 입을 굳게 다문 그는 뒤도 돌아보지 않고 부두로 걸어가 콜로라도 함에 올랐다.

그녀는 뉴욕의 사교계가 여왕으로 꼽기를 주저 않았던 미모의 금발 여성이었다. 맥키와 약혼하기 전에는 총각 사관들의 애간장을 무던히도 태우던 신데렐라였다. 2년 전 그녀가 맥키와 약혼한 다는 빅뉴스가 터졌을 때 동료 사관들은 하나같이 허탈해했지만, 한편으론 뉴욕 최고의 선남선녀가 만났다며 선선히 인정하고 박수를 쳐주었다.

맥키는 1861년 9월, 미국 전역의 엘리트 청년들이 지원했던 아나폴리스의 해군사관학교에 당당히 입학했다. 바다를 제패해야 강대국이던 시절, 해군사관학교 출신 장교는 바다 건너 숱한 외국을 다니며 경력을 쌓는 덕분에 전역 후에도 정치계는 물론 외교계의 요직을 차지했다.

그 시절 미혼 여성에게는 해군사관생도가 일등 신랑감이었다. 맥키는 호남형 얼굴에다 딴딴한 체격이었고, 거기에다 성격이 쾌활했으며 매너까지 좋았다. 사관생도 제복이 썩 어울렸던 맥키는 입학 이후 줄곧 사교계 여성의 데이트 신청이 줄을 이었다. 금발의 약혼녀도 생도 시절에 만났다.

맥키는 사관학교를 졸업하고 북대서양 함대의 기함 로드아일랜드(USS Rhode Island)에 승선했다. 그때까지만 해도 둘의 사랑은 남들의 부러움을 사기에 충분했다. 그러나 1870년 3월에 중위로 승진한 맥키가 아시아 함대 소속의 콜로라도 함에 배속되면서 삐끗거리기 시작했다. 북대서양 함대와는 달리 아시아 함대는 한번 승선하면 최소한 6개월은 생이별을 해야 했다.

망망대해와 마주하는 선상생활이 길어지며 그녀를 향한 맥키의 사랑은 점점 깊어갔지만, 뉴욕 거리에 남겨진 약혼녀는 차고 넘치는 남자들의 틈바구니에서 서서히 맥키의 존재를 지워 갔다. 약혼녀는 맥키가 두 번째의 아시아 함대 근무를 위해 뉴욕 항을 출발하던 그날 밤부터 당장 뉴욕 사교계에 얼굴을 내밀었다.

그녀는 해군장교가 아닌 뉴욕의 증권회사에 다니는 남자를 만났다. 불과 몇 개월 사이에, 사교계 여왕이 약혼자의 엉덩이를 걷어차고 증권가 남자의 품에 안겼다는 소문이 파다하게 퍼졌다. 또래의 해군 장교 모두가 알았던 공공연한 비밀이었다.

맥키는 뉴욕의 휘황한 밤거리를 더 이상 쳐다보지 않기로 했다. 그녀의 입술을 포개면서 목덜미의 은은한 향기에 취했던 거리였다. 그녀를 떠올리는 기억의 편린들이 곳곳에 박혀 있었으므로, 그녀가 또 다른 남자의 얼굴을 부비고 있을 그 뉴욕 거리는 두 번 다시 쳐다보고 싶지 않았다.

당직 사관은 밤새 갑판에서 서성이는 맥키에게 눈을 떼지 못했다. 그가 바다에 뛰어내릴지도 모른다는 생각이 들어서였다. 출항전야의 병사들이 처음 가보는 나라 조선의 이야기로 밤잠을 설쳐댈 때, 맥키는 가슴 싸한 사랑의 열병에 머리카락을 쥐어뜯고 있었다.

맥키 중위의 아버지는 미합중국 건국 초창기의 전쟁사에 한 획을 그은 베테랑 육군 대령이었다. 미국이 멕시코와 영토 전쟁을

벌여 땅덩이를 넓혀나갈 때 그의 아버지가 지휘한 육군 기병연대
는 멕시코 부에나비스타(Buena Vista)에 주둔했다.

　아버지 맥키 대령은 전투가 벌어질 때마다 선두에서 돌격했다.
부하들이 용기백배해 연대장을 따랐고 전투마다 승리를 거뒀다.
맥키의 아버지는 광활한 미국 영토를 후손들에게 남겨준 개척사
의 산증인이었다. 맥키가 장교로 임관하던 날, 아버지는 번쩍이
는 해군 예복의 견장에 손을 얹고 단호한 눈빛으로 아들을 응시
했다. 오로지 군인일 수밖에 없던 아버지였다.

　"너는 맥키 가문의 아들이다. 군인이 죽어야 할 자리는 전장이
어야 마땅하다. 너는 미국의 해군 장교로서 어떤 전장에 투입되
던 앞장서야 한다는 사실을 명심하거라."

　2월 19일, 뉴욕의 여명이 갈매기의 힘찬 날갯짓에 묻어왔다.
콜로라도 함 기관실의 박동소리가 가파르게 쿵쾅거리자 우람한
선체는 경기하는 젖먹이처럼 부르르 떨었다. 시꺼먼 석탄연기가
굴뚝으로 뿜어지며 피스톤과 맞물린 육중한 스크루 샤프트가 천
천히 돌았다. 수만 병의 소다수 병마개를 한꺼번에 뽑은 듯, 집채
만 한 포말이 기함을 밀어내기 시작했다.

　갑판에 도열한 장병들이 멀어지는 뉴욕 부두를 바라보며 손을
흔들었다. 이름도 모르는 아시아의 한 작은 나라로 스무 살 병사
를 떠나보내는 가족들은 콜로라도 함이 수평선 뒤로 넘어갈 때까
지 팔을 저었다.

뉴욕 항을 벗어난 콜로라도 함은 이내 대서양의 험한 물굽이를 만나 종이배처럼 흔들렸다. 아시아의 동쪽 끝으로 향하는 증기 철선은 자신에게 닥칠 미래가 불안했음인지 연신 부웅부웅 기적을 토해냈다.

7장

출진(出陣)

이진 퍼얼마

4월 청명이 먼 산 구름발치에 아지랑이를 피워 올렸다. 이천의 산과 들이 회색 솜옷을 벗고 연둣빛 장옷을 썼다. 겨우내 잿빛이던 나무 졸가리에 파릇한 봄물이 올랐음에도 서재에 칩거했던 어재연은 줄곧 솜이불을 덮었다. 그의 몸에 얼음 서리가 박혀 있던 탓이다. 지난 가을 총무당에서 김병국 대감을 만나 미국의 하 수상한 낌새를 듣고 난 뒤부터 그랬다.

바다에서 몰려오는 6척 오랑캐들로 말미암아 조선은 또다시 참혹한 전쟁에 휘말리는 것일까. 종잡을 수 없는 의문이 꼬리를 물었다. 방바닥이 꺼져라 탄식하고 혹은 꽉 쥔 주먹을 부르르 떠는 일이 지난겨울 이래의 일상이 되고 말았다.

퇴물인 무장 하나가 나라의 안위를 걱정한다 한들 달라질게 무에 있으랴, 제풀에 한숨을 내쉬는 날도 많았다. 그럴 때마다 서재 구석에 웅크린 나무 궤짝을 물끄러미 쳐다보곤 했다.

큼직한 쇳대가 걸린 궤짝에는 시골 선비가 공자 왈 되뇌듯 꺼내보는 물건이 담겨 있다. 어재연이 회령을 떠난 뒤에는 제 본분도 까맣게 잊고 얌전히 누워 있는 놈이다. 화약 울음을 거세당한 놈. 총투와 보자기로 겹겹이 몸통을 사린 화승총이다.

어재연의 게으른 일상을 나무라는 사람이야 없다. 삼십년 간 타관을 떠돌던 관리가 고향마을에 돌아와 좀 쉬겠다는데 누가 손가락질할까. 그러나 하는 일 없이 나라의 녹을 꼬박꼬박 축내는 처지 또한 겸연쩍었다. 마을 사람의 눈을 피해 신 새벽에 뒷산 팔성산을 오르는 걸로 하루치 바깥나들이를 끝냈다.

서재 앉은뱅이책상에는 공맹의 서책이 놓여 있다. 고백하건대 그걸 봐가며 사색에 빠지는 일은 가뭄에 콩 났던 날수보다 적다. 무장답게 『기효신서』나 『군기도설』, 『융원필비』 같은 구닥다리 병서도 서가에 꽂혀있다만 그걸 뒤적이는 일 또한 없었다.

그 병서들은 젊은 무관시절에야 책장이 너덜거리도록 숙독했지만 병인년 이후에는 덮어버렸다. 프랑스 병사가 손에 쥔 소총이며 야포의 위력을 직접 경험하고 난 뒤에는 한문병서가 담고 있는 병법과 전술들이 한순간에 구차해져버렸다.

조선의 병장기는 하루에 땀 한 말을 쏟아 훈련한들 성능이 좋아질 무기가 아니었다. 청나라 병법을 달달 외는 조선 장수를 줄

지워 놓고 서양 군사 하나와 대거리시킨들 저들의 소총 한 자루를 온전히 막아낼 방도가 없지 않은가. 조선 군부는 또 무슨 재주를 피워 서양 오랑캐를 막아낼까⋯⋯. 어재연이 겨우내 끙끙거렸던 사색의 대부분은 그런 문답이었다.

아침부터 봄바람이 살랑거렸다. 제김에 열린 서재 봉창으로 꽃이파리 하나가 날아들었다. 연분홍 복사꽃잎이 하늘거리며 어재연의 무릎 위에 살포시 타 앉았다. 화들짝 놀라 방문을 열고 마당으로 나섰다. 앞마당의 복숭아나무가 흐드러지게 꽃망울을 터뜨리고 있었다. 하룻밤 사이에 온 세상이 복사꽃 천지로 변했다. 대낮에 짚신 밟고 마당을 나서 것이 얼마 만인지 모른다.

그때 담장 너머 멀리서 흙먼지를 꼬리에 매단 대마 두 필이 보였다. 까치발로 먼지바람의 실체를 살폈다. 말들이 돌원마을에 가까워지면서 안장에 앉은 파발마 전령의 파랗고 붉은 색깔이 선명했다. 두 필 전마 가운데 뒤따르는 말의 안장은 비어 있었다.

자신에게 닥치는 기발꾼임을 직감했다. 날마다 등청하지는 않았지만 돌원마을에서 한양에 적을 둔 관복은 자신 뿐이었기 때문이다. 과연 자신의 집으로 말발굽이 모였다. 판삼군부사 김병국 대감이 보낸 기찰이 기발꾼의 손에 들려 있었다.

'제례하옵고, 사정이 긴박하게 전개되고 있습니다. 언제 무슨 일이 터질지 모를 지경에 이르렀습니다. 기발 편에 말 한 필을 딸려 보냅니다. 서찰을 보신 뒤 곧장 고삐를 쥐어 한양 총무당으로 등청하셨으면 합니다. 가선대부와 논의할 일이 산더미 같습니다.
제례.'

대마가 들이닥친 탓에 마을이 한순간에 술렁거렸다. 몰려든 이
웃 사람들이 기발꾼을 에워쌌고 들일 나갔던 아우 재순까지 달려
왔다. 얼굴에 수심이 가득했다.

"형님, 나라에 난리라도 났습니까?"

재순이 미간을 찡그린 채 걱정스런 얼굴로 물었다.

"아니다. 삼군부 김 대감께서 약주나 한잔 하자시는구나. 며칠
내로 돌아올 터이니 집안일을 부탁한다."

어재연이 에둘러 대답했다.

솜 넣은 새 바지저고리에 겹겹이 누빈 두루마기를 걸쳤다. 4월
이라지만 달리는 말에서 받아치는 바람은 겨울 한풍 못잖다. 기
발꾼이 앞섰다. 대마 두 필이 마당을 나서자 복숭아나무 가지가
화르르 떨리더니 꽃 잎사귀 몇 장을 나풀거려 흙 마당에 떨어뜨
렸다.

남한산성 아래 광주 역참에 들러 전마를 갈았다. 몸통을 숙이
고 고삐는 당겼다. 반백 수염이 봄바람에 날린다. 힘이 솟구치는
새 말은 산길 언덕배기를 콧김 몇 번으로 거침없이 타넘었다. 해
거름께 한강 삼밭나루(三田渡)에 닿아 사공을 불러 도강했다.

한밤중에 삼군부 총무당에 닿았을 땐 멀리 북한산 위로 배를
허옇게 뒤집은 하현달이 떴다. 김병국 대감이 퇴청을 미루고 기

다렸다가 어재연을 맞았다.

굵은 황초 너댓 개가 불을 밝힌 집무실에 들어서자 김병국 대감의 핏발선 눈이 더욱 또렷하게 반사됐다. 밤잠을 설친 흔적이 역력했다. 말수를 아끼던 김 대감이 책상 위에 놓인 필사문 몇 장을 집어 어재연에게 건넸다.

베이징 총리아문이 조선 조정에 보낸 자문에 딸려 온 미국 전권공사의 서찰 등사본이었다. 또박또박 읽어 내려가던 어재연의 얼굴이 굳어져갔다. 대아미리가합중국(大亞美理駕合衆國: 미합중국) 흠명출사조선지공사(欽命出使朝鮮之公使: 대통령의 명을 받은 조선 원정 수행 전권 공사)이름으로 작성된 한문 서찰이었다.

편지는 "미국 신민공사기 3개월 내에 해규 수사제도(水師提督: 함대사령관)과 함께 조선에 출정한다"면서 무장 함대를 끌고 가는 이유는 미국의 체통 때문에 그러는 것이지, 조선 왕실을 협박하거나 조선 땅을 침략하려는 의도는 아니라고 했다. 또 미국 함대가 조선 연안에 도착하면 왕명을 받은 조정의 전권 대신을 보내 미국 전권 공사와 즉각 통상조약회담을 열 것을 요구하고 이를 거부 시에는 어떤 일이 벌어질지 장담할 수 없다는 노골적인 협박도 담았다.

서찰을 읽은 어재연의 얼굴이 흙빛으로 변하자 그제야 김 대감이 입을 뗐다.

"베이징에 갔던 동지사가 귀국하면서 가져온 서찰입니다. 주상과 대원위 대감께 즉시 보고를 드렸습니다만, 오랑캐와는 어떤

통상 조약도 맺지 않는다는 뜻을 확고히 천명하셨습니다. 이제는
어쩔 수 없이 군부가 나서서 미리견 군대와 부닥쳐서 쇳소리 낼
일만 남겼습니다. 그놈들은 지금쯤 병장기와 군졸을 전함에 가득
싣고 조선 연안으로 오고 있을 것입니다."

김 대감이 책상 위에 널린 문서 사본을 한손 그득 집어 들고 흔
들었다.

"청나라 총리아문과 예부에서 보낸 서찰도 미리견의 움직임이
심상찮으니 철저히 대비하라는 당부입니다. 베이징에 심어 둔 정
탐꾼의 첩정이 근자에 부쩍 늘었는데, 그 내용 또한 미리견의 무
력 침공이 임박했다는 소식을 전하고 있습니다."

김 대감이 몇 장의 필사본을 또 어재연에게 디밀었다. 평안
감사와 의주 부윤이 보낸 장계의 등본이었다. 거기에는 무진년
(1868)에 미국 문책사가 다녀간 뒤 시시각각 긴장이 고조되는 변
방의 위급한 정세가 빼곡히 담겨있었다. 등사본 글씨들은 먹장구
름을 찍어 써재낀 듯 암울했다. 나라의 위태로움이 시시각각 증
폭되는 모습을 현장에서 기록한 문건들이었다. 김 대감이 한숨을
지었다.

"지금 생각해보니……. 3년 전 무진년에 황해도 연안에 왔던
미리견의 문책사 수괴가 이미 우리 조정에 선전포고를 했던 것
같소이다. 페비거(John C. Febiger)란 군관 놈 하나가 평안 관찰
사에게 세 가지 요구를 했는데, 첫째는 미리견 돈으로 일백만 냥
을 배상금으로 내 놓아라 했고, 둘째는 서양 선교사의 야소교 포

교와 조선 백성의 예배를 보장하고, 마지막 세 번째로는 야소교 신자의 재산과 토지 소유권을 인정하라는 내용이었소."

마른침을 삼키며 잠시 진정하던 김 대감이 이내 격앙된 말투로 고함을 질렀다. 지금까지 봐왔던 차분하고 냉정한 모습의 김병국이 아니었다.

"그놈들 돈 일백만 냥이면 조선 팔도의 한 해 세곡을 충당하고도 남는 거금이라 하더이다. 조선은 대대로 전승된 국법이 엄연한데, 하루아침에 야소교를 개방하고 재산과 토지를 야소교 신자만 사사롭게 가질 수 있게 인정하라니, 이런 얼토당토않은 요구야말로 대놓고 전쟁하자는 말과 진배없지 않소이까. 여태까지는 미디긴 남들이 조선 사정을 잘 몰라 아무렇게나 지어낸 말장난에 불과하겠거니 그렇게 여겼는데, 지금 와서 곰곰 생각해 보니 조선 침공의 구실을 진즉에 만들어 놓고 쳐들어갈 시간만 저울질했던 것임이 명명백백해졌소!"

어재연이 다만 묵묵히 들었다. 판삼군부사의 초조한 속내야 백번 이해가 되지만, 변방만 떠돌다 말년을 보내는 늙다리 무관이 조정과 군부가 진설해야 할 제사상 차림에 홍동백서니 조율이시니 고아댈 처지가 아니었기 때문이다. 게다가 미국이라는 나라는 병인년에 쳐들어온 프랑스보다 월등히 큰 나라이고 병기 성능도 훨씬 뛰어나서 조선의 상전이자 대국인 청국도 오줌을 지린다지 않는가. 가슴이 답답하여 잠시 밤바람이나 쐬는 게 나을 듯싶어 뒷간을 가야겠다며 집무실 밖을 나섰다.

껌껌한 하늘은 불안한 기운만 잔뜩 칠해 놓아서 어디가 시작이고 어디가 끝인지 도통 그 속내를 보여주지 않았다.

계(啓)

"일언이 폐지하고, 진무중군(鎭撫中軍)의 대임을 맡아 주셔야겠습니다. 대원위 대감께오서 소신의 천거를 받아들이지 않은 적은 지금까지 한 번도 없었습니다."

날벼락이었다. 측간 볼일을 마치고 집무실로 돌아와 막 의자에 앉으려던 어재연에게 김병국 대감이 건넨 말이다. 어재연이 놀란 토끼처럼 발딱 일어섰다. 분명히 진무중군이라고 했다. 강화 진무영은 조선 개국 이래 최대 규모의 전투부대였다.

나라가 외침과 내란으로 위태로울 때 조정은 임시 군영을 설치하고 당대의 으뜸 장수를 토벌군 사령관으로 제수해왔다. 고려의 안무사와 조선의 진무사가 그랬다. 그런 재래식 전투편제가 병인년 양요 이후에 완전히 바뀌었다.

프랑스군 침략 이후 조정 중신들은 강화도를 뺏기면 한양 대궐이 화약고로 변한다는 사실을 깨닫고 강화도 진무영에 정예 군사를 대폭 증원시켜 진무중군에게 전권을 맡겼다. 진무중군이라는 자리는 말하자면 안무사와 진무사, 토벌대장의 권한을 하나로 뭉쳐 놓은 전시의 최고 사령관이었다.

진무중군을 맡아 달라는 김병국 대감의 고언(苦言)에 어재연의 머릿속이 갑자기 소란해졌다. 무과에 급제한지도 어언 30년이다. 지금껏 잡힐 듯 잡힐 듯 끝내 닿지 않았던 것이 최고 무장의 자리였다. 팔팔하던 젊은 시절에야 욕심도 내보았지만 그것이 현실에서 이뤄지지 않았으므로 단지 꿈으로만 어루만져왔다. 그러나 그 꿈을 지탱하고 유지하는 일조차도 너무 고단했으므로 나이 사십을 넘긴 이후에는 포기하고 말았다.

팔자수염이 올올이 쭈뼛 서도록 당황한 어재연이 입술을 더듬거리며 운을 뗐다.

"판부사 대감……. 참으로 당치 않습니다. 사람이란 건 원래가 제각각 타고난 그릇 크기가 정해져 있사온데……. 제가 가진 그 큼을 빼세고 끼꼬 즁고에 끼치기 몿하니다, 재고해 주십시오."

김병국이 꽉 다문 입으로 눈을 부라리며 쳐다보더니 말을 마친 어재연의 팔목을 느닷없이 낚아챘다. 손아귀의 강한 힘이 가감 없이 어재연의 팔목까지 전해졌다. 김 대감이 사자후를 쏟았다.

"가선대부, 조선이란 나라는 미리견에 비하면 하찮기 짝이 없습니다. 미리견은 우리 조선이 감히 맞잡이 하여 가룰 나라가 아니란 사실은 이마 피딱지가 마른 세상 사람이라면 모두가 압니다. 청국과 왜국이 합해서 대거리한들 미리견에게는 하루아침 해장거리에 지나지 않습니다. 그럼에도 이 나라 오백 년 사직과 주상 전하는 미리견에 굴복하기를 거부합니다. 거대한 오랑캐 무리가 굴려대는 전차 바퀴를 가로막고, 누군가는 가녀린 집게발이나마 쳐들고 막아야 합니다. 조선의 무장이면 그 누구라도 버마재비가 될 수밖에 없습니다."

눈자위의 실핏줄이 금방이라도 터질듯 팽팽했다. 관직 생활 30년에 이런 문관은 일찍이 마주치지 못했다. 그에게 잡힌 팔목에서 힘이 빠지며 어재연은 기어코 고개를 떨어뜨렸다. 더 이상의 왈가왈부는 교언영색이고 허언임을 저도 알고 그도 알았다.

두 사람은 약속이나 한 듯 정좌해 서로를 주시했다. 서먹함이 얼마간 이어졌으나 김병국의 차분한 목소리가 침묵을 깼다. 서로의 의중은 더 이상 겉돌지 않았다.

"지금의 조선에는 당상관만큼 진무중군에 적임인 분이 계시질 않습니다. 소생은 지난해부터 이미 가선대부의 진무중군 대임을 염두에 두었습니다. 회령 부사직을 이임하고 고향에서 당분간 쉬시게 한 것도 그 때문이었습니다. 소신은 지금 이 나라 국방의 책임을 맡고 있습니다. 그걸 혼자서 감당하자니 너무 힘에 부쳐 어재연 장군께 감히 나누어 짊어져 주십사 호소하는 것입니다."

오전에 이천 집 마당에서 기찰을 받았을 때만 해도 김 대감이 대화 한 자락을 나눌 술벗이 그리웠으려니 했다. 실토하자면 호군이란 직책의 따분함을 털어낼, 이천 고향마을과 가까운 경기도 내 대처 고을의 수령자리 하나쯤은 봐주지 않을까 은근히 기대했다. 그런 기대는 어이없게도 붉은 갑옷을 입고 지휘 장대(將臺)에 올라 조선군을 호령하라는 재촉으로 바뀌고 말았다.

어재연이 눈을 감고 있었다. 회령 부사직 제수며 더욱 당황스러웠던 행 호군 발령의 의문들이 고치의 명주실마리처럼 풀어지며, 병인년의 광성보 참전과 너른 회령 들판, 진보의 별포군이 주마등처럼 스쳐갔다.

도리 없는 일이었다. 그의 몸통 구석에 아직도 조선 무골의 열정이 남아 있다면 기껍게 화승총을 들어야 했다. 눈을 뜬 어재연이 자신의 얼굴을 살피는 김 대감의 시선과 마주쳤다.

"미리견 침공에 대비한 우리 군부의 준비는 얼마만큼 진척되고 있는지요?"

김 대감의 표정이 한순간에 밝아지며 미소를 띠었다. 의자를 당겨 앉은 그가 팔을 뻗어 장계 사본을 쥐고 있던 어재연의 손목을 다시 한번 힘써 부여쥐었다. 어깨에는 따스한 체온이 느껴지는 맞잡음이었다.

"가선대부……. 감사합니다."

"강화도 방비대책을 세우는 일이 무엇보다 시급합니다."

김병국 대감이 자신의 책장서랍에 보관하던 서류뭉치 하나를 꺼내 탁자에 올렸다. 전투준비 상황을 정리한 문서였다.

"한양과 인근 군영의 병력동원은 이미 시작됐습니다만, 진무영 방어 계획의 수립은 진무중군의 몫으로 남겨두었습니다. 시간이 촉급합니다. 오늘부터라도 미리견의 침공에 맞설 계를 짜내야 합니다. 필요하다면 소신의 아둔한 머리도 보태겠습니다."

먹장구름의 한가운데로 어재연이 성큼 뛰어들었다. 나이 오십 줄에 조선 최고 무장의 꿈을 이루었음에도 꿈을 성취한 사내가 맛보아야 할 달콤함 따위는 없었다. 꿈이란 놈은 손이 닿지 않는 곳에 머물렀어야 더 좋았다.

그날 밤, 김 대감과 어재연이 두 번째 술상을 마주했다. 지난 가을의 첫 대작이 서로의 의중을 곁눈질하던 송곳방석이었다면, 지금의 술자리는 서로의 눈길에 서로를 담는 허심(許心)의 술 멍석이었다. 권하면 비웠고 빈 잔에는 이내 맑은 술이 채워졌다. 서로가 대취했다. 삼경 무렵에 봄비가 쏟아졌다.

얄궂은 초우는 장마철 빗줄기만큼 독해서 번개가 번쩍였고 천둥을 울렸다. 어재연이 비틀거리며 방문을 열고 측간으로 나섰다. 빗물이 쏟아지는 마당을 내려설 엄두가 나지 않아 낙숫물이 코앞에서 떨어지는 툇마루 댓돌에 멀거니 서서 하늘을 올려다보았다. 하늘은 저보다 더 검은 먹장구름을 감추고 있어서 감히 그 두께가 가늠되지 않았다.

사흘을 꼬박 판삼군부사 김병국과 머리를 맞대었다. 오랑캐가 강화도를 침공한다는 전제로 피아간의 전투를 상정했다. 진지별 방어대책과 투입병력의 숫자와 보부꾼들로 편성하는 병참지원 문제까지 논의하고 보강할 진지와 최종 방어거점을 숙의했다.

"그나마 다행인 것은 가선대부의 진무중군 제수를 염두에 두고 삼군부가 지난 3월 중순에 이미 강화도 주변 요해지마다 대폭적인 병력증원 계획을 세워두었습니다."

김 대감은 2,500명에 달하는 병력이 진무중군 부임에 즈음하여 강화도와 인근 진지에 배치될 것이라 했다.

사실 저들의 엄청난 불덩어리 총포 앞에서 조선군의 머릿수가 많고 적음은 그리 뾰족한 변수가 되지 않음을 두 사람은 잘 안다. 그럼에도 불구하고, 병력마저 증강되지 않는다면 미리견과의 싸움은 시작도 하기 전에 끝난다는 사실 역시 잘 알았다.

김 대감은 지난 몇 달간 병력 차출 문제로 한양 오군영과 경기감영을 수도 없이 다그쳤다. 그가 백방으로 뛰어다녀 입술이 부르트게 고함지르지 않았다면, 털어봐야 먼지뿐인 곤궁한 경향군영의 형편에서 그 짧은 기간에 기천 명 단위의 병력을 차출하고 투입하는 일이 애초에 불가능했을 터였다. 맞댄 두 사람의 머리에서 대체적인 계가 마련되어갔다.

우선 강화유수부가 포진한 읍내의 진무영 본진은 900여 명 장졸이 방어케 했다. 별무사(別武士) 401명에 별효사(別驍士) 201명 그리고 향토 민병대와 승군 347명을 진무영 정규군으로 편입했다. 또 강화도를 아래위로 둘러싼 바다 요충지인 교동도와 영종 섬에는 진지를 신설해 교동에 화포병 100명, 영종진에는 별무사와 별총군(別銃軍: 화승총부대)을 각각 200 명씩을 배치하고 후방 지원 병력으로 향토의병군 105명을 예비 편성했다.

강화 섬과 해협을 사이에 둔 김포에는 기존 병력 외 300여 명을 증파하여 통진부에 의병 총포군 256명, 덕포진에 화포병 44명, 문수산성에 별포군 25명을 배치했다. 강화도 북쪽 경기도 해안진지에도 300여 장졸을 추가 배치해 백천과 연안부에 각각 화포군 50명씩, 풍덕(豐德: 경기 개풍군)에도 정규 화포군 203명을 증원했다. 오랑캐 함대가 정박할 것으로 예상되는 인천만 앞바다에는 경기도의 각 군영에서 차출하는 화포군 300여 명을 추가 파견하기로 했다.

남은 과제는 진무중군이 주재하는 광성보의 진용이었다.

"진무중군 지휘소가 들어서고 직접 통솔하실 진지이므로 광성보 예하 진지와 인근의 요해처 병장기와 병력 배치는 중군께서 결정하시고 삼군부는 단지 지원하는 선에 머물렀으면 합니다."

어재연이 한나절을 장고한 끝에 광성보 수비계획의 밑그림을 잡았다. 자신이 올라서는 지휘 장대는 기왕에 설치되어 있는 손돌목의 지휘소를 쓰기로 했다. 인근 해로와 지세를 살피고 아군 진지와 병력을 통솔하기에 그만한 입지가 없었기 때문이다.

광성보 방어군은 오랑캐와 직접 부딪칠 확률이 높았으므로 최정예 전투병을 배치한다는 원칙을 세웠다. 강화 진무영 소속의 민첩한 무사와 한양 오군영 소속 별부료군(別付料軍: 직업군인)을 우선 차출하고 경기 감영의 위경군 무사로 편성하기로 했다.

진무중군의 지휘소가 들어설 손돌목 돈대는 광성보 가운데서도 최후의 보루여서 결사대를 배치하기로 했다. 백두산 범 포수 이외에는 대안이 없었다. 평안도 강계에서 2초, 함경도 회령에서 1초, 도합 360명의 범 포수 출신 별포군을 불러 내리기로 했다.

문제는 시간이었다. 한양이나 수도권의 장졸이야 이삼일이면 동원 가능하지만 천 리나 이 천리 떨어진 양관(兩關: 평안도와 함경도)의 별포군은 속보이동을 시킨다 해도 빨라야 보름이고 늦으면 한 달이 소요될 수도 있었다.

서둘러야 했다. 범 포수들을 신속하게 한양외곽 파주의 임진강 화석정(化石亭)까지 이동시켜 전열을 정비한 뒤 군선을 동원하여 광성보에 투입하기로 했다. 어재연이 병력충원 구상을 김병국 대감에게 설명하자 그가 즉석에서 병조판서에게 파발을 보내 긴급 병력동원 협조를 구했다.

뻐벌써매 다사광옥 삼군부에 대령시킨 김병국 대감은 파발마에 방울 세 개를 달아서 한시노 시체 빌고 쌔ㄲ애끼ㄱ 몃햇다 삼현령(三懸鈴) 파발마는 주야를 쉬지 않고 달리는 최고 등급의 명령전달 체계였다.

범 포수 차출 인원과 출동 날짜가 명시된 비밀 병부(兵符)를 파발꾼의 피각대(皮角帶)에 담아 실봉하고 기밀문서 관인을 찍었다. 강계 별포군 2초는 5월 7일, 회령 별포군 1초는 5월 23일까지 삼군부가 숙영지를 조성하는 파주의 더덜매(臨津江) 나루에 도착할 것을 명했다.

회령으로 향하는 파발 편에는 어재연의 사신(私信)도 딸렸다. 그의 후임인 회령 부사는 물론 별포군 초관 강계 포수와 염초장 허 초시, 별포군 복길이와 부뜰이에게 보내는 서찰로 '진무중군으로 출전하게 되었으니 강화도에서 해후하게 될 것'이라는 내용을 담았다. 특히 허 초시에게는 불심 좋은 화약을 별포군 이동 편에 보내줄 것과 최소한 1,000근은 넘어야 한다는 당부도 덧붙였다.

삼현령 파발마는 하루에 6개 역참, 300리를 내닫는다. 평안도 서참로(西站路) 강계는 사흘 만에 닿고 이천 리 북참로 회령도 일주일이면 넉넉하다. 김병국 대감은 파발마가 닿는 요충지 역참의 찰방들에게 통문을 돌려 범 포수 이동에 총력 협조할 것을 명했다.

'역참의 우마와 역졸을 최대한 동원하고 모든 편의를 도모하라. 조금이라도 소홀하여 병력이동에 차질이 생긴다면 나라 법으로 엄히 문책하겠다. 군량미와 군포는 예조의 비축 분량을 충분히 풀어서 충당할 테니, 역참 찰방의 책임 하에 별포군을 넉넉히 먹이고 편안히 재워라.'

김 대감과 진무중군이 단지 사나흘을 머리 맞대고 얼기설기 엮은 전쟁준비였으나 대체적인 모양새는 반듯했다. 최일선에서 적과 맞부닥치는 조선군 사령관과 그 장수의 뒤를 힘닿는 데까지 밀어주려는 삼군부 수장의 의기가 오롯이 투영됐다.

총무당에 묵은 지 닷새 째 되는 날 아침, 어재연이 비로소 이천 사저로 떠났다. 김병국 대감과 머리를 싸맸던 지난 며칠간의 노고가 어재연의 반백머리를 더욱 하얗게 물들였다. 어재연을 태운 전마는 워낙에 힘이 넘쳐 새털처럼 뜀박질했지만, 고삐를 쥔 그의 몸은 천근으로 무거웠다. 한 몸을 추스르는 무게가 아니었고 조선 하늘을 짓누르는 먹장구름의 더께가 어깨에 얹힌 탓이었다.

늦은 밤에 이천의 돌원마을 사저에 도착했다. 그가 온다는 소식을 어떻게 알았는지 아내가 대문을 열어젖힌 문간에서 장군을 맞았다. 아내는 지난 닷새를 곱다시 뜬 눈으로 지새워 동구 밖 말발굽소리에 귀 기울였음이 분명했다.

물굽이 행진

서참로와 북참로는 한양에서 두만강과 압록강을 연결하는 군사도로망이다. 서참로는 황해도와 평안도 안주를 지나 압록강 의주에 닿는 본선 이외에 강계에서 우측으로 꺾여 백두산으로 향하는 지선으로 나뉜다. 북참로는 태백산맥을 타넘고 원산과 청진, 부령을 경유하여 두만강 국경마을 회령으로 뻗는다. 회령에서는 강변을 따라 동해바다 경흥까지 북참로가 잇댄다. 참로는 형조가 일정 거리마다 역을 설치하여 역졸과 우마를 배치하였고, 요충지마다 성곽을 둘러 역참 병졸이 방어하는 국가기간시설이자 군사요새였다.

서참로를 타고 오른 삼군부 파발마가 4월 17일 평안도 강계에 닿았다. 21일에는 북참로 파발이 회령 도호부에 당도했다. 비상시국에나 볼 수 있는, 방울이 세 개나 달린 긴급파발의 요란한 행차여서 양 고을이 술렁거렸다. 강계와 회령의 도호부사는 삼군부의 병력동원명령에 따라 범 포수 차출에 나섰다.

엄밀히는 차출이 아니었고 근무지를 이동하는 순환배치다. 강계와 회령의 진보를 지키는 별포군은 나라로부터 요미를 지급받는 직업군인이어서 상급 군부의 명에 따라 근무지를 이동해야 하는 의무가 지워졌기 때문이다.

강계 도호부는 백두산 자락을 터전으로 삼는 범 포수 자원이 넉넉한 곳이다. 기존에 편성돼 있던 별포군 만으로도 순식간에 2초의 동원 명단이 짜졌다. 문제는 회령이었다. 차출 병력이 강계의 절반에 불과한 120명이었지만 진보에 배치된 별포군을 다 긁어야 그 숫자에 겨우 턱걸이했기 때문이다.

회령에서 파주의 더덜매에 이르는 북참로는 강계의 서참로에 비해 두 배가 넘는 2,000리 노정이다. 게다가 험산 고갯길의 연속이어서 삼군부가 정해 준 날짜까지 목적지에 도착하려면 스무 살 젊은 장정도 파김치가 될 터였다. 회령 부사가 고심 끝에 40세를 넘긴 장년과 노년의 별포군 20여 명을 차출 명부에서 제외했다.

강계 어른은 별포군을 인솔하고 훈련시킬 초관이라는 중책을 맡았지만, 오십 줄 나이를 턱 밑에 괸 탓에 차출자 병부에서 이름이 빠졌다. 모자라는 병력은 별포군 대여섯 명을 군마에 태우고 고향마을로 내려 보내 젊은 산포수를 새로 충원하도록 했다.

선발된 산포수에게는 남겨진 식솔의 일 년치 양곡을 미리 지급하고, 강화도 방어 임무를 완수하고 귀향하면 회령 별포군으로 특채한다는 조건을 내걸었다. 이틀 만에 삼군부가 회령도호부에 할당한 120명의 별포군을 가까스로 채울 수 있었다.

별포군 동원 소식을 처음 접했을 때만 해도 복길이는 무척 당황했다. 백두산 범 포수라면 모름지기 백두산 호랑이도 화승총 한 방에 잠재우는 용맹함을 갖췄으므로, 조선을 침공하는 외적을 최일선에서 맞상대하고 무찔러야 마땅했다. 게다가 이번에 쳐들어 올 서양 오랑캐는 만주 화적떼보다 월등히 악랄해서 복길이같은 정예 범 포수가 나서지 않는다면 조선 온 천지가 저들의 군홧 마에 내므 사시 뻬껫디

현실이 그러하여 별포군에게 주어진 명분이 당연할진데, 복길이의 속마음은 그 반대쪽에 서 있었다. 서양 오랑캐가 무서워서가 아니었다. 그가 지난 몇 년을 애지중지 가꾼 아내 은연이와 어린 딸 방울이를 감싼 가족의 울타리 때문이었다. 그것은 마치 유리그릇 같아서, 강화도 출정이 초래할지도 모르는 불의의 사고로 말미암아 단번에 깨질 수도 있었다.

은연이가 사흘 째 온 밤을 하얗게 지새웠다. 험산 행군에 야지 숙영을 하고 그 무지막지하다는 서양 오랑캐와 싸워야 할 남편이어서 질기고 두터운 새 옷을 입히고 싶었다. 무명천을 떠다가 튼튼한 겹옷 바지 저고리를 지었으나 파견 기간이 늘어나면 객지에

서 한 겨울을 맞을 수도 있었기에 참솜을 넣은 누비옷 한 벌을 더 짓기로 했다. 불안한 가슴을 꾹꾹 누르고, 울음소리가 새 나올까 입술을 깨물어가며 한 땀 한 땀 복길이의 옷을 기웠다. 은연이의 어깨가 들썩인 것은 호롱불이 흔들려서가 아니었다.

문득 복길이가 잠에서 깼다. 끄응, 이불 자락을 걷어내고 그녀의 뒤쪽으로 슬며시 다가가 양 팔로 감싸 안았다. 은연이의 쪽댕기 머리에 얼굴을 파묻곤 거친 콧김을 쏟아냈다. 충혈된 눈으로 자신의 전투복을 짓는 아내에게 복길이가 해줄 것이라곤 그것 밖에 없었다. 서너 번을 채근하자 그제야 불을 끈 은연이가 복길이 옆에 누웠다.

그녀를 가만히 보듬었다. 칠흑의 침묵이 방안을 가득 메우곤 불안감처럼 두 사람을 눌렀다. 은연이의 몸통을 자신의 가슴팍으로 끌어당기곤 손바닥으로 등짝을 도닥였다. 그제야 은연이가 나트막한 울음소리를 흘렸다. 복길이의 가슴에 닿아 있던 은연이의 양 손이 바르르 떨었다.

수탉 울음이 정적을 깼다. 새벽잠을 깬 방울이가 은연이의 속 곳치마를 붙잡고 칭얼거렸다. 복길이의 가슴팍을 가만히 밀치고 일어난 은연이가 보채는 방울이를 포대기로 싸매어 등 뒤로 업고 는 부엌으로 나갔다. 곧 전장으로 떠날, 맨살을 부비고 산 이녘에 게 따뜻한 아침밥을 먹이고 싶었다.

은연이의 치마꼬리가 방문을 넘어서자 그때까지 집 밖에서 기다렸던 아침햇살이 문지방을 타넘고 밀려왔다. 또 허무한 아침

하나가 다가와서 출정 날짜를 하루 앞당기려 했다. 그 아침을 외면하고 싶었다. 눈을 질끈 감고 오른팔 팔뚝으로 덮자 그제야 깜깜한 어젯밤이 되돌아왔다.

복길이의 시커먼 망막 뒤에서 슬금슬금 앞으로 나서는 환영이 있었다. 열두 살 되던 해에 두만강 너머 만주로 떠났던 부모님 모습이었다. 그 환영은 이내 복길이의 강화도 출진 모습과 한 치의 오차 없는 기시감(旣視感)으로 포개졌다. 복길이가 그 환영을 좇으려 더욱 질끈 눈을 감았다.

버미하던 복길이에게 평정심을 되찾아 준 것은 전임 회령부사 어재연이 보낸 친필 서신이었다. 파발마가 다녀사 니흘 띠, ᄃᄒ부 작청에 불려간 복길이는 파발마 편에 딸려 온 어재연의 서신을 받아보곤 깜짝 놀랐다.

정자체의 친필 서찰은 회령을 떠나서 이천 사저에 머무는 어재연 자신의 근황을 짤막하게 설명하고, 나라가 어지러운 차에 진무중군의 중책을 맡게 되었으니 본진이 차려지는 강화도에서 모쪼록 복길이를 다시 만나게 되기를 바란다는 내용이 담겨 있었다.

복길이 내외를 친자식처럼 거두셨던 어른이다. 그 어른이 조선최고의 장수 자리에 올라 간절하게 복길이를 부르고 있었다. 회령을 떠나 강화도로 향할 명분이 그제야 확고해지고 있었다. 심란하고 착잡하여 굳어 있었던 복길이의 입매가 비로소 미소를 띠웠다.

그날로 복길이는 허 초시와 강계 어른께 하직 인사를 드렸다. 공방을 찾아가 넙죽 엎드려 큰절하는 사위를 바라보는 장인의 표정이 굳어 있었다. 은연이가 따라놓은 찻물이 종지에서 식어갈 때까지 허 초시는 별 다른 말이 없었다. 한참만에야 고개를 끄덕이며 입을 열었다.

"어쩔 수 없는 일이지……. 조선의 군사로서 위태로운 나라를 지키는 일은 당연하다. 더군다나 어재연 전임 부사가 진무중군의 중책을 맡아 강화도 진지의 진용을 새로 짜는 만큼, 그 분의 휘하로 들어가는 일은 참으로 옳은 일이지. 회령의 염초 공방이나 남은 처자식 걱정은 말거라. 아직은 내가 몸이 정정하니 말이다……."

염초 공방을 나선 복길이가 방울이를 목마태우고 은연이와 함께 곧장 넙덕봉 자락의 강계 어른을 찾았다. 해거름에 도착한 귀틀집 어귀에서 풍산개 호태가 꼬리를 치며 반겼지만, 머리를 싸매고 자리에 누웠던 강계 어른은 복길이 내외가 문지방을 타 넘고서야 자리를 털고 일어났다. 복길이가 큰절을 올렸다.

"도호부 아전들이 장담하기를, 추위가 닥치기 전에 회령으로 다시 돌아 올 것이라고 합니다. 어르신께선 그때까지 부디 강녕하십시오……."

어른은 대답 대신 허허, 헛웃음만 지었다. 도호부가 차출한 범포수 명단에 자신이 누락됐음을 확인하곤 심기가 한껏 뒤틀려 있던 어른이다. 길 떠나는 복길이가 오히려 이런저런 이야기로 강계 어른을 위로하는 처지가 되고 보니, 외려 민망해진 어른이 끙, 끙, 한숨 같고 비명 같은 소리만 뱉었다.

이러구러 강계와 회령, 백두산 자락의 범 포수 3초의 강화도 출진이 막을 올렸다. 강계 도호부의 별포군 2초가 4월 20일 아침, 먼저 장도에 올랐다. 서참로의 남행길은 가파른 산길 투성이인 북참로에 비하면 색시같고 양반같다. 강계 별포군들은 산길은 하루 한 참, 들길은 하루 두세 참씩 행군하기로 했다.

나발수가 목청껏 불어대는 날라리(太平簫)에 맞춰 각계 별포군이 잰걸음으로 출발했다. 남녘에서 불어오는 꽃바람이 범 포수 대오를 휘감있디. 그듭이 지나치는 평안노의 산과 들에는 진달래며 개나리, 온갖 봄꽃들이 활짝 피어 있었다.

회령 산포수 1초는 4월 25일 아침에 출정식을 가졌다. 경성의 함경 북병영 판관이 파견되어 별포군을 인솔했다. 회령 천변에는 새벽부터 소와 말이 끄는 찬 바리 여섯이 줄을 지어 출발을 기다렸다. 허 초시가 별포군 이동 편에 보내는 화약 1,200근도 길을 떠난다. 콩기름을 먹여 빈틈을 메운 큼지막한 나무통 일곱 개에 담은 화약은 뚜껑을 밀랍으로 봉하고 천으로 두 겹이나 싸서 소달구지 둘에 실었다.

2,000리나 되는 행군 길 속도를 높이기 위해 별포군이 휴대하기 버거운 야영 천막과 누비 길이불, 여벌 의복과 짚신도 말 수레

에 따로 실었고 야전취사용 가마솥과 식기, 군량미는 물론 화승
총까지 소달구지에 실어 행군 대오를 따르게 했다.

출발이 임박하자 마중 나왔던 가족들이 별포군 장정의 손을 잡
고 흐느껴 울었다. 훌쩍이는 방울이를 두 팔로 안은 복길이와 그
옆에는 초췌한 얼굴의 은연이가 서 있었다. 은연이의 아랫배가
눈에 띄게 볼록했다.

박 첨지의 시집간 다섯 딸과 부뜰이의 큰어미 작은어미가 집안
의 맏이상주 부뜰이의 손을 잡고 저고리 옷고름으로 눈물을 찍어
냈다. 큰어미가 남의 눈도 개의치 않고 눈물을 철철 흘리며 땅이
꺼져라 탄식했다.

"난리 통에 한양으로 갈 줄 알았다면 장가보내고 색시를 데려
놨어야 하는 건데……. 에고, 이를 어쩐대요, 그래……."

"죽으러 가는 게 아니니까, 남우세스럽게 제발 이러지 마소!"

주위를 살피던 부뜰이가 역정을 냈지만 낳아준 어미는 물론이
고 누이 다섯까지 한꺼번에 달려들어 '아이고, 부뜰아…….'합창을
해대는 통에 범 포수 환송식장이 그로 말미암아 공연히 눅눅해졌
다.

박 첨지가 멀찍이 떨어진 장터 구석에서 장죽을 뻐끔뻐끔 빨아
대고 있었다. 속상하기로야 박 첨지만 한 사람이 또 어디 있을까.
별포군 동원령이 떨어졌다는 소식을 듣기 무섭게 도호부로 달려
가 이방을 붙잡고 호소하여 탄원하였다.

"부뜰이가 박씨 가문의 대를 이을 씨받이 외아들이란 건 당신도 알잖소!"

덕분에 동원 명부에서 부뜰이의 이름자를 빼내는 것까지는 성공했는데, 정작 그 소식을 들은 부뜰이는 얼굴이 벌게지도록 기를 쓰며 애비에게 대들었다.

"어재연 장군께서 서찰까지 보내시곤 강화도에서 만나자고 당부하셨습니다. 회령의 젊은 범 포수가 모두 떠나는 이 마당에, 굳이 저 혼자만 독자라는 핑계로 빠진다면 제가 무슨 낯짝으로 동료들을 환송할 것이며 그들이 회령으로 다시 돌아온다 해도 그땐 또 어떤 낯짝으로 그들을 친구삼고 동무삼겠습니까……. 회령 범 포수는 무슨 일이 있어도 말을 수밖에 없습니다. 저로 말미암아 회령 박 씨의 대가 끊어진다 해도, 저는 강화도로 떠나겠습니다!"

사실 박 첨지는 지난해 가을 인근 고을의 뚜쟁이 몇에게 며느릿감 물색을 의뢰해 놓은 터였다. 부령 고을의 가난한 선비집안에 혼기가 꽉 찬 참한 여식이 있다는 소문을 듣고는 뚜쟁이가 시키는 대로 선비 집 근처에 몰래 숨어 있다가, 뚜쟁이가 데리고 나온 처자의 조신한 자태를 멀리서나마 요리조리 뜯어보고 '그만하면 됐지!' 쾌재를 부르며 사주단자를 보내기로 단단히 마음을 굳힌 참이었다.

그러나 부뜰이는 아비의 손을 뿌리치고 제 발로 도호부청에 가서 자신의 이름 석 자를 차출 병부에 다시 등재했다. 아비의 속을 모르는 부뜰이가 괘씸하기 이를 데 없었지만 그러나 어쩌겠는가. 이미 머리가 굵은 자식이 제 스스로 결정한 일 아닌가.

둥둥 북소리가 울렸다. 출진하는 회령 범 포수들이 가족의 손을 놓고 대오를 지었다. 회령 부사가 대열 앞에 서서 장정 모두의 무사 귀환을 신신당부하며 장정들의 손을 일일이 잡아나갔다. 나발수가 출발신호 날라리를 막 불어제치려던 순간이었다.

언제 거기에 와 있었는지, 화승총을 어깨에 걸머진 강계 포수가 초립을 쓰고 큼지막한 걸낭까지 멘 채 부사 앞에 버티고 있었다. 한눈에 보아 먼 길 떠나는 행장이었다. 어른의 곁은 풍산개 호태가 지켰다. 그가 투박하면서도 쇠고집이 뚝뚝 묻어나는 어조로 부사에게 요구했다.

"이미 길봇짐을 싸고 걸머졌는데, 귀틀집으로 다시 돌아가지는 않겠습니다. 나이가 오십이라 문제가 된다면, 병부에 이름 석 자를 올리지 않아도 됩니다. 생사고락을 같이 했던 별포군 부하를 모두 한양으로 떠나보내고 나서 나 혼자 회령에 남아 볼가심 밥술을 뜬들 그게 어디 산목숨이겠습니까. 산길을 기어가다가 객귀가 되어도 좋습니다. 보내주십시오."

부사가 차마 대답을 하지 못하고 목 메인 소리로 강계 포수의 양손을 움켜쥐었다.

"훈초께서 기어이……. 이런, 이런……."

두 사람을 에워싼 별포군 장정들이 손을 높이 치켜들고 함성을 질렀다.

"강계 어른 만세!"

허 초시가 강계 포수의 허리를 한 손으로 감으며 미소 짓고 있었다. 그의 눈길이 저 멀리 오봉산을 향했다. 죽마고우를 머나 먼 강화도로 떠나보내매 눈자위가 촉촉하게 젖어들었다.

날라리 소리가 말갛게 갠 봄 하늘로 회오리처럼 솟구쳤다. 허 초시와 작별한 강계 포수가 성큼성큼 별포군 대오 앞에 나서면서 대열은 반듯한 오와 열이 지어졌고 이윽고 강화도로 향하는 2,000리 씨름길 행군이 시작됐다. 보슬히긴 긴장 복각이와 오장 부뜰이가 훈초의 좌우를 깍지 끼듯 보위하여 선두 향도로 나섰다.

풍산개 호태가 갑자기 향도 앞을 나서더니 컹컹 짖어대기 시작했다. 별포군의 앞길을 틔우는 듯한 호태의 모습에 고을 사람들이 박수를 아끼지 않았다. 강계 포수는 어제 밤 호태의 목에 넓고 두터운 가죽 띠를 메어주었다. 거기에는 날카로운 쇠못이 촘촘히 박혀 있어서 전장으로 떠나는 조선 군견의 위풍이 당당했다.

동네방네 꼬마들이 별포군 행렬을 동구 밖까지 졸졸 따라왔다. 박 첨지네 일곱 모녀가 고을 아낙네와 함께 당산나무까지 훌쩍이며 배웅했다가 거기서 발걸음을 멈추곤 부뜰이를 향해 내처 손을 흔들었다. 여인네들이 훔치는 눈물만 아니었더라면 북과 날라리 소리에 묻힌 별포군의 행진은 마치 봄맞이 축제 같았다.

북관의 봄은 조선에서 제일 굼뜨다. 4월 하순이 되어서야 나뭇
가지는 푸릇푸릇 움을 틔운다. 복숭아나무는 딴 나무가 움을 돋
기 전에 저 먼저 꽃망울을 터뜨린다. 고을 밖을 나서던 범 포수들
이 야산 둔덕에 줄지은 복숭아나무 꽃망울에 시선이 꽂혔다.

범 잡는 사내들의 무뚝뚝한 감성이 함초롬한 연분홍 꽃잎에 속
절없이 휘둘렸다. 회령에 두고 떠나는 가시의 귀밑 목덜미처럼
복사꽃 속살이 봄바람에 하늘거렸다.

오월 땡볕

관서와 관북의 범 포수 3초가 조선 땅의 꼭대기에서 반듯하게
두 줄 종대를 지어 아랫녘으로 향하는 모습이란, 백두산 천지에
서 떨어진 두 갈래의 물굽이가 한강수와 합치러 어깨춤을 들썩이
며 길 떠나는 형상이었다.

회령 별포군은 북참로 첫 구간인 수성도(輸城道)를 따라 남하
했다. 두만강 하구의 경흥에서 시작되는 강둑길을 따라 회령까지
와서 거기서 남쪽으로 꺾어져 동해안 경성(鏡城: 지금의 청진)의
수성 역참에서 끝난다. 별포군 대오는 행군 첫날부터 첩첩 험로
가 잇댄 고무산령을 올라탄다.

산굽이를 감는 된비탈 연속을 행군한 끝에 늦은 오후, 고풍산 역참을 지나 고무산 주봉이 빤히 보이는 야산에서 첫날 행군을 마쳤다. 달구지에 싣고 온 야영 막을 치고 한데 부엌을 뚝딱 만들어서 가마솥 셋을 걸었다.

별포군 30여 명이 화승총에 연환을 먹여 인근 야산의 울창한 숲속으로 들어갔다. 풍산개 호태도 복길이와 부뜰이를 따라 나섰다. 한 시간도 안 돼 펑펑 화승총이 터졌고 해질 무렵에 산포수들이 돌아왔다.

토끼 세 마리와 여우, 제법 실한 암 고라니 한 마리를 잡아왔다. 껍질을 벗긴 산짐승은 넓적하게 잘라 소댕에 지지거나 잘게 썰어 시래기에 싸에 가마솥에 넣고 국을 끓였다. 별포군의 첫날 만찬이 풍성하고 기름졌다.

4월 하순이라지만 북관 산골짜기의 밤바람은 차다. 얼기설기 지은 야영 막사의 한뎃잠은 서로의 몸을 따닥따닥 붙여도 살이 떨린다. 산포수들이 솜옷을 껴입고 돗바늘로 총총 누빈 길이불을 덮었다. 종일 험산 행군에 지쳤을 법도 했지만 야영 첫날인데다 닥쳐올 앞날의 불안감 때문인지 쉽게 잠들지 못하는 눈치였다.

천막 바깥에는 10여 명의 산포수들이 가다귀 화톳불을 지펴 놓고 두런거렸다. 깍지 팔을 머리에 괴고 있던 강계 포수가 불쑥 고개를 돌리더니 옆자리에 누운 복길이에게 툭 내던지듯 말을 건넸다.

"복길아, 벌써 잠들었느냐."

"웬걸요……."

눈을 부스스 뜨고 강계 포수 쪽으로 몸을 굴린 복길이가 대답했다. 강계 포수가 야영막 천정을 멀겋게 쳐다보며 혼잣말 하듯 뇌었다.

"세월이란 놈은 쏴 논 화살처럼 빠르구나……. 열네 살이던 널 허 초시 집에서 처음 봤을 땐 말이다. 네 눈에 살기가 뻗쳐 있어서 참 당황스러웠지. 허 초시가 간곡하게 부탁하지만 않았더라도 집에 데려가고 싶은 마음이 하나도 없었어. 쥐방울만 한 놈의 첫 인상이 얼마나 맵싸했던지 말이야. 허허……. 그랬던 네가 벌써 스물일곱이나 됐으니."

복길이가 겸연쩍은 웃음을 지었다.

"그때 어른이 다잡아 주지 않으셨더라면……. 저야말로 막될 놈이었지요. 어르신 덕분에 사람 구실도 하고 장가도 들고……."

"그래, 어쨌든 너와는 참 질긴 인연을 맺고 있구나. 산포수 생활을 함께 했던 지난 세월도 모자라 목숨을 기약할 수 없는 한양 길까지 동행하니 말이야."

"……."

대화가 끝났다. 강계 포수가 더 이상 말을 않았고 복길이 또한 대답을 않았으므로 거기서 이야기가 접혔다. 이불을 뒤집어쓴 복길이가 시익 웃었다. 10여 년을 친자식처럼 돌보면서도, 철없던 복길이가 잠시 벗어나던 시절을 제외하면 살가운 말 한 자락 선뜻 건네지 않았던 어른이다. 강계 어른의 꽉 다문 입매는 북관 남정네의 화석(化石)같아서 사냥이나 총에 관한 이야기가 아니라면 입술을 떼는 법이 없었다.

그런 강계 어른이 조곤조곤한 부자지간처럼 오순도순 이야기를 걸어왔다. 강화도 길이 설사 죽으러 떠나는 길이라 해도, 강계 어른과 함께라면 괜찮을 것 같았다. 복길이가 벙글거리다 제김에 노곤해져 단잠에 빠졌다.

산짐승 울음이 야영 천막을 뚫고 들어오면서 한지에서 화톳불 피워 놓고 수런거렸던 산포수들이 하나 둘 막사로 기어들었다. 속잠 든 장정들의 코골음 천둥소리가 막사 안을 휘휘 저었다.

창밖에 내린 피살고부서의 염명이 주효했다. 범포군이 북찰로의 역을 지날 때마다 찰방이 인솔한 역리와 노비가 마중 나와 기다렸다가 행군 대열의 궂은일을 도왔다. 수레를 끌던 지친 말과 소를 갈고, 고된 행군에 지치고 허기진 장정들을 먹일 넉넉한 새참도 바리바리 실어 날랐다.

고무산령을 넘으면 내리막길이다. 돌부리에 걸려 해진 짚신을 갈아가며 이틀을 속보 행군한 끝에 동해의 파란 물결을 만났다. 수성 역을 지나자 이내 경성 역이다. 그로서 회령 범 포수들은 한 사람의 낙오도 없이 함경산맥 험산 줄기를 타넘었다. 인솔 판관이 염려하던 북찰로 남행길의 제1난관은 어쨌거나 가뿐하게 넘겼다.

풍산개 호태가 장정들 못잖게 바지런했다. 기상시간이면 복길이나 부뜰이 곁에 얼쩡거리다가도 행군 도중엔 거치적거리지 않게 대열 뒤쪽이나 숲속 옆길로 따라왔다. 밥을 따로 챙겨주지 않아도 넙덕봉 아래 귀틀집에서 그랬던 것처럼 산 속의 들쥐나 토끼를 잡아먹으며 허기를 때우는 눈치였다.

행군 일과를 마친 장정들이 야영막사를 칠 때쯤이면 호태가 어김없이 강계 포수 앞에 나타났는데 어떤 날은 뱃구레가 등짝에 달라붙은 채 꼬리를 흔들었다. 복길이가 그제야 식은 밥덩이에 남은 반찬을 모아 질그릇에 담아주면 그릇 밑바닥이 반질거리도록 싹싹 핥아 먹었다. 호태는 야밤에 낯선 사람이나 짐승이 천막에 다가올라치면 맹렬하게 짖고 추격하여 쫓아냈다.

경성 북병영에서 하루를 쉰 별포군은 시퍼런 동해 바다를 왼편으로 낀 평지 행군로에 접어들었다. 행진 대오의 오른편으로는 너른 들판이 이어졌고 4월 하순의 눈부신 햇살이 쏟아졌다. 느닷없는 군불 햇살에 범 포수들이 하나 둘 솜옷 저고리를 벗어 뒤따르던 수레에 실었다. 홑저고리 차림의 장정들은 시퍼런 밭보리가 너울춤 추는 황톳길에 일렬로 줄지어 구령을 붙이며 척척 나아갔다.

보리 꽃 사이에서 알록달록한 날개를 팔랑이며 춤추던 호랑나비들이 난데없는 호랑이 사냥꾼의 등장에 화들짝 놀라 파란 하늘 위로 솟구쳤다. 부뜰이가 훈초 옆에 바싹 붙어 더벅머리를 긁적이며 히죽히죽 웃었다.

"강계 어른, 쉬엄쉬엄 가시지요. 젊은 놈들보다 더 날래시니……. 대열 뒤쪽 장정들이 어르신의 보폭을 따라잡느라 진땀을 빼고 있습니다."

이마의 땀방울을 손등으로 문지르며 비칠거리는 부뜰이에게 강계 어른도 삐쭉 웃어 답했다.

"우리야 날 잡아서 간다지만, 오랑캐야 어디 우리 사정에 맞춰서 쳐들어올까. 놈들이 탄 군선의 빠르기가 쏜살같다던데……. 조급증 때문에 자꾸만 걸음이 빨라지는구나. 허허허……. 지금부터 내가 걸음새를 조금 늦춤세."

농익은 봄날의 쫑쫑거리는 종다리 소리가 범 포수의 잰 걸음을 고스란히 뒤따라왔다. 상큼한 바람이 바다에서 불어왔다. 산동네 회령 무지렁이들이 처음 맡아보는 수금기가 버무려진 마파람이다. 안 그래도 뱃구레가 홀쭉하던 차에 짭조름한 바람결은 김칫국물이나 진배없어서 범 포수 모두가 입맛을 다시고 콧구멍을 벌름거렸다.

부뜰이가 행군 대열의 뒤를 돌아보고 오른팔을 번쩍 들어 고함질렀다.

"자, 조금만 힘냅시다. 곧 점심 들밥을 자실 시간이요!"

"그려, 그려"

여기저기서 화답해왔다.

5월 초엿새. 회령을 떠난 지 열흘 만에 북청에 당도했다. 임진강 행군길의 반절이 넘었다. 칠보산을 멀찍이 바라보며 속보로 내닫는 산과 들이 신록으로 찬연했다. 명천산 고갯길만 빼면 내리 순탄한 평지여서 하루 두 참을 너끈하게 이동했다.

지나는 역마다 역승과 역졸이 따라붙어 어찌나 곰살궂게 챙겨주는지 회령 별포군은 한 사람의 낙오도 없이 생생한 행군 대열을 지었다. 원산으로 향하는 바닷가 참로의 한낮 행군에는 5월 초의 땡볕이 내리쬈다. 홑저고리마저 벗어 던진 장정들이 이마와 가슴팍에 돋는 땀방울을 연신 문질러댔다.

육참골단(肉斬骨斷)

함흥 역참을 넘으면서 행군 대오에 아연 긴장의 끈이 당겨졌다. 인솔 판관이 이 시간부로 화승총을 집총한 채 행군한다고 명했기 때문이다. 그동안 수레에 싣고 왔던 화승총을 풀어서 각 주인에게 지급하고 연환과 화약가루, 화승도 휴대케 했다. 강화도가 가까워지며 행군 중이기는 하나 화승총의 사격감각을 유지하기 위한 조치였다.

훈초 어른이 사격훈련을 지도하고 통솔했다. 행군 도중에 준적(准敵: 조준)과 거발(舉發: 사격) 조련을 실시하고 실탄 서너 발을 쏘았다. 훈련은 오전과 오후에 한 번씩 불시에 시작됐는데 첫 신호는 북소리였다. 소리 북을 멘 고수가 둥둥둥 다급한 소리를 수 분간 잇대면, 별포군은 그 소리가 끝날 때까지 은폐처를 확보한 다음 화약과 연환을 장전하고 심지 불을 댕겨 격발 준비를 완

268

료해야 했다.

북소리가 멎을 때까지 어정쩡한 상태로 몸을 노출시키고 있거나 실탄을 장전하지 못한 병사는 호된 기합을 받았다. 사격 준비가 끝나면, 어느새 까랑까랑한 태평소 소리가 울리며 기다란 대나무 솔대 끝에 매단 과녁이 하늘로 치솟았다.

그로부터 화승총수들이 일제사격을 했다. 무명천 과녁에는 다소 어설픈 솜씨였으나 먹그림으로 코가 길쭉한 서양 오랑캐의 상반신이 그려져 있었다. 범 포수가 곧 상대해야할 적군이 누군지 과녁이 명확하게 지목하고 있었다.

솔대 과녁은 이삼 분 간격으로 세 번 올라갔고 별포군은 그에 맞춰 세 발을 사격했나 늘내가 오를 때미다 100여 정의 화승총구가 불꼬리를 매달고 연환을 쏘아 붙였다. 강계 포수의 고함소리가 쉴 새 없이 범 포수들을 옥죄었다.

"거발할 때는 개머리를 뺨에 바짝 붙여라. 목표물이 가늠자와 가늠쇠에 일자정렬되기 전에는 방아쇠를 당기지 마라. 가늠쇠를 대강이에 맞추지 말고 가슴에 박는다고 여겨서 준적하라."

무릎 쏴 사격자세가 흐트러진 별포군에게는 강계 포수의 솥뚜껑만한 손바닥이 등짝을 후려쳤다.

"무릎 쏴 자세는 오른쪽 무릎을 쇠말뚝처럼 딴딴하게 고정해라. 머리와 팔을 흔들지 말고 숨을 멈추어서 오로지 총알 박을 표적만 쳐다 볼 것이며, 목표물에 연환이 박혔음을 확인하기 전까지는 절대로 눈을 감지마라."

엎드려 쏴 자세로 초탄을 발사한 뒤 그 자리에서 화약을 재장
전하는 별포군을 일으켜 세운 강계 포수는 가슴팍을 드세게 밀치
며 꾸짖었다.

"초탄을 발사하면 적에게 네 위치가 발각된 것이나 다름없거
늘, 그 자리에서 연속 사격하는 건 날 잡아가라고 나발 부는 셈
이야!"

백두산 범 포수에게 감히 화승총 사격을 조련시킬 넉살이 어디
있을까. 범 포수야말로 자타공인의 조선 최고의 화승총수였다.
한양의 훈련대장이 아니라 상감마마가 나서서 가르친들 콧방귀
를 뀔 별포군이다. 그들에게 총 쏘는 법을 다시 가르치고 등짝을
후려칠 사람은 조선 천지에 강계 포수밖에 없었다.

날마다 행군하고 날마다 사격했다. 행군 열사흘 째, 아침부터
강파른 속보 행군이 이어졌던 날이었다. 원산 앞바다가 눈앞에
걸리는 문천 역을 지났다. 장정들의 바싹 탄 입에서는 단내가 풍
겼고 딴딴하던 다리가 우무 가닥처럼 흐느적거렸다. 발바닥의 물
집이 터지고 짓물러서 발싸개 무명천을 발갛게 물들인 장정이 늘
어났다.

해가 뉘엿거릴 즈음에야 안변 들녘에 닿았다. 태백산맥이 돋아
나 용틀임을 시작하는 철령의 산그림자를 남쪽 울타리로 두른 고
을이다. 역리를 대동하고 별포군을 마중 나온 찰방 일행을 만나
면서 그제야 훈초 어른이 속보 행군을 해제한다는 신호를 냈다.

범 포수들이 길가 풀 섶에 되는대로 드러누워 가쁜 숨을 몰아쉬었다. 찰방은 미리 터를 골라서 평탄하게 다져놓은 숙영지로 별포군을 안내했다. 남대천의 지천 계곡물이 흐르는 여울꼬리 개활지였다.

인솔 판관이 파김치처럼 늘어져 있던 장정들에게 선물보따리 하나를 풀었다. 만면에 미소를 띤 채 선언했다.

"하루 종일 뜀박질 행군하느라 고생이 많았다, 내일 하루는 이 곳에서 휴식한다"

장정들이 환호성을 지르고 경중경중 뛰었다.

아낙 살림에서 별포군을 위해 푸짐한 저녁 밥상을 준비했다. 팥과 밤을 넣고 가마솥에다 지은 쌀밥을 상머슴 밥주발에 고봉으로 담아놓고, 해초에 말린 청어를 넣고 끓인 토장국에다 고초장을 발라 석쇠로 구운 먹음직스런 코다리 반찬이 밥상마다 그득했다.

순식간에 고봉밥을 뚝딱 해치우고도 성이 차지 않은 별포군이 솥바닥 누룽지마저 박박 긁어 먹은 뒤에야 허리끈을 풀고 그윽, 게트림을 해댔다.

찰방의 눈이 화등잔만 해졌다. 그는 혀를 차면서 껄껄거렸다.

"찹쌀 반섬을 가마솥에 안쳤으니, 보통 남정네라면 250명은 먹고도 남았을 텐데……. 과연 범 포수답소이다!"

다음 날은 회령을 떠난 뒤 처음으로 해가 중천에 꽂힐 때까지 코골음을 지르며 두벌 늦잠을 잤다. 햇살이 뜨거운 한낮에는 계곡으로 몰려갔다. 소금기와 먼지로 떡진 봉두난발을 쫠쫠거리는 물살에 씻어내고 훈련에 찌든 몸통도 닦고, 바지와 저고리도 빨아 널었다. 옷을 벗고 몸을 닦는 강계 포수의 상체가 오십 줄 남자답잖게 우람했다.

범을 쫓던 포수였을 땐 입매가 쇠뭉치같이 무거웠던 강계 어른이었다. 그러나 강화도 행군길에 나서면서 어른의 모습이 달라졌다. 행군 대오에 앞장서서, 하루 종일 어른의 좌우에 달라붙어 있는 복길이와 부뜰이에게 속내를 오사바사하게 털어놓는 일이 잦았다.

강계 어른에게도 이런 살가운 정나미가 있었구나 싶어 새삼 놀라는 복길이었다. 그날도 강계 어른이 갯가 바위에 앉아 개울물에 발을 담그고 있던 복길이와 부뜰이에게 뜬금없는 이야기 한 자락을 끄집어냈다.

"만약에 말이다, 화승총이 헛방을 질러 성난 호랑이가 속수무책으로 포수에게 달려들면……. 그땐 어떻게 해야 할까?"

복길이와 부뜰이가 뜬금없는 어른의 말에 눈을 동그랗게 떴다. 도무지 감을 잡을 수 없는 질문이다. 애초에 답변을 기대하지 않은 물음임이 분명했다.

강계 어른이 이내 씨익 웃으며 '잘 보거라'하더니 왼팔을 위로 치켜서 팔뚝 안쪽을 보여 주었다. 자세히 살펴보니 깊은 상처가 아물고 메워진 흔적이 또렷했다. 10여 년을 한 집에 살았음에도 복길이가 건성으로 보아 넘긴 상처 자국이었다.

어른은 몸통을 돌려 보여 주며 말했다.

"옆구리도 잘 봐, 발톱 자국이 보이니까"

과연 그랬다. 호랑이의 발톱 흔적이 희미하게나마 양쪽 옆구리 등 쪽으로 나 있었다. 호랑이를 맞닥뜨려 생긴 상처까지 보여주며 이야기보따리를 풀어 놓는 훈초 어른을 어느 사이에 범 포수들이 빙 둘렀다. 장정들이 어른의 상처 자국을 꾹꾹 눌러 만져보곤 연방 감탄사를 터뜨렸다.

부뜰이가 벙글거리며 어른 말씀에 딴지를 걸었다.

"에이, 호랑이에게 물리고도 어떻게 살아남을 수 있습니까?"

어른이 이야기를 더, 흥미진실하게 풀어놓도록 거는 말장단이었다. 개울물에 맨발로 서 있던 어른이 껄껄 웃으며 아예 개울턱 바위에 자리를 잡고 앉았다.

"부뜰이 말이 맞다. 일방적으로 물렸던 자국이 아니야. 호랑이란 놈과 맞붙어 싸우다가 생긴 상처지. 여덟 자나 될까싶은 어중간한 호랑이였어. 사정거리 밖에 있던 놈에게 실수로 방아쇠를 당겨 옆구리에 선불을 놓고 말았지. 잔뜩 화가 난 놈이 으흥, 입을 쫙 벌려서 달려들더니 앞발 두 짝으로 내 옆구리에 발톱을 박았단 말이야."

멱을 감고 있던 범 포수 스물 댓 명이 더 몰려와서 강계 포수를 에워싸고는 눈을 반짝이고 귀를 쫑긋 세웠다.

"…… 입 벌린 호랑이 대가리가 내 얼굴로 달려드는 순간에,

왼 팔꿈치를 꺾어 올리고 놈의 아가리 깊숙한 곳까지 죽을힘을 다해 팔꿈치를 밀어 넣었어. 내 팔뚝은 나무 뭉치다, 그렇게 생각하고 말이야. 호랑이 입에다 내 팔뚝으로 재갈을 물린 뒤에 놈이 주춤하는 사이 오른손으로는 허리춤의 단검을 빼내 그놈의 눈알에 힘껏 박아 넣었어. 칼을 아래위로 힘껏 휘저었더니 피가 쏟아지고 놈의 두개골이 칼날에 긁히는 소리가 났지……. 내 허리를 감았던 놈의 발톱이 그제야 뽑혔고 뒤로 나동그라졌어. 한쪽 눈에 피를 철철 흘리던 놈은 캑캑거리는 강아지소리를 지르며 정신없이 도망갔어. 호랑이가 비명도 지른다는 사실을 그때 처음 알았지. 하하하……."

듣고 있던 별포군들이 입을 벌린 채 할 말을 잊었다. 개중에는 나지막한 신음을 뱉는 장정도 있었다. 복길이가 어안이 벙벙한 표정으로 어른에게 되물었다.

"아무리 대찬 범 포수라 해도, 호랑이와 맨몸으로 맞붙어 싸우는 일은 아무나 할 수 있는 대거리가 아니잖습니까……?"

"그렇지. 그러나 미리 마음의 준비를 하고 훈련만 제대로 해놓는다면, 백두산 범 포수라면 누구나 가능한 일이기도 하다. 호랑이란 놈은 송곳니를 희번덕거려서 상대에게 겁을 주지만, 사실은 그게 자신도 두렵다는 뜻이거든."

복길이가 곰곰 생각해보니 과연 강계 어른은 그랬다. 범 사냥을 나서기 전 화승총을 닦고 기름칠하는 와중에도 수시로 오른손을 옆구리의 단검 칼자루에 갖다 대고 칼 뽑는 동작을 반복했다.

처음엔 이상하게 여겼지만, 일상으로 반복됐던 행동이어서 무심코 보아 넘기고 말았던 일이다.

강계 포수를 둘러싼 장정들이 무언가를 골똘히 생각하는 듯 했다. 제 살점을 내주고 상대의 뼈를 깎아야 한다는 어른의 말뜻을 새기는 눈치였다. 화승총보다 월등한 소총을 가진 오랑캐를 상대로 싸워야 하는 그들이다. 그 싸움의 자세가 어떠해야 옳은가를 강계 포수가 넌지시 말하고 있음을 눈치챘다.

그들이 맞닥뜨릴 서양 오랑캐는 호랑이 이빨과는 비교가 안 되는 섬뜩한 장총을 쥔 놈들이다. 그 소총 앞에 팔뚝 하나 질러놓고 놈들이 뼈를 깎을 방법이라 애초에 존재하지 않았다. 그러나 범 포수들은 누구도 강계 어른에게 방도를 되묻지 않았다.

자신의 명줄을 끊고 이음은 가르침을 받아서 터득할 이치가 아니다. 제각각 죽음을 맞닥뜨리는 순간에 제 스스로 결정하고 행동해야 할 몫이었다.

판관이 그날 늦은 오후에 범 포수 30여 명을 집총 장전케 하여 인근 야산으로 올려 보냈다. 그들은 산자락으로 흩어진지 두어 시간 만에 넉넉한 저녁 찬거리를 잡아왔다. 별포군을 따라나섰던 호태까지 통통한 까투리 한 마리를 입에 물고 돌아왔다.

얼기설기 급조한 한뎃부엌의 가마솥에 껍질 벗긴 토끼 예닐곱 마리를 집어넣어 뭉근한 장작불로 우려내자 뽀얀 곰국이 설설 끓었다. 장끼와 까투리는 한입 크기로 뼈까지 몽당 토막을 내어 거꾸로 엎은 가마솥 뚜껑에다 지지고 볶았다.

그날 저녁은 별포군과 취사 수발을 들던 안변 역참의 노비는 물론 풍산개 호태까지 육 고기 포식을 했다. 안변에서 하루를 쉬어 가자 장정들이 막 뭍에 오른 월척 잉어처럼 펄떡거렸다.

파란 눈의 맹수

5월 10일 아침, 야영 막을 걷고 행군 대오를 지을 즈음이었다. 북참로를 오르던 파발마가 안변 역참에 통문 하나를 떨어뜨리고 갔다. 4월 20일 강계에서 출발한 별포군 2초가 오월 초닷새에 더덜매 숙영지에 도착했다는 내용이었다.

백두산에서 흘러내린 물굽이 하나가 이윽고 한강 물줄기에 다다랐음에, 회령 산포수들이 주먹손으로 하늘을 찌르며 환호했다. 우리도 서둘러 감세, 어여 어여 길 떠남세, 회령 범 포수들이 자진하여 대열을 짓고 남행길을 좨쳤다.

강원도 경계를 넘어가며 평탄했던 동해안 바닷길이 끝났다. 그들 앞에 철령 산자락이 절벽처럼 가로막았다. 백두대간이 조선의 허리춤에서 태백산맥 굽이 길로 갈아타는 곳이다. 그날 오후에 고산 역참을 지났다. 분수령(分水嶺)으로 향하는 가파른 고갯길을 별포군 행군 대열이 능구렁이처럼 친친 감았다.

남도사람에게야 태백산맥 구비 길은 입에서 단내 풍기는 힘겨운 산길이다. 그러나 북관 산포수에게는 고만고만한 뒷산 골짝 길에 불과하다. 2,000미터가 넘는 고산준봉이 칠팔백 리나 뻗친 백두산자락 연봉들을 안마당처럼 타넘었던 이력 때문이다.

　분수령에 오르자 태백산맥 능선이 겹겹 주름으로 자욱하게 발 아래에 깔렸다. 분수령은 동서로 강물줄기를 뻗어 내리는 발원지로, 동해안으로 흘러드는 남대천과 한강과 합해지는 임진강의 시원을 짓는다. 두 강물의 줄기를 끈처럼 이으면 조선 땅 한가운데를 불끈 동여매는 허리띠가 된다.

　강계 포수가 분수령 정상에 다다른 별포군에게 휴식을 명했다. 장청늘이 바위나 흙바닥에 걸터앉아 흐르는 땀을 닦아내며 나지막한 탄성을 올렸다. 한강으로 흘러드는 임진강이 그곳에서 발원 되고, 그래서 그네들이 가야할 임진나루가 어느 사이에 사부작사부작 머릿속에 들어앉았기 때문이다.

　산꼭대기 웃바람이 살랑거려서 손바닥을 닮은 떡갈나무 잎사귀가 팔랑거렸다. 함경도 사내를 수줍게 맞는 남도 처녀의 섬섬옥수가 살랑거리는 것 같아서, 저고리를 벗어젖힌 범 포수들이 잎사귀를 따다가 입에 물고 히죽거렸다. 태백의 산굽이는 거기서부터 내리막이다.

　행군 대오가 평강 역참을 눈앞에 두었을 땐 5월 땡볕이 기승을 부렸다. 땀을 줄줄이 쏟고 턱까지 차오르는 숨을 헐떡였다. 행군 이 힘들어서가 아니었다. 수시로 화승총 거발 훈련이 실시되면서 산모퉁이 외딴 길을 하루에도 몇 번씩 뛰고 굴렀던 탓이다.

철원 평야에 접어들자 두터운 비구름이 몰려들었다. 얼마 안 있어 하늘은 우르르 쾅쾅 우레 소리를 지르더니 곧장 동이물을 퍼붓듯 굵은 빗줄기를 쏟았다. 행군하던 범 포수들이 들판이 떠나라 고래고래 소리를 질렀다. 땀과 소금기로 질척거렸던 몸통에 안성맞춤으로 뿌려대는 소낙비가 한없이 고마웠다.

짐승소리를 내지르면서도 한 치의 흐트러짐이 없는 행군대오가 장대비를 뚫고 나아가는 진풍경이 펼쳐졌다. 기율과 군율이 그들의 몸통에 달라붙어 함께 움직였다. 행군 대열을 마중 나왔던 철원 역 찰방이 갑자기 쏟아진 비보라를 만나 갈모를 썼지만, 물에 빠진 생쥐 몰골로 말안장에 올라 있었다. 그는 빗줄기가 어른거리는 저 멀리서 웃통을 벗은 별포군 장정들이 괴성을 지르며 다가오는 모습을 맞닥뜨렸다.

"허허허……. 범보다 무서운 백두산 범 포수라더니. 과연!"

찰방의 팔뚝에 난데없는 소름이 돋았다.

그날 밤은 별포군 모두가 기와지붕 아래서 단잠을 이뤘다. 빗줄기 들이치는 천막에서 잠을 자다 몸이라도 상할까 염려한 철원 찰방이 객사의 빈방과 도호부 관아 사랑채까지 비웠고, 그래도 모자랄까 저자의 객주 빈방까지 잡아 놓았기 때문이다.

밤이 늦어서야 하늘이 갰다. 싸리 다발 빗줄기가 먹구름을 깨끗이 쓸어간 탓에 철원의 너른 밤하늘은 달빛과 별빛이 한껏 흐드러졌다. 호롱불 다발로 새끼를 꼰 듯 촘촘하게 흐르는 미리내

강물 위로 쪽배 달이 둥실 떠다녔다.

역참 노비가 차려준 저녁밥상을 물리고 부른 배를 두들기던 산포수들이 숙소 툇마루나 댓돌에 되는대로 엉덩이를 깔고 앉아 별꽃이 무더기진 밤하늘을 허옇게 올려다봤다. 아무리 봐도 그 달은, 두만강 위에 떠있던 곰살궂은 눈썹달이었다.

회령을 떠나 발바닥에 옹이가 박히도록 걷고 뛰어 철원까지 왔는데, 허여멀건 두만강 쪽달은 제 먼저 족제비처럼 철원까지 달려와 고향 남정네들을 맞았다. 희멀건 쪽달은 고향 회령에 두고 온 처자의 귓불처럼 하늘거렸다.

소나금 익수비로 전월 누와 무논들이 빗물을 가득 담았다. 왕눈을 물 위로 빠끔 내민 악머구리들이 밤새 아글아글 합창소리를 지폈다. 복길이는 쪽박 달이 먼 산 뒤편으로 사라질 때까지 두 눈을 멀뚱거리며 엎치락뒤치락 잠을 설쳤다. 부뜰이가 제 딴에는 복길이를 위한답시고, 초저녁에 지나가는 말처럼 툭 던진 한마디가 화근이었다.

"나야 뭐, 고향에서 기다릴 처자식이 없으니 그렇다 치고……. 복길이 넌 각시하고 방울이가 무척 보고 싶겠구나……."

억지로 감은 눈꺼풀 망막에는 은연이의 버들눈썹이 어른거렸다. 회령 천변의 굴피지붕 아래서 자신을 기다릴 가시의 허리춤과 흰 젖살이 사무치게 그리웠다. 방울이의 동그란 눈망울도 가슴팍 위를 차올랐다. 은연이의 아랫배는 지금쯤 얼마나 불러있을까. 삼경이 넘어서야 겨우겨우 잠들었다.

철원 벌판의 끄트머리에서 시작된 나지막한 산굽이 길이 연천
의 들대까지 이어졌다. 들길은 자잘한 언덕길만 제외하면 황해
바다에 닿을 때까지 내내 편편하다. 철원 평야를 지나면서 숙영
지 더덜나루가 다가오자, 별포군은 한 번도 가 본적 없는 강화도
의 모습을 머릿속에 그려나가기 시작했다.

행군하는 장정들이 말수가 줄고 어깻죽지를 늘어뜨리는 모습
이 역력했다. 서양 오랑캐가 들길 저 너머 아득한 곳에서 상어 이
빨을 드러내고 히죽거렸으며, 별포군이 걸음 하나를 뗄 때마다
섬뜩섬뜩 한 푼씩 몸체가 커졌다.

강계 포수가 행군 대열의 분위기를 모를 리 없었다. 그날 오전
내내 입을 다물고 있던 어른이 뜬금없는 말 한 자락을 부뜰이에
게 불쑥 던진 것은 철원 들판 행군길이 거의 끝나가던 오후였다.

"사람의 눈이 말이야, 왜 앞쪽만 쳐다보게 만들어졌을까?"

강계 어른 이야기의 첫 마디는 대개가 생뚱맞았다. 그러나 뜬
금없는 물음에는 보통 칼칼한 세상사의 이치가 담겨 있었다. 어
른은 또 어떤 이야기가 하고 싶으신 걸까, 부뜰이가 퉁명스레 대
답했다.

"그야 앞을 보고 걸어라, 돌부리에 걸려 넘어지지 말라, 그런
뜻이지요."

"조물주가 말이야 하필이면 왜, 옆도 못 보는 바보 같은 눈을

사람 얼굴에 박아놨냐는 그 말이지."

"……."

강계 어른이 대꾸도 못하고 쭈뼛대는 부뜰이에게 벙긋 웃어주
었다.

"흐흐흐…… 조물주는 말이야, 사람 같은 맹수에겐 앞쪽만 뚫
어지게 쳐다보라며 얼굴 한 가운데에다 눈알을 박아 놓으셨지.
화승총 불심(火力)만 믿고, 삼십년간 깊은 산골짜기를 다니다보
니 숱하게 많은 산짐승과 눈을 마주쳤어. 그때마다, 백이면 백 그
놈들이 먼저 움찔거렸단다. 야밤중에 맞닥뜨려 가장 두려운 안광
(眼光)은 짐승눈빛이 아니라, 같은 인간이 눈에 켜대는 그 시퍼런
ㅁ''''''''''''ㅓ   ."

곁따르던 복길이까지 빙글거리며 끼어들었다.

"사람도 그렇지만, 호랑이 눈도 그렇게 박혔잖아요, 앞만 곧추
보도록……."

"그래. 호랑이란 놈도 뒤나 옆은 고개를 돌리지 않는 다음에야
못 쳐다봐. 사람 눈과 정확하게 시선이 일치하는 짐승이 바로 호
랑이와 같은 맹수야. 맹수끼리 두 눈을 마주치면 그야말로 불똥
이 튀길 수밖에 없지. 누가 됐던 명줄 하나가 끊어져야 그 싸움이
끝난다. 무승부는 없어."

듣고 보니 그러했다. 어른의 말을 증명이라도 하듯 복길이와
부뜰이가 서로를 죽일 듯이 쳐다보다가 이내 낄낄거렸다. 복길이
가 어른을 빤히 쳐다보았다.

"어른께서는……. 진정으로 서양 오랑캐가 두렵지 않으신지요……?"

"사실은 나도 저들이 무섭다. 그러나 눈도 마주치기 전에 지레 겁먹고 먼저 나자빠지는 얼간이 짓은 하지 않으려 해. 서양 오랑캐도 맹수 종류에 불과하니까 말이야. 복길이 네가 지금도 용서 못하는 만주 화적떼도 맹수였고, 미리견 병사는 그 보다 몇 배 더 사납지만 어쨌든 맹수일 뿐이야……."

부뜰이가 마치 이실직고 하듯 어른에게 실토했다.

"그놈들 손아귀에 쥔 장총의 실탄이 일백 장을 넘게 날아온다니……. 정말 두렵기만 합니다. 행군 중에 화승총 사격 훈련을 했지만, 저놈들의 장총만 생각하면 온 몸에 힘이 빠지고 맙니다. 어르신, 내색은 않고 있지만 더덜나루가 가까워지면서 별포군 모두가 떨고 있습니다."

강계 어른이 먼 산을 쳐다보며 허허 웃었다.

"네 말이 맞다. 우린 지금 미리견 병사의 날카로운 송곳니를 향해 걸어가고 있어. 그들의 무자비한 이빨 앞에 기를 쓰며 모가지를 들이대는 꼴이지. 비참하지만 그것이 현실이야……."

복길이와 부뜰이가 짚신 코만 내려다보고 타박타박 걸었다. 굳은살이 밴 발바닥은 마치 천관녀를 찾아가는 김유신의 말발굽처럼, 오로지 임진강을 향해 터덕터덕 디뎠다. 너르디 너른 경기도의 들녘 길은 걸어도 걸어도 그 끝을 보여주지 않는다.

나지막한 산자락을 만났다. 강계 어른이 북재비에게 수북(끈을 달아 휴대하는 큰북)을 때리라고 소리쳤다. 그 신호가 행군중의 마지막 거발 훈련을 알리는 신호였다.

연천 역참에서 잠시 휴식하며 점심밥을 먹고는 이내 오후 행군 길에 올랐다. 거기서부터 민가가 많아졌고 논밭 지천이어서 행군 도중의 사격훈련을 중단했다. 백여 명 범 포수가 한꺼번에 수백 발의 화승총을 쏘아댔다가는, 순진한 백성들은 오랑캐가 침공한 줄 알고 혼비백산할 게 뻔했기 때문이다.

게다가 별포군 행색도 문제였다. 남루한 옷차림에다 뙤약볕 속의 강행군으로 얼굴이 새까맣게 탔다. 덩치 크고 얼굴 시커먼 장정들이 부리부리한 눈을 희번덕거리며 총질하는 모습은, 아무리 점수를 후하게 매겨도 이방 쇠 이빼씼세, 배 배미 깨 수 휴 안 거두어 다시 말 수레에 실으라고 지시했다.

해가 뉘엿거릴 무렵에 전곡의 들녘을 끼고 돌자 임진강과 한탄강, 두 물머리가 합쳐지는 물굽이를 만났다. 회령의 두만강 폭과는 비교도 되지 않게 너른 강줄기가 눈앞을 꽉 채웠음에도 별포군은 아무도 감탄하지 않았다. 그 강물이 한강을 만나 곧장 황해로 흘러들어 강화 해협을 짓고, 바야흐로 그들이 지킬 강화도에 닿기에 단지 소리를 죽여 도도한 강물을 바라다만 보았다.

5월 18일의 까치놀이 산포수의 가슴을 벌겋게 눌렀다. 강변 모래톱에 솥단지를 걸고 저녁밥을 지어서 연천 역참에서 실어온 찬으로 저녁밥을 먹었다. 날이 어두워지자 인솔 판관의 지시로 강변 사장에 장작불 무더기를 피워 놓고 별포군 모두가 줄지어 늘어섰다. 판관이 앞에 나서서 임진강변까지 낙오자 한 명 없이 행군을 마친 노고를 치하하고, 강화도 진지에 투입되는 그 날까지 모쪼록 긴장을 흩트리지 말라는 훈시를 했다.

뒤이어 훈초 어른이 나섰다. 어른은 화톳불 무더기를 더 키우게 해서 장작더미가 사람 키만큼이나 높아졌다. 산포수 모두를 그 앞에 다닥다닥 붙어 앉게 했다. 강계 포수의 쩌렁한 목소리가 초여름 밤바람을 갈랐다.

"귀여겨들어라. 이제 강화도는 불과 지척이다. 서양 오랑캐의 총알에 우리가 맞아죽기는 여반장이어도, 화승총알이 놈들을 맞추는 일은 하늘의 별을 따기보다 더욱 어렵다. 그걸 알면서도 우리는 저들과 싸우러 간다."

굵은 말(言)가락이 뚝 끊겼다. 껌껌한 밤하늘을 한참이나 쳐다보던 강계 어른이 다시금 우렁우렁한 소리를 이었다.

"지금부터……. 우리들 목숨이 더 이상 우리 것이 아님을 명심해라. 당당하게 싸우고 떳떳하게 죽어라. 조선과 조선 백성이 믿을 구석이라고는 우리 백두산 범 포수 밖에는……."

억하심정에라도 치받히는 것 같았다. 훈초의 숨구멍을 타고 솟구치는 말들이 목울대에 걸려 컥컥거렸다. 탁탁 소리를 내며 타는 모닥불이 어른의 목 심줄을 오롯이 반사했다. 탱탱한 어른의 언어가 막바지를 치달았다.

"백두산 자락에서 그 무시무시한 고려 범을 기다렸던 숱한 밤

284

들을 떠올려라. 오랑캐가 일곱 장 안에 들어 올 때까지……. 무조건 기다려라. 죽을 수는 있어도 무릎 꿇어 살 길은 없다. 피할 수 없는 죽음이라면 더운 가슴으로 끌어안아라. 그게 범 포수다!"

화톳불 주위는 기침소리 하나 없이 조용했고 장정들은 미동도 않았다. 몇몇 포수가 무릎 사이에 머리통을 끼우고 흐느꼈다. 강계 어른이 연천 역참에서 수레에 실어 왔던 막걸리 통을 가려오라고 일렀다. 커다란 나무 술통의 마개를 따고 장정 모두에게 밥주발 한가득 술을 따라 주었다. 행군 이후 처음으로 허락된 음주였다. 강계 어른이 술잔을 높이 들게 했다.

"오늘 저녁은 취해도 좋다. 그러나 술이 깨는 새날부터는 나약한 모습을 보이지 마라. 겁을 집어먹으면 총 한 방 못 쏴보고 죽는다. 서양 오랑캐가 사나운들 백두산 고려 범만 하겠느냐. 우리가 이 세상에서 가장 용맹스런 백두산 범 포수임을 한시라도 잊지 마라!"

여남은 개의 술통이 하나씩 비워졌다. 두어 순배가 돌고 난 뒤 강계 포수는 숙영 막사로 돌아와 억지 잠을 청했다. 술자리가 무르익고 장정들의 왁자지껄 고성방가가 두어 시간은 시들었을 즈음에 복길이도 막사로 돌아와 강계 포수 옆에 누웠다.

어른의 눈치를 살폈다. 오른팔로 눈을 덮고 있는 어른은 아직 잠이 든 것 같지 않았다. 복길이가 나지막한 목소리로 어르신을 불렀다.

"주무시는지요?"

"……."

"어르신, 초저녁에 훈시하실 때 안색이 안 좋아 보였는데, 혹시 속이라도 불편하신지요?"

아무런 대답이 없었다. 정말로 편찮으신가, 덜컥 겁이 난 복길이가 어른 곁으로 다가가 눈을 가린 오른팔을 살며시 잡아 흔들었다.

"어르신, 어르신……!"

어른 팔뚝에 힘이 가득 실려서 꿈쩍도 않았다. 복길이가 그제야 팔소매의 눈을 가린 부위가 온통 물기로 젖었음을 깨달았다.

"어르신……."

복길이가 가만히 제자리로 돌아왔다. 이불을 머리 위까지 뒤집어썼음에도, 막사 바깥의 장정들 소리가 고스란히 귓바퀴에 담겼다. 눈을 질끈 감은 복길이는 꽤 오랫동안 뒤척거렸다.

천녀가 데려간 최 서방

그날 밤 더덜매의 하늘은 별들이 워낙 촘촘하게 얽혀서 별무더기들이 서로를 붙잡고 빙글빙글 돌아가는 물돌이 같았다. 미리내는 밤새 더덜매와 한 통속으로 뒤섞여 도도하게 흘렀다. 하늘과 땅이 맞닿은 가없는 강물에 거룻배 몇 척이 두리둥실 떴고, 뱃사공은 총총히 박힌 별꽃을 지날 때마다 상앗대를 꽂아 끌어당기곤 그곳에 사는 천녀(天女)들에게 귀엣말을 소곤거리고 꼬여 뱃전에 오르게 했다.

거룻배가 밤하늘을 두둥실 가로지르더니 이내 더덜매 강변의 모래톱에 닿았다. 날개옷 입은 처자들이 바스락바스락 옷자락 스치는 소리를 내며 거룻배를 하선하곤 범 포수 바로 옆으로 살며시 다가가 앉았다. 처자들은 이윽고 술에 취한 사내들의 머리통 하나씩을 붙잡아 무릎 위에 얹어서 밤새 등짝을 토닥토닥 두들겼다. 사내들은 세상모르고 쌔근쌔근 단잠에 빠졌다.

동이 트려면 한 시간은 더 기다려야 했을 5월 19일의 미명이었다. 숙영지에서 그리 멀지 않은 먼 거리에서 서무 쾌하 어둠이 기운을 단숨에 쪼개는 날카로운 총성이 들렸다. 화들짝 놀라 잠을 깬 판관과 훈초 어른이 고함을 질러 숙영지 보초병을 부르곤 즉각 별포군 전원을 기상시켜 막사 앞에 도열시키라고 명했다.

그러나 일일이 깨울 필요도 없었다. 지난 밤 막걸리 폭음에 대취했던 장정들은 모래밭과 야영막 여기저기 되는 대로 널브러져 곤하게 코를 골았지만, 새벽 공기를 뚫은 총성이 워낙 섬뜩하여 즉시 잠에서 깨어 삼삼오오 모여 앉아 웅성거렸다.

새벽 총성의 연유는 알 수 없었으나 분명한 사실 하나는 그 소리가 범 포수들이 신물나게 들어왔던 조선군의 화승총 소리라는 것이었다. 지휘부 막사 앞에 집결한 별포군 장정들에게 인솔 판관이 다급하게 지시했다.

"각 분대는 속히 인원을 점검하여 보고할 것이며, 수레에 실어서 보관 중인 화승총의 수량도 즉각 확인하라"

대열을 이탈한 장정의 신병이 확인됐다. 회령 고령진에 배속된 화승총수 최 서방이었다. 별포군을 지원하기 전에는 만주 쪽 험산까지 넘나들며 호랑이며 곰, 주로 덩치 큰 맹수를 사냥했던 포수였다. 판관의 짐작대로 수레에 실려 있던 화승총 역시 한 자루가 사라졌다.

어느덧 사방이 밝아왔다. 별포군이 숙영했던 강변 모래밭이며 강물까지 또렷하게 보였다. 판관이 다섯 명씩 짝을 지어 강변 모래밭 일대를 빈틈없이 수색하라고 지시했다. 일부 병력은 강둑 너머 논둑밭둑까지 보내 꼼꼼히 살피게 했다.

수색을 시작한 지 불과 이십여 분 만에, 숙영 막사와 불과 백여장(300여 미터) 떨어진 강변에서 다급한 고함소리가 들려왔다.

"최 서방을 찾았소!"

별포군 모두가 수색을 중단하고 그 곳으로 달려갔다.

숙영지 막사에서 볼 때 마치 가림막 같은 모래둔덕의 아래에서 최 서방은 반듯하게 누운 자세로 머리 통이 온통 피범벅인 사체로 발견됐다. 정황으로 미루어 자살임이 확연했다. 연환을 장전한 화승총을 배 위에 올려놓고, 두 손으로 총신을 붙잡아 턱밑을 겨냥하곤 발가락에 노끈으로 묶은 방아쇠를 뒤로 밀쳐서 발사한 흔적이 고스란히 남아 있었다.

화승총 용두에 걸린 심지불이 그때까지 타고 있었고 연환이 관통한 뒷통수에서는 검붉은 피가 흘러나와 모래밭을 적셨다. 자살 현장을 겹겹이 두른 별포군이 입과 눈을 가리고 혹은 무릎을 꿇은 채 넋을 잃었다.

워낙이 참혹하여 선뜻 호곡하거나 눈물을 비치는 장정도 없었다. 다만, 여기저기서 장탄식과 함께 나지막한 신음이 흘러나왔다. 강계 포수가 별포군 장정들 뒤에서 천둥같은 호통을 지른 것도 그 때였다.

"무슨 구경거리라고 그리도 뚫어지게 쳐다보는가. 썩 물러서서 야영막사로 돌아가게, 썩 꺼지게!"

최 서방의 자살은 두려움에 싸인 별포군의 심정이 극단적으로 드러난 경우였다. 같은 분대 소속의 장정들은 요 며칠사이 최 서방이 보여준 급격한 감정의 기복을 떠올리곤 그가 자살에 이를 수밖에 없었던 사정을 쉬 수긍했다.

최 서방은 열일곱 나이에 부모가 짝지어 준 무산고을의 동갑내기 처자와 혼인했다. 무산댁은 3년 터울로 사내아이와 계집아이를 낳고 15년이나 알콩달콩 살아놓곤, 불과 서너 달 전인 신미년 정월에 자식과 함께 감쪽같이 사라지고 말았다.

그날 밤 고령진의 야간 경계 당직을 섰던 최 서방은 경계 당직을 마치고 새벽녘에 텅 빈 집안에 들어섰다가 기함하고 말았다.

장롱을 뒤져 아내와 자식들의 옷을 모두 꺼내 간 어지러운 흔적과 함께 그간 그들 부부가 합심하여 알뜰살뜰 모았던 값비싼 은금부치들이 사라졌기 때문이다.

최 서방은 아내가 다시는 돌아오지 않을 길을 떠났음을 직감했다. 뒷날, 장터 사람들은 혀를 끌끌 차며 회령 장날이면 꼭 찾아와 서양 분첩을 팔던 노총각 보부상이 무산댁을 데려갔다고 증언했다.

아내를 데려간 보부상은 두 번 다시 회령 장터를 찾지 않았다. 무산댁은 자식을 둘 낳은 유부녀였지만 외모가 워낙 출중했던 탓에 속사정 모르는 외지 사내들은 대놓고 흘끔거리기 일쑤였다. 무산댁이 사라진 뒤 장터 아낙네들은, 젊으나 늙으나 얼굴 반반한 여자들은 사내들이 그냥 놔두질 않는다며 못된 세태를 한탄했다.

마누라와 자식까지 잃은 최 서방은 심한 우울증을 앓았다. 별포군 경비 근무를 제외하면 사람을 기피했고 쥐죽은 듯 집안에만 틀어박혀 독주를 들이켰다. 강화도 출정에 나선 이후 태백산맥을 넘어 경기도 땅을 밟으면서 최 서방의 증세는 더욱 심해졌다고 했다.

강계 어른의 엄명으로 최 서방의 자진은 더 이상 별포군들이 입방아에 올리지 못했다. 전투를 앞둔 병사의 자살은 조선군 군율에서도 최고의 중죄로 여겼기 때문이다. 최 서방이 소속됐던 조원들이 임진강 물로 시신을 닦고 깨끗한 바지저고리 일습을 수의 삼아 입혔다.

그 앞에 밥 한 그릇을 떠 놓고, 강계 포수와 인솔 판관이 두 번 절하는 것으로 장례의식 모두를 마쳤다. 거적으로 감싸 묶은 시신은 인근 야산의 양지바른 곳으로 옮겨 풋돌 하나 없는 평토장(平土葬)을 치렀다. 해가 중천에 떠서야 별포군 장정들은 모래밭에 설치했던 야영 천막을 걷었다.

괴이쩍었다. 최 서방의 죽음이 별포군의 사기를 옴팡지게 꺾으리라 예상했으나 결과는 그 반대였다. 범 포수들은 최 서방의 비참한 주검을 목도하고 하나같이 자신의 모습을 거기에 투영하는 듯 했다. 슬픔과 두려움을 극복하지 못한 자의 자멸, 최 서방의 자살은 범 포수들에게 오롯한 반면교사가 되었다.

별포군은 저마다의 가슴에 최 서방을 묻고, 다시금 더덜나루를 향한 행군에 나섰다. 어제보다 표정이 차분하고 밝았다. 강둑길을 따라 행진하는 범 포수의 귓전으로 강물은 쉴 새 없이 조잘댔다. 범 포수 최 서방은 지난 밤 하늘에서 내려온 무산댁 닮은 천녀가 데려간 것이 분명할 게요, 그렇게 고아대는 것 같았다.

행진 보폭에 맞춘 날라리 가락이 하늘 높이 뻗쳤다. 범 포수들이 어깨를 펴고 짚신 코를 쭉쭉 내밀었다. 파주의 더덜나루 숙영지는 이제 하루 반나절 길이었다. 강화도가 멀지 않았다. 범 포수들의 눈매가 이글거렸고 그들의 다문 입은 어금니를 깨물고 있었다.

21일 저녁나절, 임진강변 화석정 아래 모래밭에 회령 별포군 장정 1초가 도착했다. 삼군부가 임시로 마련한 숙영지다. 먼저 도착해 숙영 중이던 강계 별포군 2초가 고함을 지르며 회령 범 포수들을 얼싸안았다.

삼군부 군교가 회령 별포군 병부를 확인하고 정해진 숙영 구역으로 안내했다. 회령 범 포수들이 그제야 짚신을 벗고 발감개를 풀었다. 더덜나루의 너른 모래밭엔 그날부터 백두산을 주름잡던 범 포수 3초가 한자리에 모여 으르렁거렸다.

강화 화승총

인류의 역사를 전근대와 근대로 나눌 때, 두 시점을 구분하는 기준은 화승총(火繩銃, Match Lock)이 된다. 돌이나 칼, 활이 근대이전 10만 년의 인류 역사를 지배했다면 500년에 불과한 근대 역사는 화승총이 일구어냈기 때문이다. 엄지와 검지 사이 범아귀로 화승총의 총목을 움켜 쥔 인간들이 대항해시대를 주도했다. 대항해시대는 열강들의 식민지 경쟁을 유발시키는 한편 과학이 발전하고 산업혁명이 일어나는 밑거름을 제공했으며 그로 말미암아 인류는 고도문명사회를 건설할 수 있었다.

화승총은 15세기 말 남유럽의 소왕국들이 발명했다. 존재감도 없던 스페인과 포르투갈이란 빈국(貧國)이 오로지 화승총 하나로 지구촌 곳곳을 점령하는 대제국을 건설했고 16세기 중반 그들이 만든 화승총은 동아시아까지 전해졌다. 섬나라 일본이 제꺽 화승총 대량 복제에 나서 내전을 종식시킨 뒤 조선을 침공하는 임진왜란을 일으켰고, 그로 말미암아 화승총이 조선에 전해졌다.

그때부터 조선이 역사의 뒤안길로 사라질 때까지, 300여 년간 조선군의 주력화기는 화승총이었다. 근대의 여명이 조선 땅에 비쳤던 19세기 후반에는 당대 세계 최강의 무력을 자랑하던 프랑스와 미국 정규군이 5년 터울로 강화도를 침공했으나, 범아귀에 화승총을 거머 쥔 백두산 범 포수들이 몰아냈다. 15세기 포르투갈이 발명한 아케부스가 19세기 후반 서구의 열강까지 물리친 조선의 '강화 화승총'으로 진화하기까지, 화승총의 역사를 우리의 입장에서 이해하고 살피고자 한다.

〈작가 識〉

흑색화약과 총통

흑색화약(Black Powder)은 숯가루가 섞여 검정색을 띄기 때문에 붙여진 화약 이름이다. 11세기경 중국의 약재상이 장생불로약을 만들려다 우연히 발명하게 됐다는 것이 정설로 받아들여지고 있다. 실제로 흑색화약의 핵심 재료인 염초는 지금도 한약재로 쓰인다.

흑색화약은 불만 닿으면 폭염이 솟구쳤기 때문에 처음에는 불꽃놀이에 주로 쓰였다. 그러나 이 화약을 막힌 공간에 쟁여 놓고 불을 붙이면, 째깅가 폭발게 의해 순간적으로 팽창, 격렬히 발생한다. 그 원리를 이용한 인류의 첫 화약무기가 바로 총통(銃筒)이었다.

총통은 쇠 대롱의 막힌 끝 부분에 화약을 장전하는 약실을 만들고, 뚫린 대롱의 끝으로는 화살같은 추진체를 장전했다. 약실에 장전한 화약은 총신 바깥에서 뚫은 가느다란 구멍에 심지를 끼우거나 직접 불을 갖다 대 폭발시켰다.

총통을 맨손으로 쥐고 발사하면 약실 폭발의 고열로 말미암아 화상의 위험이 따랐다. 그래서 쇠 대롱의 약실부분 뒤쪽은 홈을 파고 나무자루를 끼웠다. 총통을 발사하려면 우선 약실에 화약을 장전하고 총구에 꼭 끼는 화살 추진체를 꽂고, 총통 나무자루를 두 손으로 쥐거나 혹은 겨드랑이에 끼워 총구를 목표물로 향하게 한다.

발사 준비가 완료된 총통 사수는 약실과 연결된 약선(藥線)에 불씨를 갖다 대 폭발시켰으며 그 반동으로 추진체가 날아갔다. 총통은 손으로 화약에 불을 붙이는 지화식점화법(持火式點火法)을 썼다. 총자루를 어중간하게 붙잡고 발사했기 때문에 어림짐작으로 목표물을 조준했으며 점화과정도 위험하고 불편했다.

총통은 원시 화약무기였으나 발사 때마다 폭발 굉음과 함께 화염이 일어 적들을 공포에 빠뜨렸다. 총통을 인마 살상용 무기로 처음 사용한 사람은 명나라의 시조 주원장으로 기록된다. 그는 화살을 발사하는 화전과 창을 날리는 화창, 포탄을 쏘는 화포, 심지어 물속에서 터뜨리는 수뢰까지 만들었다는 기록이 전한다.

고려와 조선의 총통

기록에 의하면, 고려 조정은 강력한 화약무기로 국방 전투체계를 갖춘 나라였다. 화약무기 등장에 관한 첫 기록은 고려 숙종 임금 때로 거슬러 올라간다. 1104년 국경 북쪽의 여진을 정벌할 때 발화대(發火隊)라는 특수부대가 참전했다는 기록이 전한다. 그러나 발화대가 화약을 이용한 화염공격을 했으리라는 짐작만 하게 할 뿐, 그와 관련한 명확한 역사적 근거는 남아 있지 않다.

고려사(高麗史)에는 공민왕 5년인 1356년 9월, 중신들이 서북면 방어군을 사열할 때 화약발사무기인 총통으로 화살 사격을 했다는 기록이 전한다. 고려 말에 설치된 화통도감에서는 총통을 비롯해 불화살(火箭)과 화살로켓(走火), 육상 및 해상 전투용 화포 20여 종을 제작했다고 한다.

고려는 최무선 장군이 화통도감을 설치한 지 반년 만인 1378년 봄, 국산 총통으로 무장한 화통방사군(火筒放射軍)을 창설했다. 화통방사군은 왜구 소탕에 투입돼 세 번이나 대승을 거뒀다.

첫 번째는 1380년 8월 군산 앞바다 금강의 진포대첩(鎭浦大捷)이었다. 500여 척의 왜선을 최무선 장군과 원나라에서 귀화한 장수 나세(羅世)가 섬멸했다. 두 번째는 1383년 5월 경남 마산 앞바다의 관음포대첩(觀音浦大捷)으로 정지(鄭地) 장군이 왜선 17척을 박살냈다. 세 번째는 1389년 1월 박위(朴葳) 장군이 화포로 무장한 고려 병선 100척을 끌고 대마도를 정벌하여 왜선 300척을 불지르고 잡혀 있던 고려인 포로 100여 명을 싣고 돌아 온 것이다.

조선은 개국 초에 총통류 화포로 무장한 김사형과 이종무 장군이 이속한 민정가 메네그를 성벌였다. 특히 세종 임금(재위 1418~1450)때 총통류 무기의 발전이 눈부셨다. 한양에 총통으로 무장한 별군(別軍)을 편성해 운용했으며, 북방의 두만강변에는 4군 6진을 설치하고 화기방사군(火器放射軍)을 배치하여 만주족을 물리치는데 커다란 전공을 세웠다.

1437년 6월 27일에는 세총통(細銃筒)과 화살탄(矢箭)으로 무장한 총통군(銃筒軍)이 평안도에서 창설됐다. 또 조선 군부는 1445년에 병조 산하의 총통위(銃筒衛)를 설치하고 기존의 대구경 총통과 휴대화기인 세화포(細火砲)의 성능을 개량하고 화기방사군의 조직을 대폭 확대했다. 세종 임금이 1447년 11월 15일에 직접 언급한 화기방사군의 운용방식은 다음과 같다.

"다섯 명으로 한 개 분대(伍)를 짜고 네 명이 총통을 발사하면 그동안

한 명이 기민하게 장약하며, 총통은 이총통(二銃筒) · 삼총통 · 팔전총통
(八箭銃筒) · 사전총통(四箭銃筒) · 세총통 등 다섯 종류를 휴대하되 분대
단위로는 한 종류로만 통일해야 격목(檄木; 총통 약실 앞에 끼우는 나무
마개)과 장전하는 화약 양이 같으므로 적을 만나도 효과적인 전투를 치를
수 있을 것이다."

세종 임금 때 세총통 혹은 세화포(細火砲)라 불린 14cm에 불과한 총통
은 마치 권총처럼, 철흠자(鐵欽子)라는 쇠 집게를 손잡이 삼아 아녀자도 사
격할 수 있게 만들었다. 조선 세총통은 사정거리가 200보에 불과했으나 세
종 임금 때 성능개량 작업을 거쳐 500보까지 늘어났다는 기록이 전한다.

조선 중기에 이르면서 총통군의 규모는 줄었으나 화기의 질적인 개선
이 이루어졌다. 첫 번째는 발사체의 진화였다. 초기 총통의 대부분은 화
살을 장전했으나 점차 쇠구슬(鐵丸)과 납탄(鉛子)으로 바뀌었다. 약실 앞
을 격목이 막아 폭발압력을 보존하고 그 앞에 발사관의 빈틈을 메우는 동
그란 탄환을 장전했다.

또 총포발사관에 조준가늠자를 만들고 개머리판 형태의 총목을 부착
한 견착식 승자총통(勝字銃筒)도 등장했다. 승자총통은 임진왜란 9년 전
인 1583년, 전라좌수사를 지낸 김지(金遲)가 창안한 것으로 알려졌다. 외
형상으로는 화승총과 비슷했지만, 성능 면에서는 어쩔 수 없는 총통이었다.

콜럼버스의 화승총

중국의 총통과 같은 원리인 핸드고네(Handgonne)가 유럽에서 만들어
졌다. 화약과 총통을 먼저 발명한 중국이 그 상태로 머무는 동안, 유럽의

제국, 특히 남유럽 이베리아 반도의 소왕국들은 총통에다 점화 불씨를 장착하고 방아쇠를 당겨 자동으로 점화하는 화승총을 만들었다.

개머리판을 어깨에 밀착시킨 화승총은 가늠자와 가늠쇠를 총신에 부착하여 사수의 시선을 목표물과 일치시켰다. 조준을 마친 사수는 원하는 시간에 방아쇠를 당겨 목표물을 고꾸라뜨렸다. 천지를 개벽시킬 화약무기가 탄생하는 순간이었다. 15세기 후반에 등장한 초기 화승총 아케부스(Arquebus)와 그 뒤를 이은 머스캣(Musket) 화승총이 그것이다.

스페인과 포르투갈의 소왕국들은 화승총 부대를 꾸려서 단번에 군사 대국의 반열에 올랐다. 스페인은 1492년 벽두에 그라나다를 재탈환하여 800년에 가까운 이슬람의 식민통치 사슬을 끊고 단번에 스페인을 통일했다.

머스캣의 위력에 도취된 범아귀들은 코딱지만 한 유럽의 골목대장 노릇에 갑갑함을 느꼈다. 범선을 타고 바다를 건너 더 넓은 땅덩이를 탐닉하기 시작했다. 통일 스페인의 이사벨 여왕 앞에 당찬 범아귀 하나가 나타났다. 콜럼버스(Christopher Columbus)였다. 그는 여왕에게 '화승총 하나면 지구의 어떤 나라든 식민지로 만들 수 있다'고 호언장담하고 후원을 간청했다. 여왕이 머스캣의 위력을 믿었기에 콜럼버스에게 범선과 함께 거기에 싣고 갈 화승총 부대를 꾸려 주었다.

1492년 4월 17일, 콜럼버스가 기함 산타마리아에 승선하고, 뒤따르는 함선과 함께 인도를 찾아 무작정 항해에 나섰다. 망망대해를 건너 그해 크리스마스 이브에 도미니카 공화국의 아이티 북쪽 해변에 도착했다. 인도인줄 알았던 그곳은 신천지 아메리카 대륙의 중앙부였다.

콜럼버스의 범아귀들은 머스캣을 가지지 못한 미개인의 땅을 신대륙이라 부르고 식민지로 만들었다. 원주민을 짐승 사냥하듯 몰아내고 샌프란시스코에서 애리조나 파타고니아에 이르는 광대한 식민지를 스페인 땅으로 등기 이전시켰다.

20년 뒤 스페인에는 또 한명의 표독한 범아귀인 코르테스(Hernán Cortés)가 등장했다. 단 600여 명의 화승총 부대를 싣고 대서양을 건너 유카탄 반도에 상륙, 중앙아메리카 500만 인구의 대제국 아즈텍을 단숨에 짓밟았다. 무수한 아즈텍 백성을 죽이고 그들의 문명까지 파괴한 뒤 식민지 멕시코를 건설했다.

그 뒤 스페인에서는 마젤란(Ferdinand Magellan)이라는 또 다른 화승총 정복자가 나타났다. 지구일주 항해 도중에 기착한 동남아시아 섬나라들을 1572년에 식민지로 만들었다. 원정을 지원한 펠리페 2세(Felipe II) 국왕의 이름을 따서 그 섬들을 필리핀(Philippines)이라 불렀다. 땅덩이가 그리 크지 않았으므로 멕시코 총독 휘하의 작은 총독을 마닐라에 부임시키고 그때부터 필리핀의 단물을 빨았다.

세계 도처의 식민지와 해상항로를 독점한 스페인은 16세기에서 17세기 중반에 이르도록, 화승총 하나로 '태양이 지지 않는 제국'을 건설했다. 조선 땅의 절반도 안 되는 포르투갈마저 화승총을 거머쥐고 해외 식민지 경쟁에 뛰어들었다. 아프리카와 인도, 동남아시아 곳곳을 집어삼켜 자기 나라 땅덩이의 20배가 훨씬 넘는 해외 영토를 거머쥐었다.

포르투갈은 1510년 인도의 고아(Goa)를 삼키고 거기에 디딤돌을 놓아 동남아시아 항해 요충지인 말라카(Malacca) 왕국까지 노렸다. 유럽 사람들이 사족을 못 쓰던 향신료 몇 종류가 말레이 섬에서 생산됐기 때문이다. 우선 포교 명목으로 가톨릭 선교사를 몰래 침투시켜 말라카 왕국을 발칵 뒤집어 놓았다. 왕국의 통치질서를 부정하고 유일신만 추앙하는 기독교 포교는 당연히 역모죄에 해당됐으므로 체포된 선교사는 말라카 법에 따라 처형 당했다.

포르투갈이 쾌재를 불렀다. '선교사 학살을 응징하겠다'고 선포하곤 알부께르끄(Alfonso de Albuquerque)가 지휘하는 전함 18척에 화승총수 1,400명을 실어 말라카에 보냈다. 뒷이야기는 뻔하다. 화승총 부대가 말라카 원주민들을 닥치는 대로 살육하여 극도의 공포심을 조장하고, 겁에 질린 말라카 왕조를 무너뜨려 포르투갈의 식민지로 복속시켰다.

예수교를 포교하겠다며 생판 모르는 나라에 선교사를 간첩처럼 파견
아서 버꼐를 유느산 니봄, 그에 대한 상징을 구실도 삼아 부시막시한 위력의 총포로 무장한 군대를 보내 침략하여 식민지로 만들던 서양 오랑캐의 수법은, 16세기 포르투갈의 말라카 왕국 침탈에서 그 첫 단추가 끼워졌다.

포르투갈 범아귀들은 말라카를 발판으로 삼아 아시아 진출과 무역 상권의 확장을 꾀했다. 포르투갈의 구형 화승총은 말라카 현지에서 생산되어 포르투갈 상인들의 손에 쥐어져 아시아 여러 나라로 팔려 나갔다.

화승총과 대항해시대

15세기 후반에서 18세기 중반에 이르는 250여 년을 대항해시대라 부른다. 대항해의 선두에 섰던 포르투갈은 그 시기를 스스로 위대한 탐

험시대(Grandes Navegações)라 이름 붙여 자화자찬해 마지않는다. 대항해시대를 주도했던 영어권 국가들도 그 시기를 발견의 시대(Age of Discovery) 혹은 탐험의 시대(Age of Exploration)라 불러 미화(美化)한다.

사실, 대항해시대라는 작명 자체가 후안무치한 서구인의 관점이다. 그 시작은 화승총이 등장한 시점과 정확히 일치하며, 그 기간은 피부 빛깔이 다른 인류를 마구잡이 총질로 죽이고 식민지를 늘렸던 시기와 맞물린다. 대항해시대는 처음 유럽과 가까운 인도를 타깃으로 전개됐으나, 뜻하지 않은 신대륙을 발견하고 점령한 이후에는 남북 아메리카와 동남아시아, 아프리카, 동아시아로 손길을 뻗쳤다. 대항해시대의 본질은 화승총을 거머쥔 서양인들이 화승총을 가지지 않은 비 서양국가의 국민을 무참히 죽이고 그들로부터 재화를 수탈해 간 만행이었다.

중국과 일본 그리고 조선. 동아시아 3국에 화승총이 전래된 루트는 크게 두 갈래로 나뉜다. 16세기 동남아시아에 진출한 포르투갈과 1602년 인도에 설립된 동인도회사(East India Company)를 통한 전파가 그것이다. 화승총 부대를 보유해야 국방을 도모할 수 있다는 사실은 그 당시 동아시아 3국도 익히 깨달은 바였으나, 화승총을 생산하고 그걸로 자국 군대를 무장하는 방식은 사뭇 달랐다.

중국은 대항해시대 이전부터 차이나(china)라 불렸던 사기그릇과 비단 (silk)과 차(tea)를 유럽과 무역하여 조선이나 일본보다 훨씬 빨리 서구의 화승총을 접할 수 있었다. 명나라 저장성의 양쯔강 하구에 위치한 닝보 (寧波) 항에서는 일찍이 아시아에 진출한 유럽 밀무역 상인들이 뻔질나게 드나들며 화승총을 거래했다.

16세기 초반부터 화승총으로 무장한 왜구가 중국의 닝보 항 인근의 쌍위(雙嶼) 항을 점령하고 분탕질을 해대자 명나라 군사가 토벌작전에 나서면서 비로소 왜구의 화승총 위력을 깨달았다. 사로잡은 왜구를 화승총 복제 생산에 내몰고 제작 기술을 전수받았다. 명나라는 1548년 경부터 화승총을 제작했다.

명나라는 공부(工部)와 내부(內府) 아래에 병장국(兵仗局)을 두어 화승총 생산을 총괄했다. 별도 설치한 화약국(火藥局)은 염초생산을 관장했다. 왜구로부터 화승총 복제 기술을 전수받은 지 10년 만인 1558년, 명나라는 연간 1만 정의 화승총을 생산하기에 이르렀다. 저장성의 척계광(戚継光) 장군은 자국산 화승총으로 무장한 부대를 꾸려 1555년부터 10여 년 동안 중국 남동부 해안에 준동하던 왜구와 80여 차례 맞붙어서 승리하는 혁혁한 전과를 올렸다.

중국은 일본과 비슷한 시기에 화승총을 생산하고 병사를 무장시켰지만, 화승총을 만들면서 획기적으로 국방력을 증대시킨 일본과는 달리 명나라 왕실은 끊임없는 내우외환에 시달려 부국강병 정책을 실패하는 통에 결국 청나라에게 먹히고 말았다.

타네가시마의 화승총

서구 범선들이 중국 항로를 개척하면서 곁다리로 확장한 것이 일본 항로였다. 일본 열도의 남쪽 큐슈 섬의 나가사키는 일찍이 포르투갈 무역선이 왕래했고 네덜란드 동인도회사는 상관(商館)까지 설치했다. 그곳에는 화승총을 든 유럽의 뱃사람들이 수시로 들락거렸다.

1543년 8월 초. 명나라의 밀무역상인 왕직(王直)이 대규모 선단을 끌고 중국의 남쪽 관문 광둥(廣東)을 출항하여 국제무역상들로 북적거렸던 양자강 하구의 닝보(寧波)로 향했다. 왕직은 포르투갈이 기지(基地)로 사용하던 상촨섬(上川島)에 들러 화승총을 소지한 포르투갈 상인 3명을 자신의 선박에 승선시켰다. 선단은 류큐열도를 지나 큐슈(九州) 아래 바다를 항해하다 난데없이 출현한 터키 해적의 공격을 받아 혼비백산하고 말았다.

왕직이 탔던 배는 설상가상으로 태풍을 만나 돛 줄이 끊기고 노가 부러지는 난파를 당하여 정처 없이 표류했다. 일본 남쪽 바다의 여러 섬에 조난 구호와 기항을 요청했으나 거부당하다가 8월 25일, 타네가시마(種子島)로부터 겨우 상륙허가를 받았다. 표류선원 110명은 아우기(赤尾木) 항 인근 시온지(慈遠寺) 사찰 주지의 호의로 전원이 객사에 머물며 선박을 수선할 수 있었다.

타네가시마는 큐슈 지역의 오스미(大隅)·치쿠고(筑後)·하카타(博多) 등과 함께 대표적인 왜구의 소굴이었다. 섬의 14대 도주(島主)는 열대여섯 살에 불과했던 토키타카(堯時)였다. 13대 도주 시게도키(惠時)의 장남인 그는 이웃 섬의 왜구들이 침공해 오자 도주해버린 아버지의 대를 이어 새 우두머리가 됐다.

토키타카는 태생이 왜구집안인데다 타고난 싸움꾼이어서 무기에 관심이 많았고 특히 활쏘기를 즐겼다. 포르투갈 인들은 숙소 인근의 야산에서 가끔 화승총 사격연습을 했는데 총성에 이끌려 모여든 섬 주민들에게 총기조작법까지 가르쳐 주었다. 아버지의 복수를 꿈꾸며 무술을 연마하던 토키타카가 관심을 가진 것은 당연했다. 이를 눈치 챈 핀토(Fernão

Mendes Pinto)가 '화승총 실제사격 시범을 보여 주겠다'며 소년의 호기심을 한껏 자극시켰다.

9월 9일, 섬의 우두머리는 물론 가신과 유지들이 모두 참석한 가운데 시온지 인근의 임시 사대(射臺)에서 시범사격이 펼쳐졌다. 50보 거리에 검은색 원을 그린 과녁판을 세워 놓고 실탄을 장전한 핀토가 화승총 방아쇠를 당겼다. 굉음과 함께 순식간에 과녁판이 두 쪽으로 갈라지자 참석자 모두가 경악하고 말았다. 토키타카는 '화승총으로 부대를 무장시키면 아버지의 복수는 물론, 일본의 천하통일도 문제없다'고 확신했다.

총 값을 두둑하게 치르고 화승총 두 자루를 구입했다. 당시 일본에는 중국 화폐인 영락전(永樂錢)이 통용됐는데 무려 2,000필(疋)을 지불했다. 2014년 한국 시세로 환산하면 약 10억 원에 달하는 거금이다. 토키타카는 ??????? ?? ??? ?? ?? ?? ?? ????(?? 八板金兵衛 清定)에게 건네면서 '목숨을 걸고서라도 이와 꼭 같은 성능의 화승총을 복제하라'는 특명을 내렸다.

키요사다는 혼슈의 미노쿠니세키(濃国関; 현재의 나고야 북쪽 기후현) 출생으로 그곳에서 일본도 도장(刀匠) 노릇을 하다 타네가시마로 이주하면서 도주가 관할하는 병장기 대장간의 두령이 됐다. 타네가시마는 해변 모래가 질 좋은 사철(砂鐵)을 다량 함유하여서 일찍이 제철과 제련, 무기 제작이 성했다. 키요사다의 처절한 화승총 복제 작업이 그때부터 시작됐다.

칼 만들기에 도가 튼 키요사다여서 쇠의 성질을 누구보다 잘 알았지만, 동그란 구멍이 뚫린 80cm의 화승 총열을 만드는 일은 지극히 어려웠다. 달군 쇠판을 두들기고 오므리는 작업을 수십 번 반복하여 어찌어찌 총열의 흉내를 내는 것까지는 성공했다. 문제는 총신의 약실 끝부분을 암나사와 수나사로 잠그는 꼬리나사 부분이었다. 화승총은 밀폐된 약실에 눌어붙는 화약찌꺼기를 수시로 털어내야 제 성능을 유지했으므로 총열 끝의 꼬리나사는 꼭 필요한 장치였다.

키요사다는 나사를 수도 없이 만들어 실험했다. 조이는 틈이 약간이라도 벌어지면 화약의 힘을 못 견딘 수나사가 튕겨져 나왔다. 급기야 그 파편에 맞아 한쪽 눈을 실명하기에 이르렀다. 키요사다는 포르투갈인 프란시스코(중국이름 牟良叔舍)에게 꼬리나사의 제작기술을 가르쳐달라고 사정했지만 번번이 거절당했다.

프란시스코는 키요사다의 외딸 와카사(若狭)가 탐났다. 딸을 주면 기술전수를 고려하겠노라고 했다. 키요사다는 불과 열여섯 살인 와카사를 털북숭이 프란시스코의 애첩으로 바쳤다. 심봉사의 공양미보다 더한 치성 덕분인지 난파선을 수리하고 닝보 항으로 떠났던 프란시스코는 1544년 타네가시마 요키노(能野) 항에 다시 돌아왔다. 이번에는 성능이 더 뛰어난 대구경 화승총과 함께 화승총 제작기술자까지 데리고 왔다.

키요사다는 그 기술자로부터 총신 뒷부분의 나사를 깎는 방법은 물론 철판을 비스듬하게 말아서 총열을 만드는 정밀한 단조기법까지 전수받았다. 마침내 일본제 화승총 1호인 타네가시마 뎃포(種子島 鐵砲)가 탄생했다.

이후 일본열도 곳곳에서 총포 장인이 등장하여 화승총 공방을 만들었다. 그들은 군벌과 결탁하고 화승총을 대량으로 제작했으며, 불과 수십 년 뒤에는 일본이 세계최대의 화승총 생산국으로 등극했다. 뎃포는 일본의 전국시대를 종결시키는 수훈갑이었고 그때부터 닛폰도를 휘두르는 얼뜨기를 '무뎃포(無鐵砲)'라 불렀다.

일본 전국시대의 군웅이던 오다 노부나가는 일본제 뎃포와 유럽 무역상으로부터 수입한 수천 정의 유럽 화승총으로 뎃포부대를 꾸렸다. 그의 화승총부대는 일본 최강의 기병대였던 다케다 신겐(武田信玄) 부대를 격파하고 전국을 통일하는데 일조했다. 이후 오다 노부나가의 수하이자 훗날 교토의 관백(關白)이 된 도요토미 히데요시는 뎃포로 무장한 왜군으로 조선을 집어삼키고 명나라까지 정복하려는 야망에 불탔고 그 전쟁은 곧 실현됐다.

임진년 왜란은 대마도가 커다란 역할을 떠맡았다. 대마도가 없었더라면 왜국의 조선침공은 불가능했을지도 몰랐다. 당시 일본 전함이 곧바로 부산으로 쳐들어가려면 꼬박 이틀 낀 노를 서너나 냈든네, 석군이며 병사 모두 기진맥진하여 조선 땅에 상륙한들 싸울 힘조차 건사하기 힘들었다. 일단은 일본에서 대마도로 건너가 그곳에서 쉬어 힘을 비축한 다음, 불과 예닐곱 시간만 노 저으면 당도하는 부산포로 일시에 밀어닥칠 수 있기 때문에 상륙과 함께 파상적인 북진이 가능했다.

조선과 가까운 대마도는 자고이래로 계림(鷄林: 경주) 사람들이 건너가 섬 주민을 통치했다는 기록이 전한다. 대마도의 우두머리(藩主)는 울산 송(宋)씨 가문이었고 세월이 흐르면서 일본인 종(宗: 일본발음은 소)씨로 바뀌어 대마도의 우두머리가 됐다는 기록이 남았다.

임진왜란 당시의 대마도 우두머리는 소 요시도시(宗義智)로, 타이라 요시모토(平義智)란 이름으로도 불렸다. 대마도는 원래 조선 땅 남서해안을 해적질하거나 왜국과 조선 사이의 중개무역으로 먹고 살았다. 그 때문에 조선과 일본이 전쟁이라도 벌이면 가장 먼저 피해를 보는 쪽이 대마도였다.

도요토미 히데요시는 조선 출병을 앞두고 대마도주 요시도시에게 압력을 넣었다. 왜군 장수로 보임하여 조선 침공의 길잡이 역할을 맡고 전투에도 참여하라고 윽박질렀다. 대마도주는 왜란을 획책하는 바쿠후와 아무것도 모르는 조선 왕실의 틈바구니에 끼었으나 어쨌든 전쟁만은 막고 싶었다.

조선 조정의 무사태평이 가장 큰 걸림돌이었다. 왜란이 터지기 3년 전인 1589년 여름, 대마도주는 뎃포 3자루를 고이 싸서 공작새와 함께 조선 왕실에 공물로 바쳤다. 그의 메시지는 간단명료했다.
"왜국이 이런 무시무시한 무기로 조선침략을 준비하고 있으니 모쪼록 전쟁에 대비하소서."
일촉즉발의 전쟁 위기를 전한 셈이었다.

그해 8월 11일, 선조 임금은 조정 중신들과 함께 대마도주가 보낸 선물 보따리를 풀어 뎃포를 처음 구경했다.
"우리에게 없는 이런 귀한 물건을 보내다니 기특한지고……."
임금이 매우 기꺼워하며 대마 도주를 치하했다. 신하에게 뎃포를 건네며 군기시(軍器寺)의 무기고에 잘 보관하도록 하라고 하교했다.

군기시는 조선 군부의 무기 제조를 관장했던 곳이다. 왜국 뎃포는 그곳에 보관만 했을 뿐이었다. 3년 뒤 왜병들이 새까맣게 몰려와 뎃포를 쏘아대며 삼천리 금수강산을 피로 물들일 때까지 조선 조정과 군부의 그 누구도 군기시 창고에서 거미줄을 쓰고 잠들었던 화승총을 쳐다보지 않았다.

조총청의 화승총

군기시는 고려 말 최무선장군이 설치했던 화통도감이 폐지된 지 3년 만인 1392년에 복원한 화약무기 제조창이었다. 왜군이 몰려올 때까지 군기시가 보유했던 화약무기와 화약은 초라하기 그지없었다. 천자니 지자니 하는 대형총통과 손으로 불을 댕기는 승자총통류 개인화기, 그리고 흑색화약 27,000근(16.2톤)이 고작이었다.

왜군 화승총에 조선군이 속절없이 죽어나가자 조정의 문무백관이 한목소리로 '우리도 화승총을 만들어야한다'며 간언했다. 화승총은 나는 새도 능히 떨어뜨린다(能中飛鳥)며 '조총(鳥銃)'이란 이름을 붙였다. 조선 ㅁㅁㅁ ㅁㅁㅁ 화약(火砲비備)ㅁ 화승총을 ㅁㅁㅁㅁ 이르렀다.

"아무도 모르게 살갗을 뚫는 살벌함과 뜻밖의 혹독함은 조총 같은 것이 없다. 조총의 힘은 능히 갑옷을 뚫고, 그 명중함이 다만 활이 버드나무를 뚫는 정도가 아니다. 대저 두 겹의 갑옷을 뚫는 날카로움의 이유는 그 총신이 긴 데에 있다. 총신이 길면 화기가 새지 않아서 총알이 멀리 나가고 힘이 있다. 총구가 곧은 것은 화약을 장약하는 데 적당하고 점화하여도 동요하지 않아서 10발을 쏘면 능히 8, 9가 명중한다. … 기병이나 보병이 모두 쏠 수 있고, 이 총이 귀한 바는 만들 때 연철을 달구고 총열을 곧게 뚫어서 막힘이 없게 한 다음에라야 바야흐로 좋은 무기가 되는 것이다."

화승총 국산화의 눈물겨운 기록은 임진년 왜란의 어름에서 시작된다.

왜란이 터지기 2년 전인 1590년 3월, 조선통신사 부사로 일본에 건너갔던 김성일(金誠一)은 9개월 만인 다음해 정월에 일본 국왕의 답서를 받아 귀국했다. 그해 3월 선조 임금께 일본의 사정을 보고하면서 왜국은 조선 침략 준비가 안 돼 있다고 아뢨다. 그러나 다음 해에 왜란이 터지자 그는 곧바로 파직 당했다. 김성일은 자신의 오판을 뼈저리게 뉘우치고 백의종군하여 경상도 일대에서 의병을 일으켰다. 조정에서는 그를 다시 신임하여 초유사(招諭使: 난리 때 민간을 계도하는 임시벼슬)로 임명했다.

그때 김성일은 호남지방의 솜씨 좋은 대장장이에게 화승총 제작을 맡겨 의병을 무장시켰다는 기록이 전한다. 민간차원에서 국산 화승총 제작을 시도한 첫 번째 기록이기는 하나 전후사정을 감안할 때 김성일의 화승총은 총통에다 총목을 붙인 형태였을 가능성이 크다. 당시 조선의 민간 대장간 단조(鍛造)기술로는 화승총의 정밀한 총신과 방아쇠 뭉치를 만들기엔 역부족이었기 때문이다.

일부 기록에는 이순신 장군이 해전을 치르는 와중에 화승총을 만들었다고 전하지만 그 역시 개량형 총통에 불과했다. 1592년 7월에 녹도 만호 정운이 왜병의 화승총탄에 전사하자 전라좌수영 정사준에게 뎃포에 대항할 화기를 제작하라고 명했다. 정사준은 낙안과 순천, 김해와 거제의 이름난 대장장이를 모아 무쇠를 두들겨 시우쇠(正鐵)로 만든 다음 기다란 총통 총신에 화승총 개머리판을 붙였다. 정사준의 개량 총통은 사격하기 편리하고 사거리를 향상시켰으나 방아쇠로 발사하는 화승총에 비길만한 성능은 아니었다.

왜란이 한창일 때 진주 목사 김시민도 170정의 화승총을 제조하고 화약까지 생산했다는 기록을 남겼다. 그러나 김시민의 화승총 역시 총신을 늘인 총통에 불과한 것으로 짐작된다. 최초의 국산 화승총 제작에 관해서는 여러 이견이 있지만, 왜란 당시의 정황을 참작할 때 군기시가 나서서 화승총 제작을 관장했을 확률이 크다. 중앙 군사조직인 훈련도감에서도 숙달된 대장장이를 배치해 화승총을 제작했다는 기록이 전한다.

군기시와 훈련도감은 임진왜란이 발발한 순간부터 화승총과 화약의 자체생산에 국가의 명운을 걸었다. 왜란 발발 직후에 1만 명이나 됐던 항왜(降倭: 항복한 왜군)와 포로 가운데 총기제작과 염초생산 경험이 있는 자를 따로 분류했고 성질이 고약한 놈만 제외하고 모조리 화승총과 염초 만드는 일에 투입했다는 기록도 전한다.

당시의 조선 형편으로는 질 좋은 화약과 방아쇠 달린 화승총을 만드는 일이란 것이 생각만큼 쉽지 않았다. 정밀한 총이나 순도 높은 염초 생산은 안 나가가 구축한 산업 인프라이 수준과 직결된다. 당시의 조선이 보유한 제철과 단조기술 그리고 화약 생산 기반은 차마 언급하기가 부끄러운 수준이었다.

한양이 왜군에게 함락되자 선조 임금은 눈보라를 헤치고 압록강 의주까지 피신했고 거기서 머물던 1593년 2월 어느 날, 화포장(火砲匠)을 불러 화승총 시범발사를 지시했다. 이를 지켜보던 명나라 장수 주모(周某)가 안타까워하며 화승총 제작과 염초 제조법을 지도해주겠다고 제의해 비밀리에 조선군을 그에게 보내 배워오게 했다.

노획한 뎃포를 본따 행재소(行在所: 선조 임금이 의주에 설치한 원조정)에서 항복한 왜병들이 조총을 시험 제작했고 그 총으로 조선군을 무장시켰다는 기록도 전한다. 1593년 12월부터 중앙뿐 아니라 지방감영과 군영의 대장간에서도 조총을 만들고 염초를 구웠다는 기록이 나타나지만, 앞뒤 사정을 냉정하게 살피고 감안할 때 그것은 불가능했다.

한양으로 돌아온 선조 임금은 국산 화승총을 만들지 못하는 처지가 답답했다. 1594년 정월에 유성룡을 어전에 불러 조총을 건넸다.

"내가 곰곰이 생각하여 연속 사격이 가능한 조총을 고안해 시제품을 만들어 보았다. 웃지만 말고 진지하게 검토하고 시험해보도록 하라"

상감마마가 새로운 조총 시제품까지 친히 만드셨다며 조정 중신들은 침이 마르도록 칭송했으나 그걸로 끝이었다. 뒷날 선조 임금은 '내 앞에서 갖은 칭송을 마다않는 중신들이 내가 만든 시제품을 시험해 볼 생각도 않고 처박아 놓기만 하니, 무사안일로 임기나 때우려는 조정 관리의 풍토가 개탄스럽구나'하며 한숨을 지었다.

선조 임금은 한양의 숙달된 대장장이를 선발하고 5~6명씩 조를 짜 황해도와 충청도 등 석탄과 철 생산지인 도회소(都會所)에 파견하고 조총과 염초 생산을 담당케 했다. 그러나 도회소는 흑색화약만 과잉 생산했을 뿐 화승총 제작은 실패를 거듭했다.

1598년 정유재란이 끝나자 선조는 군기시와 별도의 조총청(鳥銃廳)을 신설하고 국산 화승총의 대량생산을 꾀했다. 미개한 왜국도 뚝딱 만들어 내는 조총을, 왜란이 끝나도록 흉내조차 내지 못하는 조선의 현실을 타개하려고 신설한 것이 조총청이었다. 그러나 조총청에서 생산한 화승총은 겉모양만 그럴싸했지 성능은 제대로 받쳐주지 못했다.

임진왜란이 끝난 지 10년째 되던 1609년에 조정은 양국 간 포로를 맞

교환하는 회답 겸 쇄환사(回答兼刷還使)를 일본에 보냈다. 선조 임금은 쇄환사에게 신신당부하여 '전쟁에 사용하는 무기로는 왜인의 조총이 가장 절묘하다. 백금을 넉넉히 보내니 정교하게 만들어진 조총을 사서 가져오게 하라'고 일렀다. 철천지원수 왜놈이 만든 조총을 사와야 했기에 심기가 부글부글 끓었지만 그것 없이는 대궐의 안녕도 부질없었기에 어쩔 수 없는 노릇이었다. 선조 임금은 쇄환사 파견을 주관한 비변사에 재차 다짐했다.

"우리 조선이 조총 만드는 법을 대략 배워서 만들기는 하였으나 모두가 쓸 수 없었다. 이번 기회에 관할 관청이 대금을 갹출해서 왜국 뎃포를 되도록 많이 구입해 적국의 병기를 배에 가득히 싣고 돌아오는 것도 그리 나쁜 일만은 아닐 것이며 이 또한 이로운 일일 수도 있을 것이다."

비변사가 윗뜻을 받들었다.

"지당하신 말씀입니다. 적국의 무기를 많이 사들여 오는 것이 진실로 해가 될 바는 없습니다. 다만 왜국의 뎃포 가운데 품질이 좋은 것도 있고 좋지 않은 것도 있으니 정밀하게 만든 것을 자세히 가려서 사오게 해야 할 것입니다."

일부 기록에는 쇄환사가 조선으로 돌아올 때 왜국의 화승총 2만 정이 함께 실려 왔다고 전한다. 그만한 돈이면 조선조정의 한 해 살림살이가 휘청거릴 거금이었다.

인조 임금 5년(1627)의 정묘년 호란 때도 조정이 쌀 14,000섬을 일본에 실어가서 왜국 뎃포 1,100자루와 바꿔왔다는 기록이 있다. 그걸로 임진왜란 직후 쇄환사의 뎃포 구입 가격과 비교하면, 양곡 30만석에 달한다.

　왜국 뎃포는 조선 조총에 비해 대여섯 배나 비쌌다. 그러나 화약이 제 때 터지지 않고 총알이 제대로 뻗지 못하는 조선 조총의 답답함을 벗어나는 방법은, 왜국의 뎃포를 구입하여 조선군을 무장시키는 수밖에 없었다. 당시로서는 어쩔 수 없는 노릇이었다.

훈련도감과 화승총

　임진왜란 이후 조선 군부는 부랴부랴 훈련도감을 설치하고 화승총수 양성에 총력을 기울였다. 칼이나 활을 쥔 보병부대를 제치고, 화승총수로 편성된 화기부대를 조선 육군의 주력으로 만들려는 기획이었다. 군기시와 조총청이 국산 화승총을 제작하는 하드웨어를 담당했다면, 훈련도감은 포수 양성의 소프트웨어를 전담한 셈이다.

　선조 임금은 왜란이 한창이던 1593년 음력 8월, 승정원에 일러 화승총 사격수 양성을 위한 도감(都監)을 특별히 설치할 것을 명령했고 그 내용을 비망기(備忘記)에 기록했다. 훈련도감의 설치는 조선 육군의 주력무장이 재래무기에서 화승총으로 바뀌는 개혁의 출발이었다.

　왕명을 뒷받침하는 훈련도감사목(訓鍊都監事目)이 마련되고 중앙과 지방 감영, 군영에 반포하여 구체화 되어갔다. 삼도도체찰사(三道都體察使) 유성룡(柳成龍)이 앞장서서 그 일을 맡았다. 얼마 안가서 삼수병을 근간으로 하는 화승총 부대 운영의 골격이 짜졌다. 삼수병은 화승총 포수(砲手)와 활 쏘는 사수(射手) 그리고 창과 칼로 무장한 살수(殺手)가 1개 조로 편성돼 주력은 화승총이며 사수와 살수는 화승총수의 화약장전 등에 따른 전력공백을 메우게 했다.

훈련도감은 최고 지휘관 도제조(都提調: 정1품) 아래 제조(提調: 정2
품) 5명, 대장(大將: 종2품)·중군(中軍: 종2품)이 상층 지휘부를 구성했
다. 그 아래 별장(정3품)·천총(정3품) 각 2명, 국별장(局別將: 정3품) 3
명, 파총(把摠: 종4품) 6명, 종사관(從事官: 종6품) 4명이 중간 지휘관급
이었다.

삼수병 편제는 1594년 이후 체계가 잡혔고 훈련도감 설치 8개월 만인
1594년 4월, 첫 실전연습이 공개됐다. 삼수연기지법(三手鍊技之法)에 따
라 삼수병이 완전히 조직된 것은 그해 6월 이후였다. 삼수병은 그 이후로
쭉 조선 국방전술의 뼈대로 자리 잡았고 훈련도감의 지방조직도 삼수병
편제의 속오군(束伍軍)을 설치했다.

전국의 감영으로 화승총 부대 편성이 확대된 것은 숙종 임금 때로 여
겨진다.

숙종 임금 당시 호조와 병조판서를 거쳐 좌, 우의정과 영의정까지 오
른 허적(許積)은 문무를 겸비한 당대의 명재상으로 이름을 떨쳤다. 허적
은 조총의 성능에 대해 '조선군 병기 가운데 조총만한 것이 없으며 코흘
리개도 조총만 잡으면 항우장사도 너끈히 이기는 천하 제일가는 무기'라
며 극찬했다. 1882년 서구의 신식무기로 무장한 소총부대가 편성될 때까
지, 화승총수는 조선군의 핵심전력 노릇을 했다.

훈련도감의 삼수병 충원 방식도 가히 개혁적이라 할 만 했다. 화승총
수 선발에는 선비계층인 유생과 한량·양반집 서얼에서부터 심지어 노비
와 미성년자에 이르기까지 문호를 개방했고 일단 선발되면 모든 화승총

수를 동등하게 대우했다. 전쟁에 나설 군사가 모자라는 현실에서 어쩔 수 없는 선택이기는 했지만, 향후 조선군대 내부의 신분차별 타파에 많은 영향을 미쳤다.

훈련도감 소속 군인에게는 당속미(唐粟米: 좁쌀) 기준으로 한 달에 6말을 급료로 지급했으나 임진왜란이 끝나고 평시체제를 맞자 경비염출이 쉽지 않았다. 조선 조정은 훈련도감 삼수병에게 지급할 경비를 따로 충당하기 위해 전국의 농경지에 일정비율로 삼수미(三手米)라는 특별 국방세를 걷어 충당했다. 전성기 시절에는 약 4,500명의 병력을 보유했으며 삼수병은 삼수량(三手糧) 급료를 지급받은 조선최초의 대단위 직업군인 부대였다.

임진왜란이 끝난 뒤 훈련도감의 삼수병 훈련에 관한 기록은 그리 많지 않다. 임진왜란이 끝나면서 막대한 비용이 드는 군사조직의 유지가 사실상 힘들었기 때문이다. 초기의 화승총수 중심의 병력 편성도 시간이 지날수록 삼수병 모두가 화승총, 칼과 창을 함께 쓰는 것으로 변화됐다. 조선 후기에는 훈련도감 소속의 화승총수나 삼수병 편제 대부분이 문서상으로만 존재하는, 껍데기 부대로 전락하고 말았다.

국산 화승총과 염초

조선은 왜란이 끝나고도 100년이 더 지나도록 제대로 된 화승총을 만들지 못했다. 한양의 무기 제조창과 경향 각 군영의 대장간이 뚝딱거려 화승총을 만들었다는 기록이 전하지만, 조선군마저 조선제 조총의 성능을 믿지 못했던 시간이 너무 길었다.

양대 호란을 겪은 인조임금이 치욕스럽게도 청나라에 무릎을 꿇자, 효종 임금(재위 1649~1659)은 은밀하게 북벌을 준비했다. 북벌의 주력은 당연히 화승총부대였으며 성능 좋은 화승총으로 부대를 무장시키기 위해서는 비싼 값을 치르더라도 왜국 화승총을 사와야 했다. 효종 임금은 청국 몰래 수천 정의 일본 뎃포를 수입했다.

당시의 조선은 화승총을 제작할 수 있는 생산기반 세 가지가 모두 열악했다.

우선 조선에는 총기 제작과 관련된 고급기술이 없었다. 조선은 개국할 때부터 총통 부대를 운용했지만 총통과 화승총을 제작하는 기술의 차이는 하늘과 땅 만큼 컸다. 주물(鑄物)로 찍어낼 수 있었던 무쇠 총통에 비하면, 화승총 총신은 순도 높은 시우쇠를 정교한 단조작업으로 만들어야 했기 때문이다.

화승총 제작의 두 번째 난관은 철과 구리, 납 등 광물질(鑛物質)의 수급이었다. 당시 조선을 비롯한 동아시아 3국의 철광은 강변 등에서 채취하는 노천 사철광(砂鐵鑛)이 대부분이었다. 화산섬인 일본은 철성분이 풍부하게 함유된 모래가 풍부했지만 조선은 그렇지 못했다. 제련분야에서는 기술수준이 높아 무쇠(生鐵)와 시우쇠는 물론 강철(鋼鐵)까지 생산해냈다. 그러나 문제는 생산량으로, 화승총신을 대량 제작할 시우쇠를 확보하는 일은 항상 난제였다.

마지막으로 성능이 입증된 질 좋은 화약의 자체 생산기반이 열악했다. 우리나라는 명나라에서 염초를 처음 도입했다는 기록이 전한다. 1374년 고려 공민왕이 명나라 태조에게 흑색화약 공급을 요청했고 그에 따라 염초 50만 근과 유황 10만 근 등의 화약재료를 지원받았다.

그 다음해인 1375년에는 최무선(崔茂宣) 장군이 원나라와 고려를 오가며 장사하던 중국인 염초장 이원(李元)을 자신의 집에 초청, 염초자취술(焰硝煮取術)을 전수받고 화약수련법(火藥修鍊法)을 저술해 국산 염초의 첫 생산을 시작했다고 한다. 이를 바탕으로 2년 뒤 고려 조정은 화통도감(火筒都監)을 설치하고 염초생산을 관장했다.

초창기의 염초정제는 초토를 물로 걸러 질산을 추출하고 잿(灰)물로 칼륨성분을 뽑아내는 단순과정에 불과해서 긁어온 초토에 비해 염초는 극소량만 정제됐다. 조선 태조 임금은 즉위 다음 해에 염초제조를 관장하는 군기감(軍器監)을 설치했고 태종 임금은 1407년에 화약장인 33명을 그곳에 배속시켰다.

임진왜란 이후 3백여 년간 이렇다 할 전쟁이 없었던 조선은 대량의 화약을 생산하고 비축할 필요성을 느끼지 못했다. 인근 국가를 총으로 노략질하거나 내우외환이 잇대었던 일본이나 중국에 비하면, 조선 군부에서는 일부 훈련용을 제외하곤 염초의 수요가 거의 없었다고 봐야 옳다.

그럼에도 조선 군부는 염초의 자체생산에 매진했다. 청국이나 왜국에 비해 순도는 다소 떨어졌지만 팔도 요지에 염초공방을 만들고 생산 목표를 부과했다. 숙종 임금 때 역관 김지남(金指南)은 베이징에서 염초제조 기술을 배워 1698년 신전자초방(新傳煮硝方)을 저술하였는데 군부가 이를 적극 활용, 조선 염초생산의 교과서 역할을 하게 했다.

신전자초방은 10단계 제조공정으로 이뤄졌다. 흙을 모으고(取土), 말린 풀을 태워 재를 만들고(取灰), 흙과 재를 같은 비율로 섞어서(交合) 항아리 안에 골고루 펴서 담은 뒤 그 위에 물을 부어 밑으로 흐르는 여과수를 받아(篩水) 가마솥에 넣고 초벌 달이기(熬水)에 들어간다. 가마솥 물이 절반으로 줄어들 때쯤이면 불순물은 밑으로 가라앉고 약기가 올라붙어 더부룩한 털처럼 응결되는데 이를 모초(毛硝; 초석원재료)라 불렀다. 모초는 갖풀(阿膠) 녹인 물을 부어가며 센 장작불로 달이고(再煉) 수시로 휘저어 거품을 걷어내면, 마침내 질산칼슘 결정체인 정초(精硝)가 올라붙는다. 정초가 제대로 결정되지 않으면 아교 물을 부어 달이는 과정(三煉)을 반복했다. 이렇게 얻은 정초를 염초라 불렀다. 조선 초기만 해도 초토를 수십 수레 긁어다가 가마솥에 졸여도 정초 한 사발을 구워내기 힘들었으나, 김지남의 비방으로 염초를 제조하면서 십여 배 이상을 추출해냈다.

흑색화약은 정초 1근(375g)에 버드나무 목탄 3냥(70.3g)과 유황가루 1냥3전(34.7g) 비율로 배합하고 맑은 쌀뜨물로 반죽한 뒤 방아에 넣고 밀가루처럼 고와질 때까지 한나절 이상 찧는다.(合製) 쌀뜨물에는 녹말 당(糖)성분이 함유돼 재료 간 결착을 높여 폭발력 증가에 도움이 된다.

김지남의 배합비율은 오늘날의 기준에도 상당히 근접한다. 근래의 흑색화약 구성비인 질산칼륨(초석, KNO3) 75% : 숯가루(C) 15% : 유황가루(S) 10%와 거의 흡사한 78% : 15% : 7% 비율이었기 때문이다. 화약을 배합할 때 섞었던 쌀뜨물도 오늘날의 흑색화약 제조 때 첨가하는 덱스트린(Dextrin, 糊精)성분과 비슷하다.

백두산 범 포수의 화승총

화승총은 임진년 왜란 때 함경도 산포수들의 손아귀에 처음 쥐어졌다. 왜장 가토 기요마사(加藤清正)가 이끄는 2번대 22,000명 병력은 그해 4

월 18일 부산포에 상륙했다. 기요마사는 화승총 부대를 앞세우고 함경도 회령까지 치고 올라가 그곳에 피신했던 선조 임금의 아들 임해군과 순화군을 잡아갔다.

왜군은 부대이동 중에 마주친 조선의 남녀노소를 모조리 총질해서 죽였다. 함경도 사람들이 화승총만 보면 까무러쳤고 아이들은 주저앉아 똥을 지렸다. 사람만 잡은 것이 아니었다. 화승총수를 백두산 자락에 풀어 고려 범을 수십 마리 잡아댔다. 함경도 사람은 왜놈 가토를 호랑이 가토라 불렀다. 가토는 사냥한 고려 범의 가죽을 도요토미 히데요시에게 바쳤다.

팔도에 의병이 일어나고 남해안에서 이순신의 수군이 왜선을 잇달아 쳐부수자 가토 부대는 보급로가 끊겨 더 이상 함경도에 머무르지 못하고 남쪽으로 철수했다. 왜병은 그때 함경도에 패잔병의 훈장처럼, 뎃포를 남겼다. 투항하거나 병들어 외딴 곳에서 죽은 왜병, 낙오한 왜군 화승총수를 성난 조선 남정네가 습격하여 빼앗은 총이었다. 그 총이 알게 모르게 관서와 관북 산포수에게 흘러들었다.

백두산 산포수는 가토 부대의 화승총수가 메주콩만 한 납 탄환을 쏘아 호랑이를 단번에 고꾸라뜨리는 모습을 생생히 지켜보았다. 조선 산포수들이 손으로 점화했던 지화총통(持火銃筒)과 재래무기를 버리고, 방아쇠만 감아도 호랑이의 이마를 뚫는 긴 총신의 화승총을 잡았다. 조선군 정예 군사보다 민간 범 포수가 먼저 화승총으로 무장했다.

조정은 왜란이 끝나자 민간에 나도는 총기를 회수하려 했지만 산포수 손에 들어간 화승총은 돌아오지 않았다. 산포수들은 평안도 강계 지방을

중심으로 하나 둘 몰려들어 범 사냥에 나섰다. 강계는 조선 땅 허리 부분
에서 위로 솟구친 산줄기가 여러 가닥으로 비틀려 용틀임을 시작하는 곳
이다. 개마고원을 솟대 삼고 서쪽으로 강남, 적유령, 낭림, 묘향산맥이
부챗살처럼 펼친 산세의 중심이 강계였다.

양관 산포수는 군역을 기피했다. 군포만 넉넉하게 바치고 산짐승 몇
마리를 잊지 않고 수령에게 바치면 눈을 감아주었다. 호피 상납은 더욱
약발을 받았다. 조선 조정은 수천 명에 달했던 평안도와 함경도 산포수들
과 타협을 했다. 그들에게 화승총 소지와 사냥을 허가하되 군부가 소집하
면 현역 화포군 복무를 수행한다는 조건을 달았다.

사르후의 화승총

임진왜란이 끝난 지 딱 20년 만에 조선 조정은 또 한 사례의 전화(戰
禍)에 휩쓸렸다. 여진족이 일으킨 후금이 명나라를 위협하자 명나라 조정
이 급히 조선에 원군을 요청했던 것이다.

광해군 11년, 1619년 2월 초에 5도 도원수(都元帥) 강홍립(姜弘立)과
부원수 김경서(金景瑞)는 명나라를 지원하고자 13,000명의 조선군을 끌
고 압록강을 넘었다. 여기에는 5,000명의 조선 화승총부대가 포함됐다.
한양 오군영에서도 핵심인 삼영(三營)이라 불리는 훈련도감과 어영청(御
營廳), 금위영(禁衛營)에서 차출한 화승총수들이었다.

훈련도감은 원래가 삼수병 양성기관이었으므로 화승총수 자원이 충분
했고 금위영은 한양을 방비하는 임무를 띤 부대여서 각각 1,500명씩의
화승총수를 어렵지 않게 선발했다. 또 어영청은 광해군이 북벌을 대비해

중국몰래 화승총수를 육성한 군영이어서 가장 많은 숫자인 2,000명을 선발했다.

강홍립 부대는 눈보라를 뚫고 중국대륙으로 행군하여 명나라 유정(劉挺) 도독의 휘하부대로 편성됐다. 90,000명 명나라 군사와 조선군 13,000명의, 10만 명이 넘는 조명(朝明) 연합군은 후금의 누르하치(努爾哈赤)와 그의 여덟 번째 아들 홍타이지(皇太極)가 이끄는 2만 1천명 팔기(八旗) 기병대가 포진한 허투알라(赫圖阿砬)를 포위하고 조여들어갔다.

이때 강홍립의 조선 원군은 허투알라와 무순의 중간 지점인 사르후(薩爾滸, 현재의 遼寧省 彰武縣의 得力村)지역 일대에서 후금 군대과 접전했다. 결과는 비참했다. 명나라 군사가 야음을 틈타 들이닥친 후금 기마병에게 후차고개(富車嶺)에서 대패하자 장수들이 잇달아 자살했고 강홍립 부대는 삼하(三河)의 고지에 진을 쳤지만 후금군의 포위가 이틀간 계속되자 굶주림과 추위에 지쳐 전의를 상실했다.

강홍립은 3월 4일, 휘하장수 김흥서(金應瑞)를 후금 진영에 보내 항복의사를 전했다. 강홍립 부대는 출병하기 전 광해군으로부터 '전세가 불리하면 항복해서 휘하 부대원의 목숨부터 건사하라'는 밀명을 받은 터였다.

사르후 전투는 화승총으로 무장한 조선군 부대가 외국에서 치른 첫 전투였다. 소소한 전투에서는 조선군 화승총수의 뛰어난 사격솜씨가 발휘되기도 했다. 어영청 화승총수를 이끈 김응하(金應河) 장군은 수천의 군사를 포진시켰다가 기세등등하게 달려드는 후금 철기병을 향해 화승총세례를 퍼부어 초반에는 승기를 잡았다.

그러나 갑자기 불어 닥친 서북풍으로 화약장전이 불가능하자 후금군의 무차별 공격에 어영청 군사들은 궤멸직전까지 몰렸다. 김응하 장군은 화승총 사격을 포기하고 활로 대적하다가 기마병의 장창에 몸통 곳곳을 찔려 전사했다. 조명연합군의 사르후 전투 대패는 결국 명나라의 멸망을 재촉했고 대청제국이 등장하는 계기가 됐다. 사르후 전투를 지휘했던 누르하치와 홍타이지는 청나라가 건국되면서 각각 태조와 태종 황제로 등극했다.

병자호란과 화승총

여진족은 대금(大金)제국을 재현한다며 후금(後金: 1616~1636)을 세웠고 척박한 만주 땅을 넘어 기름진 중원의 명나라 땅까지 넘봤다. 중국 최후의 통일왕조 대청제국(大淸帝國: 1636~1912)이 그렇게 태어났다.

후금 입장에서 보자면 조선은 눈엣가시였다. 사르후 전투 이후에도 조선의 인조 임금은 향명배금(向明排金)을 천명하고, 심지어는 후금이 빼앗은 랴오뚱(遼東)반도를 수복하려는 명나라 모문룡(毛文龍) 장군의 부대를 평안북도 철산(鐵山)의 가도(椵島)에 주둔시키고 물심양면으로 원조했다.

1627년 1월에 후금 장수 아민(阿敏)이 이끄는 3만 병력이 사르후 전투에서 항복한 조선 원정군의 도원수였던 강홍립 일행을 길잡이삼아 압록강을 건너 의주를 공격하고 청천강까지 넘었다. 조선 백성들을 닥치는데로 죽이고 조선 조정을 압박하여 '명나라를 더 이상 섬기지 않고 청나라의 형제국이 되겠다'는 항복을 받아냈다. 정묘호란이었다.

그러나 정묘호란 이후에도 명나라를 섬기는 조선의 태도가 변하지 않자 격분한 홍타이지가 1636년 12월, 10만 대군을 끌고 압록강을 건넜다. 남하 하는 길에 조선군 성곽은 거들떠보지도 않고 내달려 12월 12일, 경기도 개성 부근까지 다다랐다. 이른바 병자호란이었다. 인조 임금과 조정은 강화도로 피난을 떠나려 했으나 미리 알아차린 청군이 한강의 양화나루를 막자 12월 14일 야밤에 세자와 조정 중신을 대동하고 남한산성으로 피신 했다.

남한산성 방어는 조선군 도원수와 부원수가 이끄는 13,000여 명의 장졸이 고작이어서 각 도 관찰사에게 긴급 파발을 보내 임금을 지킬 근왕병(勤王兵)을 급히 출진시키라고 명했다. 남한산성을 포위한 청군과는 1637년 1월 10일부터 종전협상을 시작했지만, 그 와중에도 김상헌을 중심으로 한 주전파와 최명길로 대표되는 주화파가 격하게 대립하여 협상은 한 발짝도 진전되지 못했다.

청군은 남한산성 인근의 망월봉에 홍이포를 거치하고 산성 내부를 정조준하여 발포했다. 조선군은 천자총통으로 응사했으나 위력이 떨어지는데다 비축한 화약마저 부족하여 제대로 쏴보지도 못했다. 청군의 홍이포는 포신길이 2미터 15센티에 쇠 포탄의 구경이 10센티에 달해, 포탄이 직격할 경우 남한산성 돌 성곽을 부술 정도여서 조선군의 사기가 크게 떨어졌다.

그때 지방 군영에서 남한산성으로 향하던 조선군 화승총 지원부대가 청군 기마병과 전투를 벌여 간담을 서늘하게 만들기도 했다. 철원의 김화(金化)와 수원 광교산(光敎山)에서 벌인 전투가 그것이다.

1636년 12월 20일, 전라도 관찰사 이시방(李時昉)은 인조 임금의 다급한 근왕병 소집과 남한산성 출진 명령을 접하고 6,000여 명의 장졸을 조직하여 12월 29일 전라도 병마절도사 김준룡(金俊龍)과 함께 출진했다. 이때 화엄사의 승려 벽암(碧巖)과 각성(覺性)이 승병 2,000여 명을 이끌고 합세해 전라도 근왕병은 모두 8,000여 명에 이르렀다.

다음해 1월 2일, 이시방은 남한산성을 불과 백 여리 남겨놓은 경기도 양지에 도착하여 김준룡 부대 2,000명을 선봉군으로 삼아 남한산성으로 진격케 하고 자신은 본대와 함께 뒤를 따랐다.

김준룡은 1월 4일 수원 광교산에 도착하여 진지를 구축하고 병참물자를 축적, 장기전에 대비했다. 이 소식을 전해들은 청나라의 양굴리(楊古利) 장수가 2,000명의 청군 장졸을 광교산 동쪽에 보내 김준룡 부대의 남한산성 접근을 막았다. 그 뒤에 양굴리가 직접 5천명의 청군을 끌고 김준룡 부대 진영으로 진격해 나섰다. 양굴리는 청 태종 홍타이지의 매부로 만주 최고의 용장 출신으로 조선을 침공한 청군 지휘부에서도 최고위 서열이었다.

1월 5일, 양굴리 부대가 먼저 김준룡 진영에 화포를 퍼부었다. 김준룡 부대는 제1선에 화승총수를 배치하고 청군이 다가오면 집중 사격을 퍼부어 전열을 흩어놓았고, 그 순간 제2, 제3선의 궁수와 창검 병이 청군 배후를 기습하는 양동작전을 펼쳐 커다란 타격을 입혔다.

다음날 양굴리는 휘하병사를 총동원하여 광교산 일제 공격에 나섰다. 김준룡 부대는 혼신의 힘으로 화승총알을 날렸으나 병력의 절대부족을 실감했다. 해질 무렵 광교산 동남방을 지키던 광양 현감 최택(崔擇)의 방어진이 무너졌고 그 틈으로 청군이 물밀듯 밀려들었다.

김준룡이 휘하 병졸을 끌고 급히 광양 현감의 진용으로 달려가 백병전을 도왔다. 그 와중에 조선군 화승총수 하나가 양굴리 장군을 저격, 말에서 떨어뜨렸다. 청군 진영이 한 순간에 와해돼 버렸다. 김준룡 부대는 사기가 높아져 일제 반격에 나섰고 도망가는 청군을 쫓아 광교산 동쪽 10리까지 따라가 총탄을 퍼부어 5,000명 청군의 태반을 사살했다. 김준룡 부대는 화약을 모두 소진한 뒤에야 수원 방면으로 철수했다.

1637년 1월 26일에는 한양 북방 김화에서 승전보가 날아 들었다. 평안도 관찰사 홍명구(洪命耉)가 이끈 지원군 3,000명과 평안도 병마절도사 유림(柳琳) 휘하의 병사 2,000명이 강원도 김화에서 합류하여 남한산성으로 향하자, 그때 강원도와 수도권을 잇는 길목을 차단했던 청나라 우익군(右翼軍)이 기병대를 김화로 진격시켰다.

홍명구 부대는 김화의 평야 쪽에 진을 구축하고 제1선에 화승총수, 제2선에 궁수, 제3선에 창검병을 배치하였고 유림은 기병대가 접근하기 어려운 백동산(栢洞山) 고지에 진을 쳤다. 1월 28일 아침, 김화에 닥친 청나라 기병대는 홍명구와 유림 부대 사이에 진을 치고 조선군 부대간 연계를 끊은 뒤 평지에 주둔한 홍명구 부대를 먼저 공격했다.

화포공세와 함께 돌격선두에 선 1천여 청군 기병대는 홍명구 부대 주위를 돌며 화살공격을 퍼부어 전열을 무너뜨렸고 그 틈으로 장창을 쥔 보병 3천명을 돌진시켰다. 나무 방책을 둘렀던 홍명구 부대는 서너 차례 청군의 공격을 막아냈지만, 불붙인 수레를 앞세운 청군의 돌진에는 무너지고 말았다. 수적으로 우세한 청군이 결국 백병전에서 승리하며 홍명구와 휘하의 조선군 3,000명은 대부분 전사하고 말았다.

청군의 다음 목표는 백동산에 포진한 유림 부대였다. 유림은 제1선에 창검 병, 제2선에 궁수, 제3선에 화승총수를 배치했다. 진지 울타리는 큰 돌을 쌓아 청군이 올라올 경우 아래로 굴릴 작정이었다. 청군은 그날 오후 백동산 유림 부대를 포위하고 전면공격에 나섰다.

유림은 청군이 진지 가까이 올라오도록 기다렸다가 한 순간에 돌을 굴려 전열을 무너뜨린 뒤 제1선에 섰던 창검병을 돌격시켰다. 배후 공격의 허를 찔린 청군은 허겁지겁 물러나고 말았다. 후퇴한 청군은 전열을 정비하고 재공격에 나섰다. 이번에도 유림 부대는 차분히 기다렸다가 화승총 사격권 안에 진입한 청군을 향해 제2선 궁수와 제3선 화승총수가 일사불란하게 총알과 화살을 퍼부었다.

청군은 오후 내내 고지를 공격했지만 유림 부대의 본진에는 접근조차 하지 못했다. 유림은 진영을 재정비하고 일부 병사를 진지 외곽으로 보내 매복시켰다. 초조해진 청군이 해가 저물 쯤에 다시 공격을 해왔다.

유림 부대는 이번에도 적군이 사정권에 들도록 기다렸다가 진지와 매복지의 궁수와 화승총수가 일제히 사격을 퍼부어 청군을 와해시켰다. 청군의 후퇴로까지 미리 예상하고 길목에 매복했던 유림 휘하의 화승총수들은 도망가는 청군에게 일제사격을 퍼부어 거의 궤멸시키기에 이르렀다.

몇몇 전투에서 조선군 화승총 부대가 선전했으나 병자호란은 결국 청군의 완전한 승리로 막을 내렸고, 인조 임금은 홍타이지의 먼 발치에 무릎을 꿇고 '신하나라가 되겠다'는 치욕의 맹세를 했다. 국방력이 뒷받침되지 못하는 나라는 설령 살아서 숨을 쉰다 해도 제대로 붙어있는 목숨이 결코 아니었다.

흑룡강의 화승총

병자호란이 끝나고 청나라에 볼모로 잡혀간 인조 임금의 세자는 심양에서 가택연금 8년의 고초를 겪다가 마침내 귀국, 효종 임금으로 즉위 (1649)했다. 효종 임금 즉위 이후 조선군 화승총부대가 러시아군과 접전하여 용맹한 기개를 떨치는 일이 벌어졌다. 이른바 나선(羅禪: 러시아)정벌이었다.

병자호란 패배로 말미암은 굴욕감에 이를 갈았던 효종 임금은, 청나라 건국 초기의 어수선한 분위기를 틈타 은밀하게 청나라 정벌 즉 북벌(北伐)을 준비했다. 반청기질이 강한 주자 학자를 등용하고 성능 좋은 왜국 화승총 수천 정을 수입해 비축했고 조선의 변방 성곽도 구축했다.

효종 3년에는 이완(李浣)을 대장으로 삼아 어영청을 설치하고 휘하의 2만 군사와 훈련도감 병사 1만 명을 은밀하게 편성하여 화승총 사격을 비롯한 공격전술훈련을 시켰다. 낌새를 알아차린 청 황제가 '왜구를 핑계대고 군사를 늘린다면 짐이 손을 봐 주겠다'며 으름장 칙서까지 조선 조정에 보냈다.

북벌을 추진하는 조선 군부가 믿는 구석이 있었다. 한양 군영의 조선 정예군이 아니라 화승총을 거머쥔 함경도 산포수 자원이었다. 북관의 회령과 경성(鏡城: 청진), 부령, 무산, 갑산의 산포수들은 사격실력과 용맹함까지 갖춰 만주에까지 이름이 자자하던 터였다. 그들은 조정이 마음만 먹으면 언제든지 정예 화승총 부대원으로 편성할 수 있었다.

조선 군부는 함경도에다 병마절도사가 지휘하는 병영을 3군데나 설치했다. 함흥(1600년에 영흥으로 옮김) 감영과 북청의 남병영, 경성(지금의 청진) 북병영이 그것이다. 감영과 남병영의 병마절도사는 겸직했고 주 임무는 이시애의 난 평정 같은 내치(內治)였다. 북병영의 주 임무는 만주 국경수비와 외침(外侵)의 방비로 조선군 최전방사령부 역할을 했다. 김종서장군이 개척했던 북방 6진을 발판삼아, 수시로 국경을 침범하는 여진족을 몰아낸 곳이 바로 북병영이었다.

병자호란이후 여진족의 침범이 뜸해지자 북병영의 역할에도 변화가 생겼다. 그 시기는 화승총으로 무장한 조선의 산포수 세력이 백두산 인근은 물론 만주지방에까지 퍼져 수백 수천 명에 이르던 때와 맞물린다. 당시 조선 범 포수의 뛰어난 사격솜씨와 용맹함은 중국에까지 널리 알려졌고, 함경 북병영은 유사시에 그들을 징박(徵發)하여 죠 셔고 케 ll미 러ㅁㄹ 민성하기 시작했나. 효송 임금의 북벌계획도 북병영을 전진기지삼아 백두산 범 포수로 구성된 주력 화승총부대를 두만강너머 만주로 진격시켜 청나라군대를 궤멸시킨다는 복안(腹案)을 바탕에 깔고 있었다.

그때 하필이면 러시아가 남하정책을 펴면서 만주벌판에서 사사건건 청나라와 무력 충돌을 벌였다. 효종 임금조차 몰랐던 낯선 나라 러시아로 말미암아 북벌계획은 잠시 뒤로 밀릴 수밖에 없었다.

당시의 러시아는 유럽각국이 해외 영토 확대에 혈안이 되자, 이에 동참하여 유라시아 대륙에서 자국 영토를 확장하는 일에 집착하던 때였다. 1591년 예마르크(Ermak)의 시베리아 원정대가 우랄산맥을 넘어 동진하고 60여 년간 몽골이 지배했던 옛 땅을 수복하면서 오오츠크(Okhotsk)해에 이르는 광활한 시베리아를 자국 영토로 편입했다.

러시아와 청국 만주의 국경 분쟁(Russian-Manchu border conflicts:
1652~1689)은 코사크(Kazak)족이 러시아 중앙부에서 남방의 국경지역
으로 이주하여 자치 군사공동체를 형성하고 청나라를 먼저 자극하면서
시작됐다. 예마르크는 국경분쟁 초기에 코사크의 무장부대를 끌고 러시
아 영토 확대에 많은 공을 세웠다.

러시아는 17세기부터 모피와 은광, 새 경작지를 찾아 흑룡강(黑龍江,
러시아는 Amur강)유역을 넘보기 시작했다. 1649년 3월 초, 흑룡강으로
떠난 코사크족의 하바로프(Khabarov)원정부대는 다음해 6월 아무르강
하류의 청나라 마을을 습격하고 주민 수백 명을 학살한 뒤 식량과 모피를
약탈하고 그 일대를 러시아 영토에 편입시켰다.

코사크족은 그곳을 발판삼아 성을 쌓고 곡물과 광물자원 획득에 나
섰다. 영토확장 욕심이 뻗친 러시아는 우수리강 하구를 지나 송화강(松
花江)까지 남하했다. 더 이상 두고 볼 수만은 없던 청나라가 군사를 동
원하여 러시아의 남하를 막았다. 러시아군은 화승총에서 개량된 수석총
(燧石銃: 부싯돌 점화방식의 머스캣)으로 무장해 청군보다 월등한 화력을
보유했다.

청나라 군은 러시아 부대와 맞붙을 때마다 참패했다. 이에 자신감을
얻은 러시아 중앙정부가 1653년, 흑룡강 일대를 러시아 영토에 편입시키
는 작업에 착수했다. 다급해진 청나라 군부는 러시아와 일전을 준비하는
한편 황제에게 조선 조정에 화승총부대 파병 압력을 넣어 달라고 요청하
기에 이르렀다. 병자호란에 참전하여 조선군 화승총부대와 싸워봤던 노

장들이 조선 화승총수가 아니면 러시아 원정부대를 막을 수 없다는 의견을 내놓았던 것이다.

그에 따라 청나라의 3대 순치황제가 조선 조정에 100명의 총수대(銃手隊: 화승총부대) 파병을 요청했다. 효종 임금은 청나라의 압력을 거부할 입장도 아니었지만 내심으로 이 기회에 조선 화승총부대의 매운 맛을 보여 주어 청나라의 간담을 서늘하게 만들어 주겠노라고 별렀다.

효종 임금 5년(1654) 정초에 함경도 북병영이 산포수를 모집했다. '무명베 15필을 주겠다'고 방을 내걸었다. 얼마 안 되는 급료지만 기근이 심했던 때였고 석 달간 단기 파병인데다 승전하면 따로 포상이 있을 것이었으므로 순식간에 모병 정원이 채워졌다.

1654년 3월 26일, 성신 함경북병영 우후(虞候: 병마절도사 하위직속)인 변급(邊岌)이 파병부대장을 맡아 화승총수 100명과 지원 병력 52명을 포함한 152명을 끌고 회령의 두만강을 건너 만주로 진입했다. 무단장(牧丹江) 상류의 영고탑(寧古塔)으로 진군한 조선화승총부대는 청국의 명안달리(明安達哩)가 지휘하는 3,000명의 청군과 합세하여 자그만 군선을 타고 강을 따라 북상했다. 4월 28일, 혼동강(混同江: 송화강 중류)에서 드디어 러시아 병력과 조우하게 됐다.

조선 범 포수는 청나라 화승총수와 사뭇 달랐다. 변급은 러시아의 신식 수석총과 직접 교전을 피하고, 강변에 유붕(柳棚: 버드나무 방책)을 설치해 그 뒤에 매복하고 기다렸다. 스테파노프(Onufriy Stepanov)가 인솔하는 대소군선 26척에 370명의 러시아 무장부대가 강 한가운데 닻을 내릴 때였다. 그때 범 포수가 일제 사격을 가해 러시아부대를 궤멸 직전까지 몰아붙였다.

그때 달아난 몇몇 러시아군은 '벙거지 전투모(戰笠)를 써서 머리가 큰 조선 병사가 두렵다'면서 부들부들 떨었다. 조선군이 쓴 전립은 등나무로 엮고 대나무 테를 두른 소형 삿갓 형태의 등두모(藤兜牟)였던 것으로 여겨진다. 변급의 조선 화승총부대는 그 이후로도 7일 간이나 러시아군과 접전하여 끝내 그들을 패퇴시키고, 그해 6월 회령의 두만강을 건너 조선으로 개선했다. 한 명의 사상자도 없이 84일간의 흑룡강 장정을 승리로 이끈 제1차 나선정벌이었다.

러시아는 조선군이 흑룡강을 떠난 다음해에 스테파노프 부대를 다시 흑룡강 유역에 투입해 보복 공격에 나섰다. 청나라 부대가 또 참패했다. 효종 9년(1658)에 청 황제가 다시 한 번 조선군의 파병을 요청했다. 이번에는 화승총수 200명의 5개월간 파병을 원했다.

함경 북병영 우후 신유(申瀏)를 파병 부대장으로 삼아 함경도 산포수 200명과 65명의 지원병력이 2차 나선정벌에 나설 계획을 짰다. 산포수들은 3월부터 사격훈련으로 전열을 가다듬고 5월 2일 두만강을 넘어 만주로 진격했다.

조선군 화승총부대는 청나라 장수 사이호달(沙爾虎達) 휘하에 편입돼 군선에 나눠 타고 목단강을 거슬러 올라 송화강과 흑룡강의 합류 지점에서 스테파노프가 이끄는 러시아 원정 함대 10척을 조우했다. 청나라 군사가 불화살로 선제공격하여 7척의 러시아함선을 불지르는 동안 조선 화승총수가 러시아군을 조준 사격해 커다란 피해를 입혔다.

도망친 러시아군이 강변에 숨어들자 조선원정부대장 신유가 사이호달에게 러시아 함선을 모두 불질러 궤멸시키자고 주장했다. 그러나 전리품이 탐난 청나라 지휘부는 엉뚱하게도 서둘러 적 함선의 불을 끄라고 명령했다. 그로부터 전력을 재정비한 러시아 함선과 강변으로 피신했던 스테파노프 부대원의 반격이 시작돼 조선군과 치열한 총격전을 벌였다. 조선군 8명이 사망하고 부상자 25명이 발생했다.

그 전투에서 청나라 군사는 110명이 사망하고 200여 명이 부상당했다. 러시아군은 부대장 스테파노프를 비롯해 270명이 전사했고 10여명이 투항했다. 함선 1척에 겨우 승선한 러시아군 95명이 도주했다. 신유가 이끈 조선 화승총부대는 4개월에 걸친 흑룡강 장정을 마치고 그해 8월말 회령을 통해 개선했다.

'| 끼때에 실신 소선군의 나선정벌은 함경도 산포수의 이름을 국내외에 떨치는 계기가 됐다. 청나라도 놀랐지만 조선군과 맞붙을 때마다 대패한 러시아가 더욱 놀랐다. 효종 임금은 그때까지도 북벌의 꿈을 버리지 않았다. 백두산 범 포수로 화승총부대를 꾸리면 청나라를 단숨에 물리칠 것으로 확신했기 때문이다.

그러나 효종 임금은 2차 나선정벌 다음 해인 재위 10년(1659)에 승하했다. 이후 북벌계획은 선장을 잃은 배처럼 추진력을 상실한 채 흐지부지되고 말았다. 청나라도 건국 초기의 어수선함을 벗고 융성기에 접어들어 군사력이 한층 강화됐고 그로 말미암아 조선의 북벌은 완전히 기회를 잃고 말았다.

강화 화승총

화승총부대가 나선정벌에 참여한 뒤 조선에는 200여 년간 평화시대가 찾아왔다. 화승총부대가 나설만한 내우외환이 없어지자 조선 군부는 국방력 강화라는 당면과제를 까맣게 잊어갔다. 팔도의 군영마다 화포군을 배치했으나 서류상 등재된 명목상의 병력이 대부분이어서 전쟁이 터지면 또 다시 당할 수밖에 없었다.

병인년(1866) 가을에 조선군부가 뒤통수를 제대로 맞았다. 프랑스 정예군 함대가 강화도를 침공하자 속절없이 당했다. 당시 프랑스군은 이백여 년 전 흑룡강에서 맞섰던 러시아 부대와는 비교가 안될 정도의 최신식 강선총포와 작렬포탄으로 무장했다. 조선 군부가 수만 명의 화승총수를 양성해 놓았다한들 프랑스의 화력을 대적할 수는 없는 형편이었다.

한때 동아시아를 호령했던 범 포수의 화승총 기개가 거기서 꺾였다. 그럼에도 불구하고 조선 조정과 군부는 대안이 없었다. 병인년 양요는 범 포수가 수도 방위군으로 편성돼 서양 오랑캐와 맞서서 치른 첫 번째 전쟁이었다. 범 포수 매복부대는 두 차례 프랑스군을 기습해 20여명의 사상자를 냈다. 프랑스 원정부대장이 기겁했다. 아메리카와 아프리카, 아시아의 여러 나라를 정벌했던 프랑스 정예군이 조선의 강화도에서 만큼은 도망치듯 철수하고 말았다.

조선 조정은 병인년의 교훈을 거울삼아 양관의 범 포수를 직업 군인으로 영입하여 별포군을 조직하고 국경에 배치했다. 그 5년 뒤인 신미년, 이번에는 미국이 조선을 탐했다. 그들은 프랑스의 실패를 오직 잘못된 작전계획으로 치부하고, 백두산 범 포수의 용맹함과 기개 따위는 인정하려 들지 않았다.

미국은 프랑스 원정군의 두 배에 가까운 육상 전투병력을 싣고 강화도를 침공했다. 결과는 프랑스와 마찬가지로 참담한 실패였다. 월등한 총포 성능만 믿었을 뿐, 자신들과 맞서 싸우는 백두산 범 포수의 투혼을 업신여긴 것이 패착이었다. 미국은 전투를 이겨놓고도 범 포수의 기에 질려 철수하고 만 기괴한 패전을 경험하고 말았다.

근대의 서세동점 침략역사에서, 프랑스와 미국 등 당대 최강국이 대규모 함대와 정규군으로 침략전쟁을 벌이고도, 식민지 복속은커녕 수호통상조약도 체결하지 못한 나라는 조선이 유일했다.

실물 강화 화승총

조선 군부는 임진년 왜란에서부터 대원군교에 이르기까지 100년 이상을 소사통이 헌 칼 쓰듯 똑같은 모양과 성능의 화승총만 만들었다. 그것으로 외침을 막고 사직과 백성의 안녕을 도모했다.

국산 화승총 제작이 본 궤도에 올랐을 것으로 여겨지는 숙종 임금 7년(1681년)의 기록에 따르면, 조총 1정의 제작 경비가 쌀 3.3섬(石)정도였다. 당시 교환가치의 기준이었던 무명 포로 환산할 경우 8.3필에 해당했다. 그 값을 21세기의 대한민국 화폐가치로 따지는 것은 무의미하지만, 쌀값을 기준으로 상대비교해 보자면 화승총 한 자루 제조단가는 현재 시가로 60~70만원으로 추정된다. 숙종 재임기간에 한양의 오군영이 보유한 화승총은 약 6,000정에 달했다.

미국이 강화도를 침공하던 신미년에도 훈련도감이 화승총을 제작했다는 기록이 나타난다. 경오년(1870)여름에 선혜청이 조달한 비용으로 제작을 시작해 7개월 보름 만인 신미년 봄에 화승총 200자루를 생산했다고 한다. 제작 단가는 12냥 5전으로 흰쌀 2.5섬에 상당했다. 쌀값 시세를 기준으로 숙종 임금 때의 화승총 생산비용과 비교해보면, 189년 만에 25%의 비용절감이 실현된 셈이다.

그러나 화승총 규격은 들쑥날쑥했다. 훈련도감이나 군기시마저 표준 공정이 마련되지 않아서 만들 때마다 조금씩 모양이 달랐기 때문이다. 민간의 대장간 화승총이야 따질 것도 없었다. 풀무질하여 쇠를 두드리는 장인마다 모양도 규격도 제각각인 화승총이 만들어졌다.

조선에서 만들어진 화승총의 총구 지름은 4~5푼(12~15mm)이 대부분이다. 길이는 4자 2치에서 7치 사이(126~140cm)였고 총목을 제외한 총신은 3자 5치(105cm)내외였다. 총열은 팔각형으로 깎았다. 무게를 줄이되 두께는 유지하여 폭발 압력에 견디는 힘을 강화한 과학적 구조다. 총의 무게는 조선인 체수에 적당한 1관(3.75kg) 내외였다.

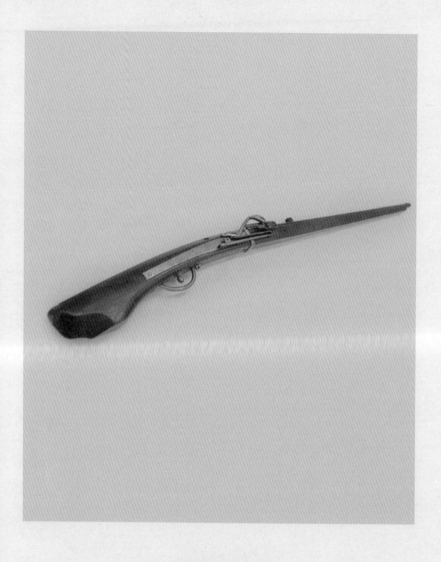

화승총 개머리와 방아쇠

2010년부터 국립 중앙박물관이 보존하고 있는 강화 화승총의 실물사진. 대한제국 당시 강화도 무기고에 수납된 사실이 확인된 유일한 화승총이다. 총목에 '辛丑改備江華庫藏'(신축개비강화고장; 신축년에 강화도의 무기고를 개수하고 보유했다)이란 먹 글씨가 적혀 있다. 강화 화승총은 길이 138cm, 무게 3.2kg으로 병인양요와 신미양요 당시에도 쓰였을 것으로 추정된다. 신미양요 당시 강화 진무영이 보유했던 화승총은 수천 정에 달했을 것으로 여겨지나 대부분 미군이 노획해가거나 파괴했을 것으로 추정된다. 또 요행히 남아있던 화승총이라 할지라도 30여 년 지속된 일제 강점기에 왜인들이 싹쓸이해 간 것으로 짐작된다. 사진의 강화 화승총 실물도 일본의 골동품상을 전전하던 중, 이를 안타깝게 여긴 재일동포 사업가 이석조 씨가 사재로 구입하여 2010년 10월 국립 중앙박물관에 기증한 것이다. 이 사진은 2013년 8월 5일, 국립박물관 측의 허가를 받아 필자가 촬영했다.

용두(龍頭)와 평 용수철

용두(화승불 물림쇠)와 화약접시 그리고 용두 밑을 받치는 평 용수철 부분이다. 사진의 용 화약접
시(사진에서는 뚜껑이 닫혀있다)에 닿아 점화불꽃이 일어나게 된다.

화승총 총신은 8각형

흑색화약의 폭발력은 의외로 강력하여 무른 쇠로 만들거나 두께가 얇은 총열은 자칫 파열되기 쉬웠다. 총열은 두꺼울수록 좋지만 무게가 만만치 않아서 휴대하기가 불편하다. 때문에 8각형으로 깎아서 무게를 줄이되 폭발압력은 두꺼운 쪽 두께만큼 견딜 수 있도록 과학적으로 개량됐다.

화승총의 놋쇠(鍮) 부속품

화승총 총신과 화약접시는 강철로 만들지만 나머지 부속품은 부식 방지를 위해 놋쇠로 만들었다.
우리 문헌에는 방아쇠를 인금(引金: 당길 쇠), ㄱ형 평 용수철은 발조(發條: 태엽), 용두는 계두(鷄頭:
닭대가리), 화약접시는 화명(火皿), 그리고 화약접시를 덮는 뚜껑은 화개(火蓋)라 표기하고 있다.

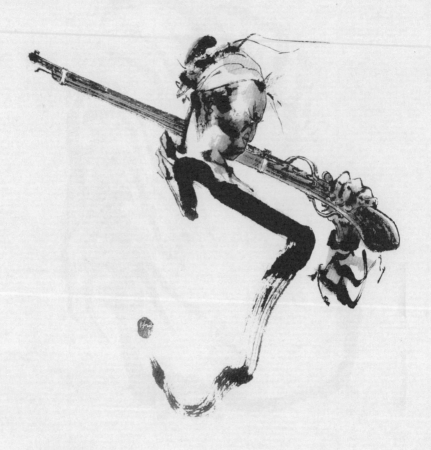